第二章 （一）

第四节

日子挑些一页，今天是7月9日。

峨从睡梦中蓦地惊醒了。四周十分安静。她猛地跳下床，拉开粉红与深灰相间的窗帘，看着外厢刚沾白如天色辛地像旧棵绿，小贯像旧内光。这看十多年的景色，之从黑夜中缓、甦醒。几声清晓的麻雀的啾叫便得清晨生动起来。一切都似乎没有变化。

也许东西……好玩的东……可是峨觉得自己再也不一样了。虽然……觉得亮如雨动会着登场，麻雀的叫声也比方才加欢似乎多了什么，又少了什么。她从卧室回到床上，还躺爱着原来父舒佳的陈设，需要的东西一样不缺，1又有一样多余之物。一座桌上挑着大玻璃柜镜里鱼摆着一好人植姬栖本。镜柜旁挑着那那姊妹头像。从照姬的地位看来，主人显然不是刻意把它放在自觉在这桌上付留3一下。陆时床上床上锈黄色绸衫被。两手曲在头后。眼在枕上的一片忧思，她下意识地抚着手腕，腕上的镜这才了光嘴的皮肤上深出淡淡的印痕。

那夜的音乐会。在她脑海里激荡。那未月豪客的音乐会。

峨时常参加音乐会。据说是个音乐爱好者。按照她的情况，完全可以学一种乐器上或声乐，在圣诞节前后来一段四重唱，像当时有些名媛那样。但她很怯场，情愿在门口收票。许多非正式演出要靠热心人做各种事。峨从末算不得热心人，在收门票上倒很认真。一套白彩里裙，成了她的工作服。认真地把守着门，晚来的人在节目进行中一律不得进。

人，甚至讨厌帽那样常 ~ 耽於幻想。音乐给了她一个生活的空白，她可以理直气壮地呆坐着，不受任何干涉。今天她更心不在焉。台上演唱什么，简直记不清了。直到著名女高音柳夫人上台，她才猛然想到这是音乐会。

柳夫人本名郑惠枌，一直冠用夫姓，称柳郑惠枌，是国立北平艺术专科学校教授，也是当时能开独唱会的很少数歌唱家之一。她唱的第一只歌是阳关三叠，声音高而较宽厚，不像一般歌者唱到高处总有逼窄之感。等到唱完最后一句"西出阳关无故人"，她垂下头，一任掌声迴荡，并不躬躬。过了一会儿，伴奏伸长了脖子朝她望，她也不示意开始，却忽然抬头，讲起话来。"大家都知道，芦沟桥今天有一场战争。一场伟大的战争。我一辈子唱的歌也比不上前方将士的一颗子弹！我刚 , 决定说这几句话。非说不可！我们应该慰劳前方战士，鼓励他们继续打，努力打，奋勇打！我们都是后盾，坚强的后盾。若是没有他们，哪儿能容我们唱歌听歌！"

大家热烈地鼓掌，她沉默片刻。唱第二只歌。油印节目单上的下一个节目是圣母颂，但她唱的是"松花江上"。"爹娘呵，爹娘呵，什么时候才能欢聚在一堂"歌声一落，台下人纷 , 站起。有人喊口号："坚决保卫华北！""北平不是沈阳！"一个中等身材的壮实青年走上台，举起两臂让大家安静下来，说大家"几件事。明天准备慰劳二十九军，原没有想到在这里捐款，感谢柳夫人这样协助。相信每个人爱国的心都是一样的。这时有人拿出两个大纸箱，伴奏起进

说现在可以捐款做为慰军之用。

宗璞证件照

宗璞与父母在北京大学燕南园57号住所前

宗璞与夫君蔡仲德先生在三松堂书房工作中

# 长路行

宗璞 著

江苏凤凰文艺出版社

**图书在版编目（CIP）数据**

长路行 / 宗璞著. -- 南京 : 江苏凤凰文艺出版社, 2025. 10. -- ISBN 978-7-5594-9740-6

Ⅰ. I267

中国国家版本馆CIP数据核字第2025GX8289号

# 长路行

宗 璞 著

| 责任编辑 | 项雷达 |
|---|---|
| 选题策划 | 孙文霞　刘文文 |
| 特约编辑 | 刘文文 |
| 装帧设计 | 别境Lab |
| 责任印制 | 杨　丹 |
| 出版发行 | 江苏凤凰文艺出版社 |
|  | 南京市中央路165号，邮编：210009 |
| 网　　址 | http://www.jswenyi.com |
| 印　　刷 | 唐山富达印务有限公司 |
| 开　　本 | 787毫米×1092毫米　1/32 |
| 印　　张 | 15.25 |
| 字　　数 | 235千字 |
| 版　　次 | 2025年10月第1版 |
| 印　　次 | 2025年10月第1次印刷 |
| 书　　号 | ISBN 978-7-5594-9740-6 |
| 定　　价 | 68.00元 |

江苏凤凰文艺版图书凡印刷、装订错误，可向出版社调换，联系电话025-83280257

长路行

目 录

春 卷

壹　京西小巷槐树街 003 ○ 那青草覆盖的地方 006 ○ 那祥云缭绕的地方——记清华大学图书馆 012 ○ 热土 019 ○ 萤火 025 ○ 柳信 030 ○ 猫冢 036 ○ 小东城角的井 042 ○ 风庐乐忆 046 ○ 我爱燕园 050 ○ 湖光塔影 055 ○ 燕园石寻 061 ○ 燕园碑寻 066 ○ 燕园树寻 073 ○ 燕园墓寻 079 ○ 燕园桥寻 085 ○ 久病延年 090 ○ 向前行走 094 ○ 握手 098 ○ 忆旧添新 105 ○ 霞落燕园 108 ○ 人老燕园 117

目 录

长路行

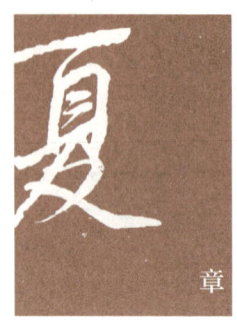

夏章

**贰** 漫记西南联大和冯友兰先生 127 ○ 花朝节的纪念 141 ○ 心的嘱托 151 ○ 三松堂断忆 156 ○ 一块大石头 165 ○ 三松堂岁暮二三事 168 ○ 梦回蒙自 171 ○ 三松堂依旧 176 ○ 人和器——第八届冯友兰学术思想研讨会书面发言 183 ○ 学术基金 188 ○ 蜡炬成灰泪始干 191 ○ 哭小弟 198 ○ 铁箫声幽 207 ○ 怎得长相依聚——蔡仲德三周年祭 216

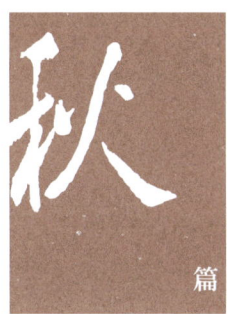

叁 三幅画 227 ○ 冬至 232 ○ 冷暖自知 234 ○ 从"粥疗"说起 236 ○ 星期三的晚餐 240 ○ 客有可人 247 ○ 药杯里的莫扎特 255 ○ 从近视眼到远视眼 259 ○ 烟斗上小人儿的话 264 ○ 散失的墨迹 268 ○ 绿衣人 273 ○ 风庐茶事 276 ○ 酒和方便面 280 ○ 扔掉名字 284 ○ 恨书 288 ○ 卖书 292 ○ 乐书 296 ○ 行走的人——关于《关于罗丹——日记择抄》301 ○ 读书断想 305 ○ 书当快意 307 ○ "字典"的困惑 314 ○ 告别阅读 317 ○ 耳读《苏东坡传》323

目录

长路行

肆　西湖漫笔 333 ○ 墨城红月 339 ○ 岭头山人家 344 ○ 废墟的召唤 349 ○ 爬山 354 ○ 鸣沙山记 361 ○ 三峡散记 365 ○ 三访鳌滩 373 ○ 养马岛日出 377 ○ "热海"游记 379 ○ 孟庄小记 383 ○ 三千里地九霄云 394 ○ 澳大利亚的红心 401 ○ 羊齿洞记 410 ○ 奔落的雪原——北美观瀑记 415 ○ 彩虹曲社 422 ○ 不要忘记 426 ○ 紫藤萝瀑布 432 ○ 丁香结 435 ○ 秋韵 437 ○ 送春 440 ○ 促织,促织! 444 ○ 二十四番花信 448 ○ 秋色赋 452 ○ 水仙辞 456 ○ 变迁 461 ○ 云在青天 466

根脉初萌——槐香入骨，文心初醒

春

壹

## 京西小巷槐树街

这是一条长不足百米的胡同,两侧皆植槐树,掩映着一个个小宅院。名为槐树街,可谓名副其实。这一带街道,再没有种槐树的,若寻槐树街,认准槐树便是。

可能因为短小,人们说到它时,加之以"儿"——槐树街儿,似乎很亲热。树荫后面人家,经过许多变迁了,门前高台阶大都破旧不堪,双扇院门上的对联字迹模糊,很难辨认。有些双扇门已改为房门一样单扇门了,开在胡同里,有点不伦不类。但那门前歪斜的台阶,门上剥落的字迹,以及两行槐树,仍然像北京的数千条胡同一样,给人一种遥远的、宁静的气氛。这个居民点总称成府,位于北大和清华之间。以前的燕京和清华,现在的北大和清华,都有教职工住在这里。

一个黄昏,我站在槐树街口,目的是看一看槐树街十号。

找到十号。门洞窄小,房子没有格局,直觉地感到不对。一个人出来说,原来的十号改为九号了,请到隔壁。

隔壁有几层台阶,门扇依然完好,若油漆一下,还是很像样的。经过仔细辨认,认清了门上的字,"中心育物,和气生春"。

我不记得这副对联。

进门向右,穿过一个小夹道,眼前豁然开朗,这是一个真正的四合院,正门朝北,垂花门开在西侧,正房对面建有南房。四面房屋都很整齐,木格窗,正房还有雕花。

院中几个人在闲坐,拿着蒲扇。旁边一棵石榴,正开着火红的花朵。正房前搭葡萄架,翠绿的叶子垂下来。多少年不见这样的院子了!

"这是我的出生地,就在这北房里。"我寒暄后说明来意。

他们大概是东厢房的住户,很殷勤,却没有邀我进房去参观。只问:"走了多少年了?出国了吧?"

其实我出生后两个月,随父母迁到清华。转了几十年,并没有转出北大清华一带,很觉惭愧,只好含糊应了一句。

"我们是北大的职工,这房子属北大,新十号属清华。"他们介绍,"现在这院子住了八家。"

四面房屋前都搭了小棚屋,还停着一辆平板车,上有玻璃罩,写着"米酒"。

"是第二职业了?"我笑问。他们说是邻居的,当然是业余的。

告辞时主人说欢迎常来。我知道我不会常来。

出了门,见斜对过有彩灯一闪一闪,原来是开了一家冷饮小店。记得邻近的蒋家胡同有一间常三酒馆,当年是燕京学生们谈心的好地方,专营海淀莲花白,那酒有的粉红,有的青绿。后来酒馆改为门市部,专营全世界到处买得到的东西。走过时张望了一下,心中诧异,怎么没有听说常三酒馆要重新开张。

走过新建的砖房,简直说不出是什么式样。两墙之间有一条极窄小的胡同,仅容一人行走,通过去不知是哪里。墙上挂着崭新的牌子"新胡同",也是名副其实。

一阵清脆的笑声,从新胡同跑出几个女孩子。她们是要跳房子还是跳皮筋?我站住等着。她们不跳什么,笑着跑远了,把笑声留在胡同里。

## 那青草覆盖的地方

那青草覆盖的地方，藏着一段历史和一段我一生中最美好的记忆。

清华园内工字厅西南，有一片小树林。幼时觉得树高草密，一条小径弯曲通过，很是深幽，是捉迷藏的好地方。树林的西南有三座房屋，当时称为甲、乙、丙三所。甲所是校长住宅。最靠近树林的是乙所。乙所东、北两面都是树林，南面与甲所相邻，西边有一条小溪，溪水潺潺，流往工字厅后荷花池。我们曾把折好的纸船涂上蜡，放进小溪，再跑到荷花池等候，但从没有一只船到达。

先父冯友兰先生作为哲学家、哲学史家已经载入史册。他自撰的茔联"三史释今古，六书纪贞元"，概括了自己的学术成就。他一生都在学校工作，从未离开教师的岗位，他对中国教育事业的贡献是和清华分不开的，是和清华的成长分不开的。这是历史。

一九二八年十月,他到清华工作,找到"安身立命之地"。先在南院十七号居住,一九三〇年四月迁到乙所。从此,我便在树林与溪水之间成长。抗战时,全家随学校去南方,复员后回来仍住在这里。我从成志小学、西南联大附中到清华大学,已不觉得树林有多么高大,溪水也逐渐干涸,这里已不再是儿时的快乐天地,而有了更丰富的内容。一九五二年院系调整,父亲离开了清华,以后不知什么时候,乙所被拆掉了,只剩下这一片青草覆盖的地方。

清华取消了文科,这不只是清华,也是整个教育界、学术界的重大损失。同学们现在谈起还是非常痛心。那时清华的人文学科,精英荟萃。也许不必提出什么学派之说,也许每一位先生都可以自成一家,但长期在一起难免互有熏陶,就会有一些共同的特色。不要说一个学科,就是文、理、法、工各个方面也是互相滋养的。单一的训练只能培养匠气,这一点越来越得到共识。

父亲初到清华就参与了一件大事,那就是清华的归属问题,从隶属外交部改为隶属教育部。他曾作为教授会代表到南京,参加当时清华的董事会,进行力争,经过当时的校长罗家伦和大家的努力，最后清华隶属教育部。我记得以前悬挂在西校门的牌子上就赫然写着"国立清华大学"。了解历史的人走过门前都会有一种自豪感，因为清华大学的成立，是中国近代学术独立自主的发展过程的标志。

在乙所的日子是父亲最有创造性的日子。除教书、著书以外，他一直参与学校的领导工作。一九二九年任哲学系主任，从一九三一年起任文学院院长。当时各院院长由教授会选举产生，每两年改选一次。父亲任文学院院长长达十八年，直到解放才卸去一切职务。十八年的日子里，父亲为清华文科的建设和发展做出了哪些贡献，现在还少研究。我只是相信，学富五车的清华教授们是有眼光的，不会一次又一次地选出一个无作为、不称职的人。

在清华校史中有两次危难时刻。一次是一九三〇年，罗家伦校长离校，校务会议公推冯先生主持校务，直至一九三一年四月吴南轩奉派到校。又一次是一九四八年底，临近解放，梅贻琦校长南去，校务会议又公推冯先生为校务会议代理主席，主持校务，直到一九四九年五月。世界很大，人们可以以不同的政治眼光看待事物。

冯先生后来的日子是无比艰难的,但他在清华所做的一切无愧于历史的发展。

作为一个教育工作者,他爱学生。他认为清华学生是最可宝贵的,应该不受任何政治势力的伤害。他居住的乙所曾使进步学生免遭逮捕。一九三六年,国民党大肆搜捕进步学生,当时的学生领袖黄诚和姚依林躲在冯友兰家,平安度过了搜捕之夜,最近出版的《姚依林传》也记载了此事。据说当时黄诚还作了一首诗,可惜没有流传。临解放时,又一次逮捕学生,女学生裴毓荪躲在我家天花板上。记得那一次军警深入内室,还盘问我是什么人。后来为安全计,裴毓荪转移到别处。七十年代中,毓荪学长还写过热情的来信。这样念旧的人,现在不多了。

学者们年事日高,总希望传授所学,父亲也不例外。解放后他的定位是批判对象,怎敢扩大影响。但在内心深处,他有一个感叹,一种悲哀,那就是他说过的八个字:"家藏万贯,膝下无儿。"形象地表现了在一个时期内,我们文化的断裂。可以庆幸的是这些年来,"三史""六书"俱在出版。一位读者来信,说他明知冯先生已去世,但他读了"贞元六书",认为作者是不死的,所以信上的上款要写作者的名字。

父亲对我们很少训诲，而多在潜移默化。他虽然担负着许多工作，和孩子们的接触不很多，但我们却感到他总在看着我们，关心着我们。记得一次和弟弟，还有小朋友们一起玩。那时我们常把各种杂志放在地板上铺成一条路，在上面走来走去，不知为什么他们都不理我了。我们可能发出了什么响声，父亲忽然叫我到他的书房去，拿出一本唐诗命我背，那就是我背诵的第一首诗，白居易的《百炼镜》。这些年我一直想写一个故事，题目是《铸镜人之死》。我想，铸镜人也会像铸剑人投身入火一样，为了镜的至臻完美，纵身跳入江中（"江心波上舟中制，五月五日日午时"）化为镜的精魂。不过又有多少人了解这铸镜人的精神呢？但这故事大概也会像我的很多想法一样，埋没在脑海中了。

此后，背诗就成了一个习惯。父母分工，父亲管选诗，母亲管背诵。短诗一天一首，《长恨歌》《琵琶行》则分为几段，每天背一段。母亲那时的住房，三面皆窗，称为玻璃房。记得早上上学前，常背着书包，到玻璃房中，站在母亲的镜台前，背过了诗才去上学。

乙所中的父亲工作顺利，著述有成。母亲持家有方，孩子们的读书声笑语声常在房中飘荡。这是一个温暖幸福的家。这个家还和社会联系着，和时代联系着。不只父亲在复杂动乱的局面前不退避，母亲也不只关心自己的小家。一九三三年，日军侵犯古北口，教授夫人们赶制寒衣，送给抗日将士。一九四八年冬，清华师生员工组织了护校团，日夜巡逻，母亲用大锅熬粥，给护校的人预备夜餐。一位从联大到清华的学生，许多年后见到我时还说："我喝过你们家的粥，很暖和。"煮粥是小事，不过确实很暖和。

那青草覆盖的地方，虽然现在草还不很绿，我还是感觉到暖意。这暖意是从逝去了而深印在这片土地上的岁月来的，是从父母的根上来的，是从弥漫在水木清华间的一种文化精神的滋养和庇荫来的。我倚杖站在小溪边，惊异于自己的老而且病。以后连记忆也不会有了，这一片青草覆盖的地方，又会变成什么模样？

## 那祥云缭绕的地方
### ——记清华大学图书馆

图书馆，在一座大学里，永远是很重要的，教师在这里钻研学问，学子在这里发奋学习，任何的学术成就都是和图书馆分不开的。

我结识清华图书馆是从襁褓中开始的。我出生两个月，父亲执教清华，全家移居清华园。母亲在园中来去，少不得抱着我，或用婴儿车推着我。从那时，我便看见了清华图书馆。我想，最初我还不会知道那是什么。渐渐地，能认识那是一座大建筑。在上幼稚园时就知道那是图书馆了。

图书馆外面的石阶很高，里面的屋顶也很高，一进门便有一种肃穆的气氛。说来惭愧，对于孩子们，它竟是一个好玩的地方。不记得什么时候了，我第一次走进图书馆，父亲当时在楼下，向南的甬道里有一间朝东的房间，我和弟弟大概是跟着父亲走进来的。那房间很乱，堆满书籍文件，我不清楚那是办公室还是个人研究室，也许是兼而用之。每次去不能多停，我们本应立即出馆，但常做非法逗留，在房间外面玩。给我们的告诫是不准大声说话，于是我们的舌头不活动，腿却自由地活动。我们把朝南和朝西的甬道都走到头，甬道很黑，有些神秘，走在里面像是探险，有时我们去爬楼梯，跑到楼上再跑下来。我们还从楼下的饮水管中，吸满一口水，飞快地跑到楼梯顶往下吐，就听见水落地啪的一声，觉得真有趣。我们想笑却不敢笑，这样的活动从来没有被人发现。

上小学时学会骑车，有时由哥哥带着坐大梁，有时自己骑。当时校中人不多，路上清静，慢慢地骑着车左顾右盼很是惬意。我们从大礼堂东边绕过去，到图书馆前下车，走上台阶，再跑下来，再继续骑，算是过了一座桥。我们仰头再仰头，看这座"桥"和上面的楼顶。楼顶似乎紧接着天上的云彩。云彩大都简单，一两笔白色而已，但却使整个建筑显得丰富。多么高大，多么好看。这印象还留在我心底。

从外面看图书馆有东西两翼，东面的爬墙虎爬得很高，西面的窗外有一排紫荆树，那紫色很好看，可是我不喜欢紫荆，对于看不出花瓣的花朵我们很不以为然。有人说紫荆是清华的校花，如果真是这样，当然要刮目相看。

抗战开始，我们离开清华园，一去八年，对北平的思念其实是对清华园的思念。在清华园中长大的孩子对北平的印象不够丰富，而梦里塞满了树林、小路、荷塘和那一片包括大礼堂、工字厅等处的祥云缭绕的地方。胜利以后，我进入清华外文系学习，在家中虽然有一个小天地，图书馆是少不得要去的。我喜欢那大阅览室，这里是那样安静，每个人都在专心地读书。只有轻微的翻书页的声音。几个大字典架靠墙站着，字典永远是打开的，不时有人翻阅。我总是坐在最里面的一张桌上，因为出入都要走一段路，就可以让自己多坐一会儿。在那里看一些参考书，做各种作业。在家里写不出的作文，在图书馆里似乎是被那种气氛感染，很快便写出来。当然也有时在图书馆做功课不顺利，在家中自己的小天地里做得很快。

在这一段日子里，我惊异地发现图书馆变得越来越小，不像儿时印象中那样高大，但它仍是壮丽的，也常有一两笔白色的云依在楼顶。

四年级时，便要做毕业论文，可以进入书库。置身于书库中，真像是置身于一个智慧的海洋，还有那清华图书馆著名的玻璃地板，半透明的。让人觉得像是走在湖水上，也像是走在云彩上，真是祥云缭绕了。我的论文题目是托马斯·哈代的诗，本来我喜欢哈代的小说，后来发现他的诗也是大家，深刻而有感染力，便选了他的诗做论文题目。导师是美国教授温德。在书库里流连徜徉真是乐事，只是在当时火热的革命形势中，不很心安理得，觉得喜欢书库是一种落后的表现。直到以后很多年，经过时间的洗磨，又经过不断改造，我只记得曾以哈代为题做毕业论文，内容却记不起了。有一次，偶然读到卞之琳翻译的哈代的诗，竟惊奇哈代的诗原来这样好。

那时，图书馆里有教室。我选了邓以蛰的美学，便是在图书馆里授课，在哪间房间记不起了。这门课除我之外还有一个男生，邓先生却像有一百个听众似的，每次都做了充分准备，带了许多图片，为我们放幻灯。幻灯片里有许多名画和建筑，我在这里第一次看见蒙娜丽莎，可惜不记得邓先生的讲解了。这门课告诉我们，科学的顶尖是数学，艺术的顶尖是音乐。只是当时没有音响设备，课上没有听音乐。

父亲在图书馆楼下仍有一个房间，我有时去看看。常见隔壁的房门敞开着，哲学系学长唐稚松在里面读书，唐兄先学哲学又学数学，现在在计算机科学与软件工程方面有重大成就，享有国际声誉。我们在电话中谈起图书馆，谈起清华，都认为清华教我们自强、严谨，要有创造性，终身不能忘。

从清华图书馆里走出来的还有少年闻一多和青年曹禺。闻一多一九一二年入清华学堂，在清华学习九年，少不了要在图书馆读书。九年中他在课余写的旧体诗文自编为《古瓦集》，去年经整理后出版。可惜我目力太弱，已不能阅读，只能抚摸那典雅的蓝缎面，让想象飞翔在那一片彩云之上。

曹禺的第一部剧作《雷雨》是在清华图书馆里写成的。我想那文科的教育，外国文学的熏陶，那祥云缭绕的书库，无疑会影响着曹禺的成熟和发展。我们不能说清华给了我们一个曹禺，但我们可以说清华有助于万家宝成为曹禺。我想，演员若能扮演曹禺剧中人物，是一种幸运。他的台词几乎不用背，自然就会记得。"太阳出来了，黑暗留在后头，但是太阳不是我们的，我们要睡了。"上中学时，如果有人说一句"太阳出来了"，立刻会有人接上"黑暗留在后头"。"我的中国名字叫张乔治，外国名字叫乔治张"，短短两句话给了多么宽广的表演天地。也许这是外行话，但这是我的感受。

从图书馆走出的还有许多在各方面有成就的人，无论成就大小，贡献大小，都是促使社会进步的力量，想来在清华献出了毕生精力的教职员工都会感到安慰。

我已经把哈代忘了许多年。忽然有一天，清华图书馆韦老师告知我，清华图书馆中保存了我的毕业论文，这真是意外之喜。后知馆中还存有一九五〇、五一级的部分论文。我即分告同班诸友，大家都很高兴。韦老师寄来了我的论文复印件，可翻译为《哈代诗歌中的必然观念》，厚厚的有二十七页。我拿到这一册东西，仿佛看见了五十年前的自己，全部文章是我自己打出来的，记得为打这篇论文，我特地学了英文打字。原来我是想写一本研究哈代的书，这论文不过是第一章。生活里是要不断地忘记许多事，不然会太沉重，忘得太多却也可惜。我在论文的序言中说，希望以后有时间真写出一本研究哈代的专著以完夙愿。这夙愿看来是完不成了。我已告别阅读，无法再读哈代，也无法读自己五十年前写的文字。我想，若是能读，也读不懂了。

今年夏天，目疾稍稳定，去清华参观新安排的"冯友兰文库"，顺便也到图书馆看看。大阅览室依旧，许多同学在埋头读书，安静极了。若是五年换一届学生，这里已换过十届了。岁月流逝，一届届学生的黑发变成银丝，但那自强不息的精神永在。

## 热土

弯曲的石径从小山坡上伸延下去,坡上坡下,长满了茂密的树木,望去只觉满眼一片浓绿,连身子都染得碧沉沉的。坡底绿草如茵,这里那里,点缀着粉红、淡蓝的小喇叭花。石径穿过草地,又爬上对面的小山坡,消失在绿荫深处。微风掠过这幽深的谷底,清晨芬芳的空气沁人心脾。许久以来,我还是第一次来到这隐秘的所在。

这不是我儿时常来游玩的地方吗?对了。那四根白石柱本是藤萝架,曾经开满淡紫色的花朵,宛如一个大的幔帐。记得我和弟弟,还有几个小朋友一起,常在这里跑来跑去捉迷藏。而我们最喜欢的游戏是玩土。小山脚下石径旁,那一块地方土质松软,很像沙土,我们便常在这里进行大规模的建设,造桥、铺路、挖河……把土盖在手背上拍紧，然后慢慢抽出手来，便形成一个洞，还可以堆起土墙、土房。我们几乎天天要造一座城池呢。

那正是"七七事变"后不久，我们几个孩子住在姑母家，因为那时这里是教会学校，可以苟安一时。虽然我们每天只是玩，但在小小的心里也感到国破的厄运了。记得就在这藤萝架下，我给飞蚂蚁咬了一口，哭个不停。弟弟担心地拉着我的手吹着，一个大些的小朋友不耐烦了，说道："这是什么大事，日本兵都打进来了！"

"他们来抢我们的土地吗？"我马上停住了哭，记起了这句大人说过的话。紧接着我就去抚摸我们经常抚摸的泥土，觉得土地是这样温暖，这样可亲可爱。我恨不得把祖国大地紧紧拥抱在胸怀之间，免得被人抢走。我生长在这里，我爱这树、这山、这泥土……

我不觉坐在石径的最下一阶，抚摸着那绿草遮盖的土地，沉入了遐想。

我想起清华校门内的那条林荫道，夹道两行槐树。每年夏初，淡淡的槐花香，便预告着要有一批年轻人飞向祖国各地，去建设我们亲爱的祖国。记得我走上工作岗位那年，我们几个同学在那条路上徘徊了多少次！我们讨论怎样服从祖国的需要,怎样使自己成为一丝一缕,来为祖国、为人民、为革命织造锦绣前程!后来我们全班十一个同学一起写了一份决心书,其中有这样的话语:"如果有不如意的时候,请不要跺脚!脚下的土地,埋藏着烈士的头颅,浸染着烈士的鲜血。我们没有权利惊扰他们,我们只有义务在他们为之献身的土地上,实现共产主义理想。"记得在大礼堂宣读这份决心书时,会场是那样安静,气氛是那样激动和热烈,每个年轻的心都充满着建设祖国的美好愿望。会后,我走出礼堂,看到门前一片草坪,我又一次想拥抱祖国的土地。我要用每一分力量,使祖国的土地更加温暖……

下放劳动时,我亲耳听到一个公社书记也说了类似的话:我们脚下的土地非比寻常,"不要跺脚"。在村中住下了,我才知道确实有"热土"这两个字。我的房东大娘在抗日战争、解放战争中都是积极分子,她常说,这附近十几个村庄,多少里地,每一寸都有她的脚印。"连那桑干河的水波纹,都让我踩平了。"她的独生子没有枪高就参了军,五十年代末期在张家口地委工作,多次来信请娘去住。我就坐在大门前小凳上给老人家念过几次这样的信。大娘每次听过，总是怔怔地望着村外那一片果树林。村子居高临下，越过那一片雪白的花海，可以望见花林外面的桑干河，闪着亮光，正在滔滔流去。"热土难离呀！"大娘每次都喃喃地说，"热土难离！"

热土难离！我们的泪水、血汗灌溉着它，怎能不热！我们的骨殖、身体营养着它，怎能不热！因为我们在这里度过了童年，在这里寄托着青年时代的梦想；我们还要永远安息在这里。因为这是我们的，我们自己的，我们自己的祖国的土地。

六十年代末期，那段沉重的日子，说不完写不尽，但有些记忆，也会随着岁月的流逝而淡漠的。可有一个说来平淡的现象，却使我永不能忘。由于各种原因，我好几个月不曾出城，一次终于来到这校园中看望年迈的父母，在经过几个宿舍楼时，感到气氛异常，两边楼顶上都横放着床板，后来知道那是武斗中的防御工事。行人经常来往的大路空荡荡的，到处扔着些破砖烂瓦。虽然阳光照得刺眼，却显得十分荒凉惨淡。不知是怎么回事，我踟蹰良久，绕道而行。后来听人说，幸亏没有愣走过去，要是走过去，还不知道有怎样的下场！那时，无论怎样下场，我都不在乎，但我却记住了那空荡荡点缀着碎砖石的路面，阳光照得刺眼。

以后我每想起这制造出来的空荡荡的荒凉惨淡，就想起我们的流着活水、开着鲜花的热土地，就想起要在这一片热土上建设共产主义的热切心情，就想起幼年时怕失去祖国的恐惧。无论经过怎样的曲折艰险，我总觉得脚下的热土给我力量，无论怎么迷茫绝望，我从未失去对祖国的信念。

清晨和煦的阳光，从浓密的树荫间照了下来，可以看见一束束亮光里浅淡的白雾。雾气正在消散，一束光恰照在我儿时玩沙土的地方，这里是一片鲜嫩的绿色，我们那幼小的手建造起来的玩具城池，当然不复存在。但我们现在正用成年人的坚定的手，在祖国的热土上，建设着新的、各种各样的美好的城池。为了得到这建设的权利，我们付出过多少巨大的牺牲，多少锥心的痛苦，多少艰辛的劳动……

建设新的城池，当然也不会一帆风顺，说不定还需要血肉之躯来作基石。然而经过那惨重灾难的人民，永远不会束手无策，永远会有足够的勇气，来建设起崭新美好的一切一切，即或面对疾风骤雨、惊雷骇电！因为我们是站在亿万人民的血泪和汗水浇灌的热土上，是站在中华民族祖祖辈辈的身体骨殖营养的热土上啊！

我离开这幽静的绿谷，慢慢走回家去，远远看见巍峨的图书馆门前，有一群群背着书包的年轻人在等候……

## 萤火

点点银白的、灵动的光,在草丛中飘浮。草丛中有各色的野花:黄的野菊、浅紫的二月兰、淡蓝的"毋忘我"。还有一种高茎的白花,每一朵都由许多极小的花朵组成,简直看不清花瓣。它的名字恰和"毋忘我"相反,据说是叫作"不要记得我",或可译作"毋念我"吧。在迷茫的夜中,一切彩色都失去了,有的只是黑黝黝一片。亮光飘忽地穿来穿去,一个亮点儿熄灭了,又有一个飞了过去。

若在淡淡的月光下,草丛中就会闪出一道明净的溪水,潺潺地、不慌不忙地流着。溪上有两块石板搭成的极古拙的小桥,小桥流水不远处的人家,便是我儿时的居处了。记得萤火虫很少飞近我们的家,只在溪上草间,把亮点儿投向反射着微光的水,水中便也闪动着小小的亮点，牵动着两岸草莽的倒影。现在看到动画片中要开始幻景时闪动的光芒，总会想起那条溪水，那片草丛，那散发着夏夜的芳香，飞翔着萤火虫的一小块地方。

幼小的我，经常在那一带玩耍。小桥那边，有一个土坡，也算是山吧。小路上了山，不见了。晚间站在溪畔，总觉得山那边是极遥远的地方，隐约在树丛中的女生宿舍楼，也是虚无缥缈的。那时白天常和游伴跑过去玩，大学生们有时拉住我的手，说："你这黑眼睛的女孩子！你的眼睛好黑啊！"

大概是两三岁时，一天母亲进城去了，天黑了许久，还不回来。我不耐烦，哭个不停。老嬷嬷抱我在桥头站着，指给我看桥那边的小道。"回来啦，回来啦——"她唱着。其实这完全不是母亲回来的路。夜未深，天色却黑得浓重，好像蒙着布，让人透不过气。小桥下忽然飞出一盏小灯，把黑夜挑开一道缝。接着又飞出一盏。花草亮了，溪水闪了。黑夜活跃起来，多好玩啊！我大声叫了："灯！飞的灯！"回头看家里，已经到处亮着灯了，而且一片声在叫我。我挣下地来，向灯火通明的家跑去，却又屡次回头，看那使黑夜发光的飞灯。

照说幼儿时期的事，我不该记得。也许我记得的，其实是后来母亲的叙述，或自己更人事后的心境吧。但那一晚我在桥头的景象，总是反复地、清晰地出现在我眼前，那黑夜，那划破了黑夜的萤火，以及后来的灯光。

长大了，又回到这所房屋时，我在自己的房间里便可以看到起伏明灭的萤火了。我的窗正对着那小溪，溪水比以前窄了，草丛比以前矮了，只有萤火，那银白的，有时是浅绿色的光，还是依旧。有时抛书独坐，在黑暗中看着那些飞舞的亮点，那么活泼，那么充满了灵气，不禁想到《仲夏夜之梦》里那些会吵闹的小仙子；又不禁奇怪这发光的虫怎么未能在《聊斋志异》里占一席重要的地位。它们引起多么远、多么奇的想象。那一片萤光后面的小山那边，像是有什么仙境在等待着我。但是我最多只是走出房来，在溪边徘徊片刻，看看墨色涂染的天、树，看看闪烁的溪水和萤火。仙境嘛，最好是留在想象和期待中的。

日子一天天热闹起来。解放、毕业，几乎每个人都觉得自己在发光。我们是新中国成立后第三届大学生。毕业前夕，一个星光灿烂的夜晚，和几个好友，久久地坐在这溪边山坡上，望着星光和萤光。我们看准一棵树，又看准一个萤，看它是否能飞到那棵树，来卜自己的未来。几乎每一个萤火虫都能飞到目的地,因为没有飞到的就不算数。那时,我们的表格里无一不填着:"坚决服从分配,到祖国最需要的地方去!"无论分到哪里,我们都会怀着对美好未来的向往扑过去的。星空中忽然闪了一下,是一颗流星划过了天空。据说流星闪亮时,心中闪过的希望是会如愿的,但我们谁也没有再想要什么。有了祖国,有了党,不就有了一切吗?我觉得重任在肩,而且相信任何重任我都担得起。难道还有比这种信心更使人兴奋、欢喜,使人感到无可比拟的幸福吗?虽然我知道自己很小,小得像萤火虫那样。萤火虫却是会发光的,使得黑夜也璀璨美丽,使得黑夜也充满了幻想。

奇怪的是,自从离开清华园,再也不曾见到萤火虫。可能因为再也没有住在水边了。后来从书上知道,隋炀帝在江都一带经营过"萤苑",征集"萤火数斛",为夜晚游山之用。这皇帝连萤火虫都不放过,都要征来服役,人民的苦难,更可想见了。但那"萤苑"风光,一定是好看的。因为那种活泼的光,每一点都呈现着生命的力量。以后无意中又得知萤火虫能捕食害虫,于农作物有益,不觉十分高兴。便想,何不在公园中布置个"萤苑"，为夏夜增光，让曾被皇帝拘来当劳工的萤火虫，有机会为人民服务呢。但在那"十年浩劫"中，连公园都几乎查封，那"萤苑"的构思，早就逃之夭夭了。

前几天，偶得机缘，和弟弟这个从小的同学往清华走了一遭。图书馆看去一次比一次小，早不是小时候心目中的巍峨了。那肃穆的、勤奋的读书气氛依然，书库中的玻璃地板也还在，底层的报刊阅览室也还是许多人站着看报。弟弟说他常做一个同样的梦——到这里来借报纸。底层增了检索图书用的计算机，弟弟兴致勃勃地和机上人员攀谈，也许他以后的梦，要改变途径了。我的萤火虫却从未在梦中出现。行向小河那边时，因为在白天，本不指望看见萤火，但以为草坡上的"毋忘我"和"毋念我"总会显出颜色。不料看见的，是一条干涸的沟，两岸干黄的土坡，春雨轻轻地飘洒，还没有一点绿意。那明净的、潺潺的、不慌不忙流着的溪水，已不知何时流往何处了。我们旧日的家添盖了房屋，现在是幼儿园了。虽是假日，还有不少孩子，一个个转动着点漆般的眼睛看着我们。"你们这些黑眼睛的孩子！好黑的眼睛啊！"我不由得想。

## 柳信

今年的春，来得特别踌躇、迟疑，乍暖还寒，翻来覆去，仿佛总下不定决心。但是路边的杨柳，不知不觉间已绿了起来，绿得这样浅，这样轻，远望去迷迷蒙蒙，像是一片轻盈的、明亮的雾。我窗前的一株垂柳，也不知不觉在枝条上缀满新芽，泛出轻浅的绿，随着冷风，自如地拂动。这园中原有许多花木，这些年也和人一样，经历了各种斧钺虫豸之灾，只剩下一园黄土、几株俗称瓜子碴的树。还有这棵杨柳，年复一年，只管自己绿着。

少年时候，每到春天，见杨柳枝头一夜间染上了新绿，总是兴高采烈，觉得欢喜极了，轻快极了，好像那生命的颜色也染透了心头。曾在中学作文里写过这样几句：

嫩绿的春天又来了

看那陌头的杨柳色

世界上的生命都聚集在那儿了

不是吗？

那年青的眼睛般的鲜亮呵

老师在这最后一句旁边打了密密的圈。我便想，应该圈点的，不是这段文字，而是那碧玉妆成、绿丝绦般的杨柳。

于是许多年来，便想写一篇《杨柳辩》。因为人们历来并不认为杨柳是该圈点的，总是以松柏喻坚贞，以蒲柳比轻贱。现在呢，"辩"的锐气已消，尚幸并未全然麻木，还能感觉到那柳枝透露的春消息。

抗战期间在南方，为躲避空袭，我们住在郊外一个庙里。这庙坐落在村庄附近的小山顶上，山上蓊蓊郁郁，长满了各样的树木。一条歪斜的、可容下一辆马车的石板路，从山脚蜿蜒而上。路边满是木香花，春来结成两道霜雪覆盖的花墙。花墙上飘着垂柳，绿白相映，绿的格外鲜嫩，白的格外皎洁。柳丝拂动，花儿也随着有节奏地摇头。

庙的右侧，有一个小山坡，草很深，杂生着野花，最多的是野杜鹃，在绿色的底子上形成红白的花纹。坡下有一条深沟，沟上横生着一株柳树，据说是雷击倒的。虽然倒着，还是每年发芽。靠山坡的一头有一个斜生的枝杈，总是长满长长的柳丝，一年有大半年绿莹莹的，好像一把撑开的绿伞。我和弟弟经常在这柳桥上跑来跑去，采野花，捉迷藏，不用树和灌木，只是草，已足够把我们藏起来了。

一个残冬，我家的小花猫死了。昆明的猫很娇贵，养大是不容易的。那是我第一次看到什么是死。它躺着，闭着眼。我和弟弟用猪肝拌了饭，放在它嘴边，它仍一动也不动。"它死了。"母亲说，"埋了吧。"我们呆呆地看着那显得格外瘦小的猫，弟弟呜呜地哭了。我心里像堵上了什么，看了半天，还不离开。

"埋了吧，以后再买一只。"母亲安慰地说。

我作了一篇祭文，记得有"呜呼小花"一类的话，放在小猫身上。我们抬着盒子，来到山坡。我一眼便看中那柳伞下的地方，虽然当时只有枯枝。我们掘了浅浅的坑，埋葬了小猫。冷风在树木间吹动，我们那时都穿得十分单薄，不足以御寒的。我拉着弟弟的手，呆呆地站着，好像再也提不起玩的兴致了。

忽然间，那晃动的枯枝上透出一点青绿色，照亮了我们的眼睛，那枝头竟然有一点嫩芽了，多鲜多亮啊！我猛然觉得心头轻松好多。杨柳绿了，杨柳绿了，我轻轻地反复在心里念诵着。那时我的词汇里还没有"生命"这些字眼，但觉得自己又有了精神，一切都又有了希望似的。

时光流去了近四十年，我已经历了好多次的死别，到一九七七年，连我的母亲也撒手别去了。我们家里，最不能想象的就是没有我们的母亲了。母亲病重时，父亲说过一句话："没有你娘，这房子太空。"这房子里怎能没有母亲料理家务来去的身影，怎能没有母亲照顾每一个人、关怀每一个人的呵斥和提醒，那充满乡土风味的话音呢！然而母亲毕竟去了，抛下了年迈的父亲。母亲在病榻上时，用力抓着我的手说过，她放心，因为她的儿女是好的。

我是尽量想做到让母亲放心的。我忙着料理许多事，甚至没有好好哭一场。

两个多月过去，时届深秋。园中衰草凄迷，落叶堆积。我从外面回来，走进藏在衰草落叶中的小径——

这小径，我曾在深夜里走过多少次啊。请医生，灌氧气，到医院送汤送药，但终于抵挡不住人生大限的到来。我茫然地打量着这园子，这时，侄儿迎上来说，家里的大猫——狮子死了，是让人用鸟枪打死的，已经埋了。

这是母亲喜欢的猫，是一只雪白的狮子猫，眼睛是蓝的，在灯下闪着红光。这两个月，它天天坐在母亲房门外等，也没等得见母亲出来。我没有问埋在哪里，无非是在这一派清冷荒凉之中罢了。我却格外清楚地知道，再没有母亲来安慰我了，再没有母亲许诺我要的一切了。

深秋将落叶吹得团团转，枯草像是久未梳理的乱发，竖起来又倒下去。我的心直往下沉，往下沉——忽然，我看见几缕绿色在冷风中瑟瑟地抖颤，原来是窗前那株柳树。在冬日的萧索中，柳色有些黯淡，但在一片枯草之间，它是绿着。"这容易生长的、到处都有的、普通的柳树，并不怕冷。"我想着，觉得很安慰，仿佛得到了支持似的。

清明时节，我们将柳枝插在门外，据说可以避邪；又选了两枝，插在母亲骨灰盒旁的花瓶里。柳枝并不想跻身松柏等岁寒之友中，它只是努力尽自己的本分，尽量绿得长一些，就像一个普通正常的母亲、平凡清白的人一样。

柳枝正绿着，衬托着万紫千红。这丝丝垂柳，是会织出大好春光的。

## 猫冢

十月份到南方转了一圈,成功地逃避了气管炎和哮喘——那在去年是发作得极剧烈的。月初回到家里,满眼已是初冬的景色。小径上的落叶厚厚一层,树上倒是光秃秃的了。风庐屋舍依旧,房中父母遗像依旧,我觉得一切似乎平安,和我们离开时差不多。见过了家人以后,觉得还少了什么。少的是家中另外两个成员——两只猫。"媚儿和小花呢?"我和仲同时发问。

回答说,它们出去玩了,吃饭时会回来。午饭之后是晚饭,猫儿还不露面。晚饭后全家在电视机前小坐,照例是少不了两只猫的。媚儿常坐在沙发扶手上,小花则常蹲在地上,若有所思地望着我。我总是和它说话,问它要什么,一天过得好不好。它以打哈欠来回答。有时就试图坐到膝上来,有时则看看门外,那就得给它开门。

可这一天它们不出现。

"小花，小花，快回家！"我开了门灯，站在院中大声召唤。因为有个院子，屋里屋外，猫们来去自由，平常晚上我也常常这样叫它，叫过几分钟后，一个白白圆圆的影子便会从黑暗里浮出来，有时快步跳上台阶，有时走两步停一停，似乎是闹着玩。有时我大开着门它却不进来，忽然跳着抓小飞虫去了，那我就不等它，自己关门。一会儿再去看时，它坐在台阶上，一脸期待的表情，等着开门。

小花被家人认为是我的猫。叫它回家是我的差事，别人叫，它是不理的。仲因为给它洗澡，和它隔阂最深。一次仲叫它回家，越叫它越往外走，走到院子的栅栏门了，忽然回头见我出来站在屋门前，它立刻转身飞箭似的跑到我身旁。没有衡量，没有考虑，只有天大的信任。对这样的信任我有些歉然，因为有时我也不得不哄骗它，骗它在家等着，等到的是洗澡。可它似乎认定了什么，永不变心，总是坐在我的脚边，或睡在我的椅子上。再叫它，还是高兴地回家。

可是现在，无论怎么叫，只有风从树枝间吹过，好不凄冷。

七十年代初，一只雪白的、蓝眼睛的狮子猫来到我家，我们叫它狮子，它活了五岁，在人来讲，约三十多岁，正在壮年。它是被人用鸟枪打死的。当时它刚生过一窝小猫，好的送人了，只剩一只长毛三色猫，我们便留下了它，叫它花花。花花五岁时生了媚儿，因为好看，没有舍得送人。后来又有一只小猫没有送出。花花活了十岁左右，也是深秋时分，它病了，不肯在家，曾回来有气无力地叫了几声，用它那妩媚温顺的眼光看着人，那就是它的告别了。后来它忽然就不见了。猫不肯死在自己家里，怕给人添麻烦。

孤儿小猫就是小花，它是一只非常敏感、有些神经质的猫，非常注意人的脸色，非常怕生人。它基本上是白猫，头顶、脊背各有一块乌亮的黑，还有尾巴是黑的。尾巴常蓬松地竖起，如一面旗帜，招展得很有表情。它的眼睛略呈绿色，目光中常有一种若有所思的神情。我常常抚摸它，对它说话，觉得它不知什么时候就会回答。若是它忽然开口讲话，我一点不会奇怪。

小花有些狡猾，心眼儿多，还会使坏。一次我不在家，它要仲给它开门，仲不理它，只管自己坐着看书。它忽然纵身跳到仲膝上，极为利落地撒了一泡尿，仲连忙站起时,它已方便完毕,躲到一个角落去了。"连猫都斗不过!"成了一个话柄。

小花也是很勇敢的,有时和邻家的猫小白或小胖打架,背上的毛竖起,发出和小身躯全不相称的吼声。"小花又在保家卫国了。"我们说。它不准邻家的猫践踏草地。猫们的界限是很分明的,邻家的猫儿也不欢迎客人。但是小花和媚儿极为友好地相处,从未有过纠纷。

媚儿比小花大四岁,今年已快九岁,有些老态龙钟了,它浑身雪白,毛极细软柔密,两只耳朵和尾巴是一种娇嫩的黄色。小时可爱极了,所以得一媚儿之名。它不像小花那样敏感,看去有点儿傻乎乎。它曾两次重病,都是仲以极大的耐心带它去小动物门诊,给它打针服药,终得痊愈。两只猫洗澡时都要放声怪叫。媚儿叫时,小花东藏西躲,想逃之夭夭。小花叫时,媚儿不但不逃,反而跑过来,想助一臂之力。其憨厚如此。它们从来都用一个盘子吃饭。小花小时,媚儿常让它先吃。小花长大,就常让媚儿先吃。有时一起吃,也都注意谦让。我不免自夸几句:"不要说郑康成婢能诵毛诗,看看咱们家的猫!"

可它们不见了!两只漂亮的、各具性格的、懂事的猫，你们怎样了？

据说我们离家后几天中，小花在屋里大声叫，所有的柜子都要打开看过。给它开门，又不出去。以后就常在外面，回来的时间少。以后就不见了，带着爱睡觉的媚儿一起不见了。

"到底是哪天不见的？"我们追问。

都说不清，反正好几天没有回来了。我们心里沉沉的，找回的希望很小了。

"小花，小花，快回家！"我的召唤在冷风中，向四面八方散去。

没有回音。

猫其实不仅是供人玩赏的宠物，它对人是有帮助的。我从来没有住过新造的房子。旧房就总有鼠患。在城内酒兹府居住时，老鼠大如半岁的猫，满屋乱窜，实在令人厌恶。抱回一只小猫，就平静多了。风庐中鼠洞很多，鼠们出没自由。如有几个月无猫，它们就会偷粮食，啃书本，坏事做尽。若有猫在，不用费力去捉老鼠，只要坐着，甚至睡着"喵呜"几声，鼠们就会望风而逃。一次父亲和我还据此讨论了半天"天敌"两字。猫是鼠的天敌，它就有灭鼠的威风！驱逐了鼠的骚扰，面对猫的温柔娇媚,感到平静安详,赏心悦目,这多么好!猫实在是人的可爱而有利的朋友。

小花和媚儿的毛都很长,很光亮。看惯了,偶然见到紧毛猫,总觉得它没穿衣服。但长毛也有麻烦处,它们好像一年四季都在掉毛,又不肯在指定的地点活动,以至家里到处是猫毛。有朋友来,小坐片刻,走时一身都是猫毛,主人不免尴尬。

一周过去了,没有踪影。也许有人看上了它们那身毛皮——亲爱的小花和媚儿,你们究竟遇到了什么!

我们曾将狮子葬在院门内枫树下,它大概早融在春来绿如翠、秋至红如丹的树叶中了。狮子的儿孙们也一代又一代地去了,它们虽没有葬在冢内,也各自到了生命的尽头。"前不见古人,后不见来者。"生命只有这么有限的一段,多么短促。我亲眼看见猫儿三代的逝去,是否在冥冥中,也有什么力量在看着我们一代又一代在消逝呢?

## 小东城角的井

昆明是我的第二故乡。

抗战八年，居住昆明，十分思念北平，总觉得北平的一草一木都是好的。回到北京后，又十分思念昆明，思念昆明那蓝得无底的天，乡下路旁没有尽头的木香花篱，几百朵红花聚于一树的山茶，搅动着幽香的海的蜡梅林，还有那萦绕在我少年时代的抑扬顿挫的昆明语调。

人就是这样，那远处的总是好一些。至于那逝去的，不可回复的，更是带有神秘色彩，一辈子都可以反复玩味——如果有时间的话。

一九三八至一九四六年，我家在昆明市内和近郊迁移过多次。曾有约一年时间，住在小东城角。一个小花园中的两幢小楼，我们和叔父景兰先生一家住在里面一幢，大门边的一幢由房东自己住。园中花木扶疏，颇为清雅,还有一口井。

刚搬去时,我们几个孩子总爱到井边去,俯在石栏上向下看。那是一面黯淡的镜子,照出我们的好奇的高兴的脸儿。那水很满,惹人想去摸一摸。但我们从未去搅动,只是看看。有时大喊一声,井里立刻有微弱的回声,好像井底住着什么精灵。我们便叫:"出来出来!"当然什么也没有出来。

房东一家和我们不大来往,后来他们家来了一个梳两条细辫子的少女。据说是远房亲戚。她常到井边打水,对我们笑笑,不说话。在大门边遇见几次她问房东太太:"咋个整?"不知问的是关于家务还是她自己的事。

"咋个整?"是我们最先学会的几句昆明话之一。我们也常常问"咋个整?"听人问这话很觉亲切。

在小东城角住时还有一个重要节目,就是到附近一个图书馆看书,星期日和假日常常去。

似乎是叫作绥靖路图书馆,房间不大,有许多旧小说,读者秩序极好。有一本《兰花梦》给我印象很深,至今能记得其中情节。一户显赫人家有两个女儿,次女出生时家人都盼着是个男孩,不幸是女孩,便假充男儿教养。她冒充男人事事成功,状元得中,高官得做,但不忘自己是个女儿身，不愿在女人方面有所欠缺，要求丫鬟为自己缠足。后来嫁了一个样样逊她一筹的同僚，被虐待至死。书中加了个尾巴，说她返回天上做仙女去了。

一次从图书馆回家，见房东家的那位少女倚在门口，望着路的一端。她对我笑笑，轻轻说了一句："咋个整？"不知是自问还是问我，我仰头看她，她却又转脸望着路的一端。

次日早饭后，母亲对我们说，不要到井边去玩。我说，井边有栏杆。母亲温和地加重语气说："不要去了。听见了吗？！"

然而花园很小，我们站在门前，便见房东太太和几个人站在井边，指指点点说什么。

几天不见那少女，后来才知道，她投井死了。

大家都觉得很恐怖。又过了些日子，恐怖的感觉渐渐淡了。我悄悄到井边看，只见花木依旧，井栏边布满青苔，一片碧绿。大着胆子俯身看井，水仍是很满。我不敢仔细辨认自己的脸，看了一眼便跑开，心想跳井似乎是很容易的。

有很长时间，我把那少女和《兰花梦》中人连在一起，虽然她们的身份悬殊。

在记忆的深井里，往事已经模糊，小东城角究竟是否真有过这样一位少女，很难说。也许是因为习惯于想象，把幻象添了进去。

然而那一口井，是确实存在过的。

## 风庐乐忆

清华园乙所曾是我的家。它位于园内一片树林之中。小时候觉得林子深远茂密，绿得无边无涯，走在里面，像是穿过一个梦境。抗战时在昆明，对北平的怀念里，总有这片林子。及至胜利后，再住进乙所，却发现这林子不大，几步便到边界。也没有回忆中的丰富色彩。

复员后的一年夏天，有人在林中播放音乐，大概是所谓的音乐茶座吧，凭窗而立，音乐像是从绿色中涌出来，把乙所包围了，也把我包围了。常听到的有舒伯特的《未完成》交响曲，这是很少的我记得旋律的乐曲之一。还有贝多芬的《田园》，莫扎特的弦乐四重奏，柴可夫斯基的《悲怆》等。每当音乐响起时，小树林似乎扩大了，绿色显得分外滋润，我又有了儿时往一个梦境深处飘去的感觉。

清华音乐室很活跃,学生里音乐爱好者很多。学余乐手颇不乏人,还出了些音乐专业人才。我是不入流的,只是个不大忠实的听众而已。因为自己有的唱片很有限,常和同学一起到美国教授温德先生家听音乐。温德先生教我们英诗和莎士比亚,又深谙古典音乐。他没有家,以文学和音乐为伴。在他那里听了许多经典名作,用的大都是七十八转唱片。每次换唱片,他都用一个圆形的软刷子把唱片轻刷一遍,同时讲解几句。他不是上课,不想灌输什么。现在大家都不记得他讲什么,却记得他最不喜欢柴可夫斯基,认为柴可夫斯基太感伤。有一次听肖邦,我坐在屋外台阶上,月光透过掩映的花木照下来。我忽然觉得肖邦很有些中国味道。后从傅雷家书中得知确实中国人适合弹肖邦。有很长一段时间,我最偏爱肖邦。

以后在风庐里住的约四十年中,听音乐的机会随客观情况的变化而忽少忽多。只是再没有固定的音乐活动了,也没有人义务为大家换唱片了。最后一次见到温德是在北大校医院楼梯口,他当时已快一百岁了,坐在轮椅上,盖着一条毯子。我忙趋前问候。他用英语说:"他们不让我出去!告诉他们,我要出去,到外面去!"我找到护士说情。一位说，下雨呢，他不能出去。又一位说，就是不下雨，也不能去。我只好回来婉转解释，他看住我，眼神十分悲哀。我不忍看，慌忙告别下楼去，一路蒙蒙细雨中，我偏偏仿佛听到柴可夫斯基《第六交响曲》中那段最哀伤的曲调。温德先生听见了什么，我无法问他。

这几年较稳定，便成为愈来愈忠实的听者，海淀这边有音乐会时，常偕外子前往。好几次见满场中只有我两人发染银霜，也不觉得杂在后生群中有什么不妥。有一次中央乐团先演奏一个现代派的名作，休息后演奏贝多芬的《第七交响曲》，在饱受奇怪音响的磨难之后，觉得《第七交响曲》真好听！它是这样活泼而和谐，用一句旧话形容，让人全身三万六千个毛孔都通开了。又一次有一位苏联女钢琴家来演奏拉赫玛尼诺夫《第二钢琴协奏曲》，于是，满怀热望到场，谁知她的演奏十分苍白无力。我却也不沮丧，总算当场听过一次了。在海淀听过几次肖斯塔科维奇，发现他是那样深刻，和我们的心灵深处很贴近很贴近。一九九一年严冬，我刚结束差不多一年的病榻生活，还曾不顾家人反对，远征到北京音乐厅听莫扎特的《安魂曲》。记得刚见莫扎特这几个字，便感到安慰。

严肃音乐不景气，音乐会少多了。要听音乐，当然还是该自己拥有设备。我毫无这方面的志向，只是书已够我对付，够我"恨"了，怎受得了再加上磁带、唱片、CD 什么的。我憧憬的是家徒四壁，想看书到图书馆，想听音乐一按收音机。许多国家有专播古典音乐的电台，我希望我们在这一点能赶上，不必二十四小时，八小时也够了，可不能安排在夜里。

现代音乐理论家黎青主曾说音乐是"上界的语言"，并引马丁·路德的诗句："谁从事音乐就是有了一份上界的职业。"他自己解释说，意即音乐是灵魂的语言，是灵界的一种世界语言。音乐在诸门艺术中确是最直接诉诸灵魂的，最没有国界的。对"上界的语言"这话，我还想到两层意思：一是可以用来形容音乐的美；另一层意思我用一句话来表达，那就是：能听一点音乐的人有福了。

## 我爱燕园

考究起来，我不是北大或燕京的学生，也从未在北大任教或兼个什么差事。我只是一名居民，在这里有了三十五年居住资历的居民。时光流逝，如水如烟，很少成绩；却留得一点刻骨铭心之情：我爱燕园。

我爱燕园的颜色。五十年代，春天从粉红的桃花开始。看见那单薄的小花瓣在乍暖还寒的冷风中轻轻颤动，便总为强加于它轻薄之名而不平，它其实是仅次于梅的先行者。还没有来得及为它翻案，不要说花，连树都难逃斧钺之灾，砍掉了。于是便总由金黄的连翘迎来春天。因它可以入药，在校医院周围保住了一片。紧接着是榆叶梅热闹地上场，花团锦簇，令人振奋。白丁香、紫丁香，幽远的甜香和着朦胧的月色，似乎把春天送到了每人心底。

绿草间随意涂抹的二月兰，是值得大书特书的。那是野生的花，浅紫掺着乳白，仿佛有一层亮光从花中漾出，随着轻拂的微风起伏跳动，充满了新鲜，充满了活力，充满了生机。简直让人不忍走开。紫色经过各种变迁，最后便是藤萝。藤萝的紫色较凝重，也有淡淡的光，在绿叶间缓缓流泻，这时便不免惊悟：春天已老。

夏日的主色是绿，深深浅浅、浓浓淡淡的绿。从城里奔走一天回来，一进校门，绿色满眼，猛然一凉，便把烦恼都抛在校门外了。绿色好像是底子，可以融化一切的底子，那文眼则是红荷。夏日荷塘是我招待友人的保留节目。鸣鹤园原有大片荷花，红白相间，清香远播。动乱多年后，寻不到了。现在勺园附近、朗润园桥边都有红荷，最好的是镜春园内的一池，隐藏在小山之后，幽径曲折，豁然得见。红荷的红不同于桃、杏，鲜艳中显出端庄，就像白玉兰于素静中显出华贵一样。我曾不解为什么佛的宝座做莲花状，再一思忖，无论从外貌或品德比较，没有比莲花更适合的了。

秋天的色彩令人感到充实和丰富。木槿的花有紫有白，紫薇的花有紫有红，美人蕉有各种颜色，玉簪花则是玉洁冰清，一片纯白。而最得秋意的是树叶的变化，临湖轩下池塘北侧一排高大的银杏树，秋来成为一面金色高墙，满地落叶也是金灿灿的，踩上去不由生出无限遐想。池塘西侧一片灌木不知名字，一个叶柄上对称地生着秀长的叶子，着雨后红得格外鲜亮。前年我为它写了一篇小文《秋韵》，去年再去观赏时，却见树丛东倒西歪，让人踩出一条路。若再成红霞一片，还不知要多少年！我在倒下的枝叶旁徘徊良久，恨不能起死回生！

一望皆白的雪景当然好看，但这几年很少下雪。冬天的颜色常常是灰蒙蒙的，很模糊。晴时站在未名湖边四顾，天空高处很蓝，愈往边上愈淡，亮亮地发白，枯树枝丫、房屋轮廓显出各种姿态，像是一幅没有着色只有线条的钢笔画。

我爱燕园的线条。湖光塔影，常在从燕园离去的人的梦中。映在天空的塔身自不必说，投在水中的塔影，轮廓弯曲了，摇曳着，而线条还是那么美！湖心岛旁的白石舫，两头微微翘起，有一点弧度，显得既圆润又利落。据说几座仿古建筑的檐角，因为缺少了弧度，而成凡品。湖西侧小山上的钟亭，亭有亭的线条，钟有钟的线条，钟身上铸了十八条龙和八卦。那几条长短不同的横线做出的排列组合，几千年来研究不透。

我爱燕园的气氛，那是人的活动造成的。每年秋天，新学年开始，园中添了许多稚气的脸庞。"老师，六院在哪里？""老师，一教怎样走？"他们问得专心，像是在问人生的道路。每年夏天，学年结束，道听途说则是："你分在哪里？""你哪天走？"布告牌上出现了转让车票、出让旧物的字条。毕业生要到社会上去了。不知他们四年里对原来糊涂的事明白了多少，也不知今后会有怎样的遭遇。我只觉得这一切和四季一样分明，这是人生的节奏。

有时晚上在外面走——应该说，这种机会越来越少了——看见图书馆灯火通明，像一条夜航的大船，总是很兴奋。那凝聚着教师与学生心血的智慧之光，照亮着黑暗。这时我便知道，糊涂会变成明白。

三角地没有灯，却是小小的信息中心，前两年曾特别热闹，几乎天天有学术报告，各种讲座，各种意见，显示出每个人都用自己的头脑在思索。一片绚烂胜过自然间的万紫千红。这才是燕园本色！去年上半年骤然冷落，只剩些舞会通知、电影广告和遗失启事，虽然有些遗失启事很幽默，却总感到茫然凄然。近来又恢复些生气。我很少参加活动，看看布告，也是好的。

我爱燕园中属于我自己的记忆。我扫过自家门前雪，和满地扔瓜子壳儿的男士女士们争吵过。我为奉老抚幼，在衰草凄迷的园中奔走过。我记得室内冷如冰窖的寒冬，也记得新一代水暖工送来温暖的微笑。我那操劳一生的母亲怀着无限不安和惦念在校医院病逝，没有足够的人抬她下楼。当天，她所钟爱的狮子猫被人用鸟枪打死，留下一只尚未满月的小猫。这小猫如今已是十一岁，步入老年行列了。这些记忆，无论是美好的还是痛苦的，都同样珍贵。因为那属于我自己。

我爱燕园。

## 湖光塔影

从燕园离去的人,难免沾染些"泉白烟霞"的癖好。清晨在翠竹下读书,黄昏在杨柳岸边散步,习惯了,自然觉得燕园的朝朝暮暮,和那一木一石融在一起,难以分开。在诸般景色中,最容易萦绕于人们思念的,大概是那湖光塔影的画面了。但若真把这幅画面落在纸上,究竟该怎样着笔,我却想不出。

小时候,常在湖边行走。只觉得这湖水真绿,绿得和岸边丛生的草木差不多,简直分不出草和水、水和草来;又觉得这湖真大,比清华的荷花池大多了。要不然怎么一个叫池,一个叫湖呢。对面湖岸看来不远,但可要走一会儿,不像荷花池一跑便是一圈。湖中心有一个绿色的小岛,望去树木葱茏,山石叠翠。岛东有一条白色的石船,永恒地停在那里。虽然很近,我却从未到过岛上。只在岸边看着鱼儿向岛游去，水面上形成一行行整齐的波纹。"鱼儿排队！"我想。在梦中，我便也加入鱼儿的队伍，去探索小岛的秘密。

一晃过了几十年。这里经过了多少惊涛骇浪。我在经历了人世酸辛之余，也已踏遍燕园的每一个角落。领略了花晨月夕，四时风光。未名湖，湖光依旧。那塔，应该是未名塔了，但却从没有人这样叫它。它矗立在湖边，塔影俨然。它本是实用的水塔，建造时留意为湖山生色，仿照了通州十三层宝塔的式样。关于通州塔，有许多优美的传说故事，而这未名塔最让人难忘的，只是它投在湖水上的影子。晴天时，岸上的塔直指青天，水中的塔深延湖底，湖水一片碧绿，湖影在湖光中，檐角的小兽清晰可辨。阴雨时，黯云压着岸上的塔，水中的塔也似乎伸展不开，雨珠儿在湖面上跳落，泛起一层水汽，塔影摇曳了，散开了，一会儿又聚在一起，给人一种迷惘的感觉。雾起时，湖、塔都笼罩着一层层轻纱。雪落时，远近都覆盖着从未剪裁过的白绒毡。

月夜在湖上别有一番情调。湖西岸有一座筑有钟亭的小山，山侧有树木、草地和一条小路。月光在这儿，多少有些局促。循小路转过山脚，眼前忽然一亮，只见月色照得一片通明，水面似乎比白天宽阔了许多，水波载着月光不知流向何方。但那些北岸树丛中的灯火，很快显示了湖岸的线条，透露了未名湖的秀雅风致。行近岸边，长长的柳丝摇曳着月色湖光。水的银光下是挺拔的塔影，天的银光下是挺拔的塔身。湖中心的小岛蓊蓊郁郁，显得既缥缈又实在。这地面上留住的月光和湖面上的不同。湖面上的闪烁如跃，如同乐曲中轻盈的拨弦；地面上的迷茫空灵，却似水墨画中不十分均匀的笔触。

循路东行到一座小石桥边，向右折去，是一潭与未名湖相通的水。水面不大，三面山坡，显得池水很深。山坡上树木茂密，水边石草杂置。月光从树中照进幽塘。水中反射出冷冷的光，真觉得此时应有一只白鹤从水上掠过，好为那"寒塘渡鹤影，冷月葬诗魂"的诗句做出图解。

又是清晨的散步。想是因为太早，湖畔阒寂无人，只有知了已开始一天的喧闹。我在小山与湖水之间徐行，忽然想起，这山上有埃德加·斯诺先生的遗骨，我此时并不是一个人在这里。斯诺墓已经成为未名湖畔的一个名胜古迹了。简朴的墓碑上刻着"中国人民的美国朋友"的字样。这墓地据说原是花神庙的遗址。湖边上，正在墓的迎面，有一座红色的、砖石筑成的旧庙门，那想是原来的庙门了。我想，中国的花神会好好照看我们的朋友。而"朋友"这个名词所表现的深厚情谊正是我们和全世界人民关系的内涵。

站在红门下向湖中的岛眺望，那白石船仍静静地停泊在原处，树木只管各自绿着。但这几年，在那浓绿中，有一个半球状的铁网样的东西赫然摆在那里，仰面向着天空。那是一架射电天文望远镜，用来接收其他星体的电波。有的朋友认为它破坏了自然的景致，我却觉得它在湖光塔影之间，显示出人类智慧的光辉。儿时的梦在我眼前浮起，我要探索的小岛的奥秘，早已由这架望远镜向宇宙公开了。

沉思了片刻，未名塔的背后已是一片朝霞。平日到这时分，湖边的人会渐渐多起来。有人跑步，有人读书，整个湖上充满了活泼的生意。这时却只有两个七八岁的学生在我旁边。他们不知从何时起，坐在岸石上，聚精会神地观察水里的鱼。我想起现在已经放暑假了，孩子才有时间清早在水边流连。

"看，鱼！鱼排队！"他们高兴地大叫大嚷，一面指着水面上整齐的一行行波纹，波纹正向小岛行去。

"骑鱼探险去吧？"我不由得笑问。

"你怎么知道？"他们冲我眨眼睛，又赶快去盯住大鱼。我不只知道这个，还知道这小岛早已不在话下，他们的梦，应该是探索宇宙的奥秘了。

我怕打扰他们，便走开了。信步来到大图书馆前。这图书馆真有北京大学的气派。四层楼顶周围镶嵌的绿琉璃瓦在朝阳的光辉里闪闪发亮，正门外有两大片草地，如同两潭清浅的池水。凸出的门廊阶下两长排美人蕉正在开放，美人蕉后是木槿树，雪青、洁白的花朵缀在枝头。馆门上高悬"北京大学图书馆"七个挺秀的大字。这里藏书三万两千册，有两千左右座位，还是终日座无虚席。平时，每天清晨，总有许多人在门前等候。有几次，这些年轻人别出心裁，各自放下装得鼓鼓的书包，由书包排成了长长的队伍。书包虽不像鱼儿会游泳，但却引导人们在知识的活水中得到营养，一步步攀登高峰。这些年轻人中的一部分已经奔向祖国的四面八方，用学得的知识从事建设了。今后，还会有更多的年轻人来这里学习，汲取知识的活水。

　　这时，我虽不在未名湖畔，却想出了幅湖光塔影图。湖光、塔影，怎样画都是美的，但不要忘记在湖边大石上画出一个鼓鼓的半旧的帆布书包，书包下压着一纸我们伟大祖国的色彩绚丽的地图。

## 燕园石寻

从燕园离去的人，可记得那些石头？

初看燕园景色，只见湖光塔影，秀树繁花，不会注意到石头。回想燕园风光，就会发现，无论水面山基，或是桥边草中，到处离不开石头。

燕园多水，堤岸多用大块石头依其自然形态堆砌而成。走进有点古迹意味的西校门，往右一转，可见一片荷田。夏日花大如巨碗。荷田周围，都是石头。有的横躺，有的斜倚，有的竖立如小山峰，有的平坦可以休憩。岸边垂柳，水面风荷，连成层叠的绿，涂抹在石的堤岸上。

最大的水面是未名湖，也用石做堤岸。比起原来杂草丛生的土岸，初觉太人工化。但仔细看，便可把石的姿态融进水的边缘，水也增加了意味。西端湖水中有一小块不足成为岛的土地，用大石头与岸相连。连续的石块，像是逗号下的小尾巴。"岛"靠湖面一侧，有一条石雕的鱼，曾见它无数次地沉浮。它半张着嘴，有时是在依着水面吐泡儿，有时则高高地昂着头。鱼头和向上翘着的尾巴，测量着湖面的高低。每一个燕园长大的孩子，都在那石鱼背上坐过，把脚伸在水里，自由自在地幻想未来。等他们长大离开，这小小的鱼岛便成为他们生命中的一个逗号。

不只水边有石，山下也是石。从鱼岛往西，在绿荫中可见隆起的小山，上下都是大石。十几株大树的底座，也用大树围起来。路边随时可见气象不一成为景致的石头，几块石矗立桥边，便成了具有天然意趣的短栏。杂缀着野花的披拂的草中，随意躺卧着大石，那惬意样儿，似乎"嵇康晏眠"也不及它。

这些石块数以千万计，它们和山、水、路、桥一起，组成整体的美。燕园中还有些自成一家的石头可以一提。现在看到的都是太湖石，不知入不入得石谱。

办公楼南两条路会合处有角草地，中间摆着一尊太湖石，不及一人高，宽宽的，是个矮胖子。石上有许多纹路孔窍，让人联想到老人多皱纹和黑斑的脸，这似乎很丑，但也奇怪，看着看着，竟在丑中看出美来，那皱纹和黑斑都有一种自然的韵致,可以细细观玩。

北面有小路,达镜春园。两边树木郁郁葱葱,绕过楼房,随着曲径,寻石的人会忽然停住脚步。因为浓绿中站着两块大石,都带着湖水激荡的痕迹。两石相挨,似乎你望着我,我望着你。路边的另一边草丛中站着一块稍矮的石,斜身侧望,似在看着那两个伴侣。

再往里走,荷池在望,隔着卷舒开合任天真的碧叶红菡萏,赫然有一尊巨石,顶端有洞。转过池面通路,便见大石全貌。石下连着各种形状的较小石块,显得格外高大。线条挺秀,洞孔诡秘,重峦叠嶂,都聚石上。还有爬上来的藤蔓,爬上来又静静地垂下。那鲜嫩的绿便滴在池水里、荷叶上。这是诸石中最辉煌的一尊。

不知不觉出镜春园,到了朗润园。说实话,我从来没有弄清两园交界究竟在何处。经过一条小村镇般的街道,到得一座桥边,正对桥身立着一尊石。这石不似一般太湖石玲珑多孔,却是大起大落,上下凸出,中间凹进,可容童子蹲卧,如同虎口大张,在等待什么。放在桥头,似有守卫之意。

再往北走,便是燕园北墙了。又是一块草地上,有假山和太湖石。这尊石有一人多高,从北边看,宛如一只狼犬举着前腿站立,仰首向天,在大声吼叫。若要牵强附会说它是二郎神的哮天犬,未尝不可。

原以为燕园太湖石尽于此了,晨间散步,又发现两块。一块在数学系办公室外草坪上。这是常看见的,却几乎忽略了。它中等个儿,下面似有底座,仔细看,才知还是它自己。石旁有一株棣棠,多年与石做伴,以前依偎着石,现在已遮蔽着石了。还有一块在体育馆西,几条道路交叉处的绿地上,三面有较小的石烘托。回想起来,这石似少特色。但既是太湖石,便有太湖石的品质。孔窍中似乎随时会有云雾涌出,给这错综复杂的世界更添几分迷幻。

燕园若是没有这些石头,很难想象会是什么模样。石头在中国艺术中,占有极重要的地位,无论园林、绘画还是文学。有人画石入迷,有人爱石成癖,而《红楼梦》中那位至情公子,也原不过是一块石头。

很想在我的"风庐"庭院中,摆一尊出色的石头。可能因为我写过《三生石》这小说,来访的友人也总在寻找那块石头。还有人说确实见到了,其实有的只是野草丛中的石块。这庭院屡遭破坏,又屡屡经营,现在多的是野草。野草丛中散有石块,是院墙拆了又修,修了又拆,然后又修时剩下的,在绿草中显出石的纹路,望着也很可爱。

## 燕园碑寻

燕园西门，古色古香，挂着宫灯的那一座，原是燕京大学的正门。当时车辆进出都走这个门，往燕南园住宅区的大路也是从西边来。上一个斜坡，往右一转，可见两个大龟各驮着一块石碑，分伏左右。这似乎是燕南园的入口了，但是许多年来，并没有设一个路牌指出这一点，实在令人奇怪。房屋上倒是有号码，却也难寻找。那些牌子的挂处特别，有的颇为浪漫地钉在树上，有的妄想高攀，快上了房顶。循规蹈矩待在门口的，也大多字迹模糊，很不醒目。

不过总算有这两座碑为记，其出处据说是圆明园。燕园里很多古物，像华表、石狮子、一块半块云阶什么的，都来自圆明园，驮碑的龟首向南，上得坡来先看到的是碑的背面，上面刻有许多名字。我一直以为是捐款赞助人,最近才看清上写着"圆明园花儿匠"几个大字,下面是名单。看来皇帝游园之余,也还承认花儿匠的劳动。这样,我们寻碑的小小旅行便从对劳动者的纪念开始了。

两个大龟的脖颈很长,未曾想到缩头。严格说来这不是龟,而是龙生九子的一种,那名字很难记。东边的一个不知被谁涂红了大嘴和双眼,倒是没有人怀疑会发大水。一代一代的孩子骑在它们的脖颈上,留下些值得回忆的照片。碑的正面刻有文字,东边这块尚可辨认:

……于内苑拓地数百弓,结篱为圃,奇葩异卉杂莳其间,每当露蕊晨开,香苞午绽,嫣红姹紫,如锦如霞。虽洛下之名园河阳之花县不足过也。伏念天地间,一草一木皆出神功……以祀花神,从此寒暑益适其宜,阴阳各遵其性。不必催花之鼓,护花之铃,而吐蕊扬花四时不绝……

倒是说出一点百花齐放的道理。立碑人名字不同,都是圆明园总管。一立于乾隆十年,花朝后二日;一立于十二年,中秋后三日。已是两百多年前的事了。

从燕南园往北,有六座中西合璧的小院,以数目名。

多为各系的办公室。在一二三院和四五六院之间,原是大片草地,上有颇具规模的假山,还有一大架藤萝,后因这些景致有"不生产"的罪名,统统被废。这块地变成苹果园,周围圈以密不通风的松墙,保护果实。北头松墙的东西两端,各有大碑,比松墙高些,露出碑顶。过往的人,稍留心的怕也以为是什么柱子之类,不会想到是怕人忘却的碑。

从果树上钻过去,挤在碑前,可见上有满、汉两种文字。碑身很高,又不能爬到大龟身上,只能观察大概。两碑都是康熙二十四年为四川巡抚杭爱立的。东边是康熙亲撰碑文,写明"四川巡抚都察院右副御史加五级谥勤襄杭爱碑文",文中有"总藩晋地,著声绩于当年;拥节关中,弘抚绥于此境"的句子。据《清史稿》载,杭爱先任山西布政使,擢陕西巡抚,又调四川镇压叛乱,大大有功,两边碑上是康熙特命礼部侍郎作的祭文。这两碑应该立在杭爱坟墓之前,可是坟墓也不知哪里去了。

北阁以北的小山顶上,荒草丛中,有一座不大像碑的碑。乍一看,似是一块断石;仔细看,原来大有名堂。碑身上刻有明末清初画家蓝瑛的梅花,碑额上有乾隆题字。梅花本来给人以孤高之感,刻在石上,更觉清冷。

有几枝花朵还很清晰,蕊心历历可见。若不是明写着蓝瑛梅花石碑,这碑也许早带着几支梅花去垫墙基屋角了。本来这种糊涂事是很多的。现在它守着半山迎春开了又谢,几树黄栌绿了又红,不知还要过多少春秋。燕园年年成千上万的人来去,看到这碑的人可能不多。不过,不看到也没有什么可遗憾。

再往北到钟亭下面,有一个小小的十字路口。我在这里走了千万遍。有时会想起培尔·金特在十字路口的遭遇,那铸纽扣的人拿着勺,要把他铸成一粒纽扣,还没有窟窿眼儿。十字路口的西北面有近几年立的蔡孑民先生像。西南面有一块正式的乾隆御碑。底座和碑边都雕满飞龙,以保护御笔。碑身是横放的长方形,两面有诗,写明种松戏题,丁未仲春中游御笔,并有天子之宝的御印。乾隆的字很熟练,但毫无秀气,比宋徽宗的瘦金体差远了。义山诗云,"古来才命两相妨"。像赵佶、李煜这样的人,只能是误为人主吧。

从小山间下坡,眼前突然开阔,柳枝拂动,把淡淡的水光牵了上来。这就是未名湖了。过小桥,可见德、才、兼、备、体、健、全七座建筑。曾被改名曰红几楼红几楼,不知现在是否又改了回来。其中健斋是座方形小楼，靠近湖边。住在楼中，可细览湖上寒暑晨昏各种景色。健斋旁有四扇石碑，一排站着，上刻两副对联："画舫平临蘋岸阔，飞楼俯映柳荫多。""夹镜光澄风四面，垂虹影界水中央。"据说是和珅所刻，原立在湖心岛旁石舫上小楼前。小楼毁后，移至此。严格说来并不是碑，它写景很实。"画舫"指石舫，"飞楼"当指那已不复存的舱楼，"夹镜"指湖，"垂虹"指桥，全都包括在内了。"平临蘋岸"一句，"平""蘋"同音，不好。其实"蘋"字可以改作一个带草头的字，可用的字不少。

从未名湖北向西，到西门内稍南的荷池。荷池不大，但夏来清香四溢，那沁人肺腑的气息，到冬天似乎还可感觉。一八九八年五月四日，荷池旁草地上，新立起一座极有意义的碑，它不评风花雪月，不记君恩臣功，而是概括了一段历史，这就是国立西南联合大学纪念碑。这碑原在昆明现云南师大校园中的一个角落里，除非特意寻找，很难看见。为了纪念那一段不平凡的日子，为了让更多的人知道历史，作为组成西南联大的三校之一的北京大学和西南联大校友会做了一件大好事，照原碑复制一碑立在此处。

碑的正面是碑文，背面刻有全体为抵抗日本侵略，为保卫祖国而从军的学生的名字。碑文系冯友兰先生撰写，闻一多先生篆额，罗庸先生书丹，真乃兼数家之美。文章记述了西南联大始末，并提出可纪念者四。首庆中华古国有不竭的生命力，"盖并世列强，虽新而不古，希腊、罗马有古而无今。唯我国家，亘古亘今，亦新亦旧，斯所谓周虽旧邦，其命维新者也"。次论三校合作无间，"同无妨异，异不害同，五色交辉，相得益彰，八音合奏，终和且平"。第三说明"万物并育而不相害，道并行而不相悖，小德川流，大德敦化，此天地之所以为大。斯虽先民之恒言，实为民主之真谛"。第四指出古人三次南渡未能北返，"风景不殊，晋人之深悲；还我河山，宋人之虚愿。吾人为第四次之南渡，乃能于不十年间，收恢复之全功，庾信不哀江南，杜甫喜收蓟北"，实可纪念。文章洋溢着一种爱国家、爱民族、爱理想的深情，看上去，真不觉得那是刻在一块冰冷的石头上。

几十年来，碑文作者遭遇了各种批判、攻击乃至诋毁、诬蔑。在世界学者中实属罕见。一九八〇年我到昆明，瞻仰此碑，曾信手写下一首小诗：

阳光下极清晰的文字，

留住提炼了的过去，

虽然你能证明历史，

谁又来证明你自己。

也许待那"自己"变为历史以后，才会有别的证明。证明什么呢？证明一个人在人生最后的铸勺里，化为一枚有窟窿眼儿的纽扣？

每于夕阳西下，来这一带散步，有时荷风轻拂，有时雪色侵衣。常见人在认真地读那碑文，心中不免觉得安慰。于安慰中，又觉得自己很傻，别人也很傻，所有做碑的人都很傻。碑的作者和读者终将逝去，而"断碣残碑，都付与苍烟落照"。不过，就凭这点傻劲儿，人才能一代一代传下去。还会有新的纪念碑，树立在苍烟落照里。

## 燕园树寻

燕园的树何必寻？无论园中哪个角落，都是满眼装不下的绿。这当然是春夏的时候。到得冬天，松柏之属，仍然绿着，虽不鲜亮，却很沉着。落叶树木剩了杈丫枝条，各种姿态，也是看不尽的。

先从自家院里说起。院中的三棵古松，是"三松堂"命名的由来，也因"三松堂"而为人所知了。世界各地来的学者常爱观赏一番，然后在树下留影。三松中的两株十分高大，超过屋顶：一株是挺直的；一株在高处折弯，做九十度角，像个很大的伞柄。撒开来的松枝如同两把别致的大伞，遮住了四分之一的院子。第三株大概种类不同，长不高，在花墙边斜斜地伸出枝干，很像黄山的迎客松。地锦的条蔓从花墙上爬过来，挂在它身上。秋来时，好像挂着几条红缎带，两只白猫喜欢抓弄摇曳的叶子，在松树周围跑来跑去，有时一下子蹿上树顶，坐定了，低头认真地观察世界。

若从下面抬头看，天空是一块图案，被松枝划分为小块的美丽的图案。由于松的接引，好像离地近多了。常有人说，在这里做气功最好了，可以和松树换气，益寿延年。我相信这话，可总未开始。

后园有一株老槐树，比松树还要高大，六七十年代成为尺蠖寄居之所。它们结成很大的网，拦住人们的去路，勉强走过，便赢得十几条绿莹莹的小生物在鬓发间、衣领里。最可恶的是它们侵略成性，从窗隙爬进屋里，不时吓人一跳。我们求药无门，乃从根本着手，多次申请除去这树，未获批准。后来忍无可忍，密谋要向它下毒手了，幸亏人们忽然从"阶级斗争"中醒来，开始注意一点改善自身的生活环境，才使密谋不必使之实现。打过几次药后，那绿虫便绝迹。我们真有点"解放"的感觉。

老槐树下，如今是一畦月季，还有一圆形木架，爬满了金银花。老槐树让阳光从枝叶间漏下，形成"花荫凉"，保护它的小邻居，因为尺蠖的关系，我对"窝主"心怀不满，不大想它的功绩，甚至不大想它其实也是被侵略和被损害的。不过不管我怎样想，现在一块写明"古树"的小牌钉在树身，更是动不得了。

院中还有一棵大栾树，枝繁叶茂，恰在我窗前。从窗中望不到树顶。每有大风，树枝晃动起来，真觉天昏地暗，地动山摇，有点像坐在船上。这树开小黄花，春夏之交，有一个大大的黄色的头顶，吸引了不少野蜂。以前还有不少野蜂在树旁筑窝，后来都知趣地避开了。夏天的树，挂满浅绿色的小灯笼，是花变的。以后就变黄了，坠落了。满院子除了落叶还有小灯笼，扫不胜扫。专司打扫院子的老头曾形容说，这树真霸道。后来他下世了，几个接班人也跟着去了，后继无人，只好由它霸道去。看来人是熬不过树的。

出得自家院门，树木不可胜数，可说的也很多，只能略拣几棵了。临湖轩前面的两株白皮松，是很壮观的。它们有石砌的底座，显得格外尊贵。树身挺直，树皮呈灰白色。北边的一株在根处便分岔，两条树干相并相依，似可谓之连理。南边的一株树身粗壮，在高处分杈。两树的枝叶都比较收拢，树顶不太大，好像三位高大而瘦削的老人，因为饱经沧桑，只有沉默。

俄文楼前有一株元宝枫，北面小山下有几树黄栌，是涂抹秋色的能手。燕园中枫树很多，数这一株最大，两人才可以合抱。它和黄栌一年一度焕彩蒸霞，使这一带的秋意如醇酒，如一曲辉煌的钢琴协奏曲。

若讲到一个种类的树，不是一株树，杨柳值得一提。杨柳极为普通，因为太普通了，人们反而忽略了它的特色。未名湖畔和几个荷塘边遍植杨柳，我乃朝夕得见。见它们在春寒料峭时发出嫩黄的枝条，直到立冬以后还拂动着；见它们伴着娇黄的迎春、火红的榆叶梅度过春天的热烈，由着夏日的知了在枝头喧闹。然后又陪衬着秋天的绚丽，直到一切扮演完毕。不管湖水是丰满还是低落，是清明还是糊涂，柳枝总在水面低回宛转，依依不舍。"杨柳岸，晓风残月。"岸上有柳，才显出风和月，若是光光的土地，成何光景？它们常集体作为陪衬，实在是忠于职守不想出风头的好树。

银杏不是这样易活多见的树，燕园中却不少，真可成为一景。若仿什么"十景""八景"地编排，可称为"银杏流光"。西门内一株最大，总有百年以上的寿数，有石栏围护。一年中它最得意时，那满树略带银光的黄，成为夺目的景象。我有时会想起霍桑小说中那棵光华灿烂的毒树，也许因为它们都是那样独特，其实银杏树是满身的正气，果实有微毒，可以食用。常见一些不很老的老太太，提着小筐去"捡白果"。

银杏树分雌雄。草地上对称处原有另一株，大概是它的配偶。这配偶命不好，几次被移走，有心人又几次补种。到现在还是垂鬟少女，大概是看不上那老树的。一院院中，有两大株，分列甬道两旁，倒是原配。它们比二层楼还高。枝叶罩满小院。若在楼上，金叶银枝，伸手可取。我常想摸一摸那枝叶，但我从未上过这院中的楼，想来这辈子也不会上去了。

它们的集体更是大观了。临湖轩下小湖旁，七棵巨人似的大树站成一排，挡住了一面山。我曾不止一次写过那金黄的大屏风。这两年，它们的叶子不够繁茂，已经不像从前那样有气势了。树下原有许多不知名的小红树，和大片的黄连在一起，真是如火如荼，现在莫名其妙地消失了，大概给砍掉了。这一排银杏树，一定为失去了朋友而伤心吧。

砍去的树很多，最让人舍不得的是办公楼前的两大棵西府海棠，比颐和园乐寿堂前的还大，盛开时简直能把一园的春色都集中在这里。不知它触犯了哪一位，顿遭斧钺之灾。至今有的老先生说起时，仍带着眼泪。可作为"老年花似雾中看"的新解吧。

还有些树被移走了,去点缀新盖的楼堂馆所。砍去的和移走的是寻不到了,但总有新的在生在长。谁也挡不住!

新的银杏便有许多。一出我家后角门,可见南边通往学生区的路很直,两边年轻的银杏树也很直,年复一年地由绿而黄。不知有多少年轻人走过这路,迎着新芽,踩着落叶,来了又走了,走远了……

而树还在这里生长。

## 燕园墓寻

提起燕园的墓,最先就会想到埃德加·斯诺安眠的所在。那里原是花神庙的旧址,前临未名湖,后倚一小山,风水绝佳。岸边山下,还有花神庙旧山门。在燕园居住近四十年,见这山门的颜色从未变过,也不见哪一天刷新,也不见哪一天剥落,总是一种很旧的淡红色,映着清波,映着绿柳。

下葬在一九七二年。那天来了许多要人,是一大盛事。据说斯诺遗嘱葬他一部分骨灰在此,另一部分撒进了纽约附近的赫德孙河(赫德孙河:一作赫德森河。),以示他一半属于美国,一半属于中国。分得这样遥远,我总觉得不大舒服,当然这是多虑。一块天然的大石头盖住了墓穴,矮长的墓碑上简单地刻着名字和生卒年月,金色的字,不久便有几处剥落了。周围的冬青,十几年也不见长高，真是奇怪。

斯诺的名著《西行漫记》曾风行全世界。三四十年代沦陷区的青年因看这书被捕入狱，大后方的青年读这书而更坚定追求的信心。他们追求理想社会，没有人剥削人，没有人压迫人，献身的热情十分可贵，只是太简单了。斯诺后来有一部著作《大河那边》我未得见。如果他活到现在，不知会不会再写一部比较曲折复杂的书。

另一位美国人葛利普（1870—1946），一九二〇年应聘担任北京大学地质系教授和农商部地质调查所古生物部主任，为中国地质学会创立者之一。他去世后先葬在沙滩北大地质馆内，一九八二年迁至燕园西门内。这里南临荷池，北望石桥，东面是重楼飞檐的建筑，西面是一条小路。来往的人很容易看见他的名字，知道有这样一位朋友。这大概是墓的作用。

还有一位英国朋友的墓可真得寻一寻了，不仔细寻找是看不见的。前两年，经一位燕京校友指点，我们在临湖轩下靠湖的小山边走来走去许多遍，终于在长草披拂中找到一块石头，和其他石头毫无区别，只上面写着"Lapwood"几个英文字和"1909—1984"几个数字。只此而已，没有别的记载。

赖朴吾曾是燕京大学数学系教授，北平沦陷时曾越过封锁线到过平西游击区，和抗日游击队有联系。新中国成立后他回英国任剑桥大学数学系主任。一九八四年来华讲学，在北京病逝，遗愿"把骨灰撒在未名湖边的一个小小的花坛里"。大概原是不打算留下名字的，所以葬在草丛中大石下，让人寻找。

这几天在未名湖边散步，忽然发现临湖轩下小山脚的草少了许多。赖朴吾的名字赫然分明，再没有草丛遮掩。旁边一块较小的石上，又添了一个外国名字和数字"1898—1981"。因照签名镌刻，认辨不出是哪一位。经过多方打听，才知道这不是墓，而是纪念碑。那名字是Sailor，即故燕京大学心理系教授夏仁德，美国人。

据说夏仁德是虔诚的基督徒，但二十世纪三十年代的青年学生，在他指定的参考书中第一次接触了《共产党宣言》。北平沦陷时，进步学生常在他家中集会。他曾通过各种关系，将许多医药器材送进解放区。新中国成立后返回美国，后来人们渐渐不知道他了。现在燕京校友将他的名字刻在石上，以示不忘。

这几个朋友的墓使我感到一种志在四方的胸怀。我们总希望叶落归根，异域孤魂是非常凄惨的联想。而他们愿意永远留在这未名湖边,傍着旧石,望着荷田,依着花神庙。也许他们的家乡观念淡泊些?也许他们认为,自己所爱的,便是超乎一切的选择?

离葛利普不远,在原燕京图书馆南面小坡旁,有两座碑,纪念四位青年学子。我一直以为那是墓,所以列入"墓寻"篇,这次仔细观察,始知是纪念碑。两座碑都是方形柱,高约两米,顶端是尖的,使人想起"刺破青天锷未残"的诗句。

四位同学都是一九二六年"三一八"事件中的遇难者。北面的一座纪念三位北京大学学生。四方柱上三面刻"三一八"遇难烈士名字。他们是:张仲超,陕西三原人氏,二十三岁;黄克仁,湖南长沙人氏,十九岁;李家珍,湖南醴陵人氏,二十一岁。背面刻"中华民国十八年五月卅日立石",下有铭文,曰:"死者烈士之身,不死者烈士之神。愤八国之通牒兮,竟杀身以成仁。唯烈士之碧血兮,共北大而长新。踏着三一八血迹兮,雪国耻以敌强邻。繄后死之责任兮,誓尝胆以卧薪。北大教授黄右昌撰。"黄右昌不知何许人。立碑时这里还是燕京大学。倒是巧得很,以后北大迁来了。

南面一座纪念燕京大学二年级女学生魏士毅。有说明本来同学们打算把她葬在这里，因家属不同意，乃立碑"用申景慕"。碑文和铭文都简练而有感染力。碑文如下："劬学励志，性不容恶，尝慨然以改革习俗为己任。民国十五年三月十八日，北京各学校学生为八国通牒事参加国民大会至国务院请愿，女士与焉，遂罹于难。年二十有三岁。"铭曰："国有巨蠹政不纲，城狐社鼠争跳梁，公门喋血歼我良，牺牲小己终取偿。北斗无酒南箕扬，民心向背关兴亡。愿后死者长毋忘。"碑最下方书："燕大男女两校及女附中学生会全体会员立。"

这一带环境变迁很大，实际上人的忘性也很大。有多少人记得这里原来的那一片树林，那一片稻田？记得那林中的幽僻和那田间的舒展？我曾在震耳的蛙声中，在林间小路上险些踩上一条赤链蛇。现在树林、稻田都已消失，代之而起的是留学生楼——勺园，蛙声则理所当然地为出租车声代替了。

幸好这两座烈士纪念碑依旧。碑座上还不时会出现一两束新摘的野花，在绿荫中让人眼前一亮。

长勿相忘。

燕园居民中传着一种说法，说是园中还有许多无形的、根本寻不出的墓。那是未经任何手续，悄悄埋在这风景佳胜处的。对于外人来说，就无可寻考了。只有亡人的亲人，会在只有自己知道的角落，在心里说些悄悄话。也许在风前月下，在杳无人迹的清晨与黄昏，还会有小小的祭奠。

祭奠与否亡灵并不知道，实在是生者安慰自己的心罢了。墓其实也是为活人设的。在燕园寻墓迹的同时，也在为已去世十三年的母亲在燕园外安排一个永栖之所，要它像个样儿，不过是活人看着像样而已，也许潜意识里更为的是让以后有这等雅兴的人寻上一寻。

## 燕园桥寻

燕园西墙边这条路走过不止千万遍，从不觉得有什么特别。这次本想从路的一端出新校门去的，有人站在那儿说，此门只准走车，不能走人。便只好转过身来，循墙向旧西门走去。

忽然看见了那桥，那白色的桥。桥不很大，却也不是小桥，大概类似中篇小说吧。栏杆像许许多多中国桥一样，随着桥身慢慢升起，若把个个柱头连接起来，就成为好看的弧线。那天水面格外清澈，桥下三个半圆的洞，和水中倒影合成了三轮满月。我的眼睛再装不下别的景致了。

"燕园桥寻"这题目蓦地来到了心头，我在燕园寻石、寻碑、寻树、寻墓，怎么忘记了桥呢！而我素来是喜欢桥的。

再向前走，两株大松树移进了画面，一株头尖，一株头圆，桥身显在两松之间，绿树和流水连成一片。随着脚步移动，尖的一株退出了，圆的一株斜斜地掩盖着桥身，像在问答什么。走到桥头时，便见这桥直对旧西门。原来的设计是进门过桥，经过一大片草地，便到办公楼。现在听说为了保护文物，这里许久不准走机动车了，上下班时间过桥的行人与自行车还是很多。

冬天从荷塘边西南联大纪念碑处望这桥，雪拥冰封，没有了桥下的满月。几株枯树相伴，桥身分明，线条很美。上桥去看，可见柱头雕着云朵，扶手下横板上雕出悬着的流云，数一数，栏杆十二。这是燕园第一桥。

燕园的第二座桥，就是体育馆北侧的罗锅桥。这种桥颐和园里有。罗锅者，驼背之意也。桥面中间隆起，两面的坡都很陡，汽车是无法经过的，所以在桥旁修了柏油路。桥下没有流水，好在未名湖就在旁边，岸边垂柳，伸手可及，凭栏而立，水波轻，柳枝长。湖心边石舫泊在对面，可以望住那永远开不动的船。

不知中国园林中为什么设计这样难走的桥。圆明园唯一存下的"真迹"桥，也是一个驼背。现在可能因为残缺了，更是无法过去。再一想，大概园林中的桥不只是为了行走，而且是为了观赏。"二十四桥明月夜"，桥，使人想起多少景致。我未到过扬州，想来二十四桥一定各有别出心裁的设计，有的要高，有的要弯，有的要平，所以有的桥平坦如路，有的就高出驼背来了。

第三座桥是临湖轩下的小桥，桥身是平的，配有栏杆。栏杆在动乱中打坏了半边，很长的一段时间，我在心里称它为"断桥"。现在已经修好了。桥的一边是未名湖，一边是一个小湖，真正的没有名字，总觉得它像是未名湖的女儿，就称它为女儿湖吧。夏初，桥边一株大树上垂下了一串串紫藤萝，遗憾的是，没有小仙子从藤萝花中探出头来。秋初，女儿湖上有许多浮萍，开极鲜艳的黄花，映着碧沉沉的水，真如一幅油画。

未名湖还有两座简朴的桥。一座通湖心岛，是平而宽的石板桥，没有栏杆。这样湖面便显得宽阔，不给人隔开的感觉。有时想，如果这里造的也是那种典型桥，大概在感觉中湖面会小许多。可惜无法试验这种想法是否正确。另一座从钟亭下通往沿湖各楼的小桥，不过几块青石堆成。桥下小溪一道，与未名湖相通，桥边绿树成荫，幽径蜿蜒。可以权且想象这路不知通往何方，其实走过几步便是学校的行政中心办公楼了。

想着燕园的桥,免不了想到燕园的水。燕园中有大小湖陂,长短沟溪,正流着的水会忽然消失,隐入地下,过一段路又显现出来。从未名湖过去,以为没有水了,却又见西门内的水活泼泼地,向南形成了一片荷塘。从旧西门进来,经过荷塘,以为没有水了,东行却又见未名湖。勺园留学生楼北侧,立有塞万提斯像,在这位古装外籍人士的背后,横着一条深溪,两座小桥分架其上,一座四栏杆桥在荷塘边,一座六栏杆桥通往树丛之中。若不注意,只管走下去,顺脚得很,因为有桥连着呢。

俄罗斯盲诗人爱罗先珂的诗剧《桃色的云》中有这样几行反复出现的句子:

虹的桥是美丽的,

虹的桥是相思的。

虹的桥是想要上去的,

虹的桥是想要过去的。

我很喜欢《桃色的云》,曾多次撺掇剧院演出,总未果。桥本身就是美的,充满希望的;虹的桥更是美丽的,相思的,而且是属于春天的。

燕园北部镜春、朗润两园水面多，也有几座石板桥，印象中似乎特色不显著。这一带较有野趣，用石板平桥正可取。记得一年夏间，随意散步过来，过几处石桥，见两园交界处，数间民房，绿荫掩映，真有点江南小镇的风光。

曾见一个陌生人在曲折的水湾旁问路，人们指点说，前面有桥，有桥连着呢。

## 久病延年

一九九五年夏，在美、加之行中，沿途几次听到朋友的噩耗，心情很觉沉重。不料九月底回到北京，一出机场，得到的消息更为惊人，那就是冯牧同志去世。我几乎怔住，呆呆地望着说话的人。在飞机上，我还筹划着要先去医院看望冯牧，送上我带回的加拿大草药书。但是太晚了。

在整理旧物的时候，忽见一方图章，上镌"久病延年"四个字。白文，图章是方形，很扁。这是冯牧同志在七十年代初送给我的。那时人们渐渐地趋向逍遥，而我则忙着生病，第一次重病刚趋稳定，又要做一次手术。冯牧当时正以篆刻消遣，收罗了些旧石头，每日练刀。他知道我不停地生病，就刻了这四个字给我。

这四个字对于冯牧同志和我来说，可以说是互勉。

五十年代后期我们都在《文艺报》工作，他当时就是大病号。编辑部在文联大楼（即今商务印书馆所在地）四层。大家形容他走到二层便倚着栏杆休息，拿出药瓶喷药，看几页书再上楼去。他还常常发烧，常备抗菌素，有时从我门前过，便在信箱里放上几包，以示支援。在对付疾病这一点上，我们都相信破罐子熬得过铁锅。可能是因为身体的关系，他在编辑部从来没有管过全面的工作，似乎有点顾问的味道。但他有时到国际组来随便谈谈，出些主意，对我们的工作总是很有启发。

那些年强调斗争："与天奋斗，其乐无穷；与地奋斗，其乐无穷；与人奋斗，其乐无穷。"最温良恭俭让的人因为要求进步，也强迫自己去斗争。在这方面，冯牧没有"改造"好，他好像不大会整人。他对人宽厚，喜欢朋友。因他常常生病，人去看他，回来说，以为冯牧在家什么都不知道，其实他什么都知道。这当然是因为去看望他的人很多，他关心别人，别人也关心他。进入新时期以后，冯牧担负的工作逐渐多起来。他关心整个的文学事业，这表现为关心作家，关心文学青年，总希望能有一个好的环境，让每一个人的文学才能，哪怕只有一点，都能发挥出来。曾听一位指挥说，一个好的指挥不仅要指挥现有的乐队，还要能提高现有的乐队。我并不太了解情况，感觉上，冯牧同志在他负责工作的那几年里，就是这样做的。

六十年代我在遒兹府住，与作协黄土岗宿舍很近，冯牧有时到我处闲谈。当时我的挚友陈潋莱和我同住，说的来，他上中学时常和潋莱的堂兄们一起打篮球，是西泉城根陈家花园的常客。一转眼很多年过去了，少年们走上不同的道路。但是我们都觉得，冯牧骨子里总有一种旧家子弟的矜持，这使他的性格更为丰富。冯牧同志在自己和疾病的斗争中，还关心很多事，其中之一是我的医疗问题。常常生病的人，跑医院是开门七件事之后的第八件事，不可缺少，也是延年的条件。冯牧希望延年，是为了文学事业。他希望我延年，是要我把小说写完。我想冯牧同志可以放心，无论怎样挣扎，我不会放弃我的小说。

冯牧和我还有一个共同点，就是热爱云南。抗战时我在云南度过了少年时代，那蓝天白云红土和抑扬顿挫的昆明话伴随我成长，成为我的一部分。冯牧在《彩云之南》这篇文章里说："我把云南看作是我的另一个故乡，一个哺育我发展成长的地方，一个常常使我魂萦梦绕的地方。"他一有机会就要去云南。一九九四年秋，作协创联部组织作家访问云南，请他做团长，当时他身体已很不好，人劝他不要出门。他在一次电话里说，不愿放弃这个机会，亲近云南的机会。有一次他从云南回来以后，寄来一张照片，背景是大片的木香花，他说，木香花有桂花的香气。这我以前完全没有注意到。一九九五年初，《中国作家》"我和云南"征文发奖，冯牧从医院里来颁奖，我从他手里接过奖状，这是最后一次在公开场合见到他。去冬还有几次会，本来都是少不了冯牧的，会场里熙熙攘攘，却觉得有些空，我们再也见不到他了。

"久病延年"这四个字，用来作一篇追思文字的题目，似乎很不合适，可是我还是用了。因为它有一种精神，有一种毅力，还有一种不离不弃的对生活的爱。

## 向前行走

去年十二月上旬得到雕塑家吴为山先生电话，说熊秉明先生患脑溢血昏迷不醒。他在发病前，曾说要给我写信，惦记仲德的病情，又想着我以多病之身遇到这种大事可怎么好。不料他自己摔了一跤就从此不起。我几次想打电话问秉明兄醒过来没有，却又怕打，怕的是他醒不过来。十二月十五日晚，我往巴黎打了电话，得知秉明兄已于十四日晚九时十五分逝世。

熊夫人陆丙安声音很平静，但显然在压抑着哽咽。她说我正想要通知你，他留下了很多未完成的作品，我一定要把它们整理出来，我要为他出一本纪念文集。我只有请她节哀保重，说不出什么话。

我常想到杜甫的一句诗："访旧半为鬼，惊呼热中肠。"这两年，隔一些时候便会收到讣告。有的朋友几个月不见，再得到消息时，原来他已经离开了。我这一代人，好像是一个枝头的许多绿叶，正在悄悄地落下，一片又一片，回归了大地。如今，熊秉明兄落下了他人生的帷幕。

秉明兄与我同为清华子弟，是成志小学的先后同学，可谓从小相识。但因年纪相差，相互并无了解。直到读了《关于罗丹——日记择抄》这本书，才开始真正认识他。我很为书中充满哲理的艺术见解和简朴而动人的文字所折服，不由得写了一篇介绍文字《行走的人——关于〈关于罗丹——日记择抄〉》。我说："若想活得明白些，活得美些，都应该读一读这本书。"文章发表后也没有寄给秉明兄看，是有朋友告诉他。后来又得到他的几本散文集，又获得许多精辟的艺术见解，后来我眼疾日重，就无法阅读了。

一九九九年北京举办《熊秉明的艺术——远行与回归》展览，展品主要是雕塑，也有绘画和书法。我去看了，虽然只看到大概轮廓，却有一种感受，感受到一个艺术家的精魂在那些金属里发出活力。展品中那些翩翩起舞的铁条鹤，凝聚着生命的沉重的回首牛、跪牛，让人伫立良久。还有一个雕塑是仰天嚎叫的狼，让人仿佛真的听见狼在旷野中的嚎叫，正在穿透黑夜，似乎是绝望的挣扎，又似乎是希望的奋斗。秉明兄的艺术近于抽象，乍一看似乎很不像，但细细揣摩后发现它们是那样真实。他给读者留下了想象天地，大大丰富了作品内容。

有评论家说："把书法的哲学、语言、形态融入他在西方所接受的雕塑训练，呈现的即是熊秉明这位艺术家的文化修养传承。"秉明兄毕业于西南联大哲学系，又多年在西方从事艺术创作。我常想，被东西方两种文化"化"过的人是有福的，世间有这样的人，对大家来说也是一种福分。可惜我们的福分越来越少了，怎不令人悲哀！

在秉明兄的建议下，我张罗着，得到北京出版社的支持，编辑出版了《永远的清华园》一书。那一年，我在眼科病房中，想得最多的就是怎样编好这本书。自幼生长在清华园中的清华子弟们从自己的角度记下了对父辈的印象，表现了这一代学人的风范。讲的是学问以外的事，留下的是长久的心中的记忆。

去年六月，在杨振宁先生八十华诞寿宴上，秉明兄书写了"八十"两个大字，为振宁师寿。这其实也为他自己祝寿，他也是八十岁，谁也没有想到他会停止在八十岁。寿宴后几天他偕丙安和吴为山君到我家来，谈起我的下一部小说《西征记》时，他说："你没有打过仗，你怎么写？"我说："就靠你们啊！"他曾参加抗日战争，在滇南一带作战，在丛山密林的枪炮声中读里尔克，可谓携笔从戎。西南联大纪念碑碑阴刻有当时从军学生的名字，记下了他们的爱国热情，如高黎贡山，如怒江水，长在人间。他说："我可以告诉你许多事。"可惜我不能做长时间谈话，未得畅叙，总想着还有下次呢，谁知道竟没有了下次。

吴为山君创作了许多名人塑像，表现了他卓越的才华。秉明兄特别赞赏那一尊冯友兰头像，在给我的信中曾说这尊像"有历史，有哲学"。这像一式二尊，分放在北大、清华的文科图书馆中，注视着青年学子的成长。

我找出《远行与回归》艺术展的画册，一页一页翻过去，那些牛、鹤、狼和抽象绘画在我眼前流过。不能说他停在了八十岁，他的精神还在向前行走，正如他对罗丹雕塑《行走的人》的解释："人果真有一个目标吗？怕并没有。不息地前去即是目的。全人类有一个目的吗？也许并没有。但全人类都亟亟地向前去，就是人类存在的意义。"

## 握手

二十世纪四十年代上半期，我在昆明联大附中读书时，有各种文艺活动。在一次诗朗诵会上，光未然来了，他好像朗诵了一首《为少男少女们歌唱》，有的同学记得是《午夜雷声》。那应该是我第一次见到光年同志，但已没有什么印象。印象清楚的是五十年代初，我在政务院文教委员会宗教事务处工作，文教委员会开会有时叫我去做记录。有一次会议，记得是由习仲勋主持。发言的人我大多不认得，做记录时，有人告诉我他们的名字。到张光年同志发言时，我才知道他就是光未然。他的发言很长，发言中常有人插话。他对旁边的人（好像是胡乔木）说："我们这些人数学都不好"不知为什么，会议的内容我全不记得了，只记得这句话。

一九五七年初，我到《文艺报》工作。当时《文艺报》

年轻人多，很有朝气，学习的热情很高。那时还没有狠批"封资修"。记得副主编陈笑雨复习英文，要我为他找些书。我找的书是以前的高中英语课本，上面有《大卫·考博菲尔》在饭馆被骗的一段，读了都觉得很有趣。当时编辑组的两位女同志召明和杨明想读点古文，我建议她们背诵。她们要我布置功课并按时听她们背书。有一次，召明背到中间卡了壳，急得哭了起来。在这样的学习气氛中，作为主编的光年同志，自然是重量级。他开讲《文心雕龙》，每周一个半天。这本是很好的学习机会，但我没有能认真听讲。在编辑部的同乐会上，光年同志也朗诵过诗，印象最深的是这样几句："绿色的伊拉瓦底啊！带着玻璃样透明的心肠，高傲而满足地，流在缅甸庄严的佛土上。"我觉得光年在朗诵时特别显出一种诗人气质。他是一位诗人又是一位学者。

我所在的外国文学部，主任是萧乾，副主任是黄秋耘和邹荻帆，大家都很谈得来。萧乾曾带我们全组人员到北海去会见文洁若。秋耘常说自己是军人，但他总是带一副多愁善感的模样。我们有时一起背诗，你一句我一句，很畅快。在宝钞胡同的《文艺报》宿舍，谢永旺等四个年轻人住一个房间，我称他们为"四杰"。文学评论组有两位年纪略长的同志，被我们称为"鸭、羊二兄"。那一段日子，也就是"反右"以前的几个月，回想起来是很快乐的。

"反右"运动开始以后，空气紧张起来。七月份，我的小说《红豆》在《人民文学》杂志发表，受到批判。当时的《人民文学》主编张天翼曾带我到北大中文系开了一次会，听取意见。后来又安排我写一篇外国作家大炼钢铁的报道，也在《人民文学》发表，以此表示我还可以发表作品，没有什么大问题。这都是对我的关心和爱护。但他也指出这个年轻人肯定是应该注重思想改造的。

一九五八年，干部开始轮换"下放"改造。在一次小规模的会上，光年力主我应该第一批下放，但后来因为工作需要，我到一九五九年才下放。在桑干河畔度过了整整一年。一九六〇年初，我回到编辑部不久，光年和我做了一次长时间谈话。主要是通知我作协党组的决定，调我到《世界文学》杂志工作。我们谈了很多关于思想改造问题，他鼓励我要巩固下放的收获。到《世界文学》以后，我写了短篇小说《后门》，批评社会上"走后门"的现象。虽然我已十分注意语气的委婉，并将原因归于资产阶级的影响。在《新港》(《天津文学》前身)发表时——这在当时已很不容易——题目改为《林回翠和她的母亲》。光年看到了这篇小说,也许是有人向他报告的。在一次作协的会议上,开会休息时他对我说:"这篇小说不好,要投鼠忌器,要注意。"我很感谢光年的关照。以后,局面越来越紧,要写出自己的见识很困难,我在《世界文学》,对研究外国文学也很有兴趣。可做的事很多,我暗下决心不再写作。直到十四年后"新时期"到来,我才重新拿起尘封的笔。

到二十世纪末,作协原领导层的同志多已去世,只剩下光年,也患重病。大概在世纪之交的某一天,我和外子仲到崇文门外他的住处去看望他,光年很高兴,对我说:"动乱时被打倒,众人都不理我。有一次在灯市口遇见你,你走过来和我握手。后来我写了一首诗,题目就叫《握手》。"说着,坐在旁边的黄叶绿同志取出了那首诗。光年给我们念了一遍,这也是一次朗诵。以后这首诗收在《张光年文集·诗歌卷》,全诗如下:

当黑色的风暴,

席卷中国大地;

我匆匆穿过长街，

一切熟人视同路人的时候，

感激你，真挚的朋友，

你默默地同我握手，

你紧紧地同我握手！

当我开肠剖肚，

摘除一串毒瘤；

我泰然躺在病床，

怀念健在的一切故人的时候，

感激你，真挚的朋友，

你深情地同我握手，

你紧紧地同我握手！

当一阵倒春寒，

挟来一阵冰雹；

我闭门谢客，

而又渴望倾诉衷肠的时候，

感激你，真挚的朋友，

你轻轻推进门来，

你紧紧地同我握手！

当风暴过去，

> 当病痛过去,
>
> 当感冒过去的时候,
>
> 感激你,真挚的朋友!
>
> 想念你,不死的友谊!
>
> 让我们紧紧地握手,
>
> 紧紧地,更紧紧地!

现在再读,真觉得无限感慨。

《黄河大合唱》是名作,感动了很多人,激励了很多人。我曾多次被那黄河的怒吼震撼。有一次,在北大百年纪念堂听《黄河大合唱》,有一段朗诵特别长,以前听《黄河》时没有的。我觉得这段朗诵不太好,不只啰嗦,也妨碍了音乐,而且词句太政治化了。怎么会有这一段?便打电话给光年。他说,《黄河大合唱》本来是有这一段的,一九四九年进城时说表演不便,删去了。现在又恢复了,很好。我说,我觉得效果不好。又说了我的理由。光年没有再说话,我们就谈别的事了。以后我没有再听到《黄河大合唱》,不知道那一段朗诵如何处理了。

不久以后,光年同志去世了。那一代文艺精英差不多全部走完，这是生活的规律，只有黯然。现在十年过去了，我们来纪念光年同志百岁冥寿。不知为什么，我又想起光年同志当年说的"我们这些人数学都不好"，其实，这话也许并不尽然。我想，他们的共同点是把文学当成党的事业。拿光年来说，无论学者的才，还是诗人的才，都没有充分发挥；发挥较好的似乎是在文学事业的组织工作方面。他们竭尽全力，贡献了自己。这种精神是可敬的。

## 忆旧添新

绿丝绦般的垂柳，六面玻璃罩路灯，小径弯曲，极似燕园一角。这是原华文学校旧址。五十年代初，前楼、东楼、西楼由文化部使用。西边并排三个月洞门，内有三座小楼，由三位长者居住。南为茅盾，北为周扬。中间是阳翰笙，当时他任文教委员会秘书长。

可能因文委宿舍拥挤，阳翰老慷慨地在二号小楼中腾出一室，辟作女生宿舍。这不是每个人都能做到的。那房间有四个女青年迁入，当时我经统一分配在文委宗教事务处工作不久，也是其中之一。照整栋楼房屋布局，那房间应是饭厅，窗外有一大株连翘，春来满眼金黄。从此翰老一家就在过道用餐了，使我常感不安。约在一年之内，那三位女同志有的调走，有的嫁出，只有我无由移动，死守那株黄灿灿的连翘。

转眼便是四年有余。

思来这也是一种机缘。因常在二号小楼出入,翰老知道有这么一个文学爱好者,又无慧根,不愿与高僧周旋,于是在重建中国文联时,把我调去。若无此调动,我可能要摒弃文学,专心于宗教工作。因为那时改造思想的决心非常大,自己不允许有业余爱好,现在想来,有些吓人。到文联后不同了,既在文艺团体,爱好文学可谓大方向对头,不算非分。

在文联工作时,看演出的机会很多。我生长在郊区,是个乡下人,艺术知识缺少。这时在艺术圈子里,受些熏陶,自觉很是滋润。也不时追随翰老夫妇看川戏,散戏归来,吃一点泡饭,写作到深夜,饭当然是阳家的。中篇童话《寻月记》便是那时夜班所得。

七十年代后期,曾到和平里看望,翰老夫妇还是那样安详慈和。他们知道我的惦记,也知道我的遭遇。那种时候,一点惦记于事无补。翰老说:"这就很不容易。"几个字显示了对人情的透视,凝聚了睿智和宽厚,也使我感到一种悲凉。后来春回大地,大家心上平安。阳府乔迁后,我便疏于问候。前辈们于文艺事业,或于文艺外更大的事业建树宏丰,非我所尽知,不敢置词,只对二号小楼,未曾忘记。翠柏识暖,人寿可期。未来的灿烂时光,正在小楼旧主人前面。

## 霞落燕园

北京大学各住宅区，都有个好听的名字。朗润、蔚秀、镜春、畅春，无不引起满眼芳菲和意致疏远的联想。而燕南园只是个地理方位，说明在燕园南端而已。这个住宅区很小，共有十六栋房屋，约一半在五十年代初已分隔供两家居住，住户约二十家。六十三号校长住宅自马寅初先生因过早提出人口问题而迁走后，很长时间都空着。西北角的小楼则是党委统战部办公室，据说还是冰心前辈举行"第一次宴会"的地方。有一个游戏场，设秋千、跷跷板、沙坑等物。不过那时这里的子女辈多已在青年，忙着工作和改造，很少有闲情逸致来游戏。

每栋房屋照原来设计各有特点，如五十六号遍植樱花，春来如雪。周培源先生在此居住多年，我曾戏称之为"周家花园"，以与樱桃沟争胜。五十四号有大树桃花，从楼上倚窗而望，几乎可以伸手攀折，不过桃花映照的不是红颜，而是白发。六十一号的藤萝架依房屋形势搭成斜坡，紫色的花朵逐渐高起，直上楼台。随着时光流逝，各种花木减了许多。藤萝架已毁，桃树已斫，樱花也稀落多了。这几年万物复苏，有余力的人家都注意绿化，种些植物，却总是不时被修理下水道、铺设暖气管等工程毁去。施工的沟成年累月不填，各种器械也成年累月堆放，高高低低，颇有些惊险意味。

这只不过是最表面的变化。迁来这里已是第三十四个春天了。三十四年，可以是一个人的一辈子，做出辉煌事业的一辈子。三十四年，婴儿已过而立，中年重逢花甲，老人则不得不撒手另换世界了。燕南园里，几乎每一栋房屋都经历了丧事。

最先离去的是汤用彤先生。我们是紧邻。一九五四年的一天，他和我的父亲同往《人民日报》开会批判胡适先生，回来车到家门，他忽然说这是到了哪里，找不到自己的家。那便是中风先兆了。约十年后逝世。记得曾见一介兄从后角门进来，臂上挂着一根手杖。我当时想，汤先生再也用不着它了。以后在院中散步，眼前常浮现老人矮胖的身材、团团的笑脸。那时觉得死亡真是不可思议的事。

一九七七年我自己的母亲去世后，死亡不再是遥远的了，而是重重地压在心上，却又让人觉得空落落，难于填补。虽然对死亡已渐熟悉，后来得知魏建功先生在一次手术中意外地去世时，还很惊诧。魏家迁进那座曾经空了许久的六十三号院，是在七十年代初，但那时它已是个大杂院了。魏太太王碧书曾和我的母亲说起，魏先生对她说过，解放以来经过多少次运动，想着这回可能不会有什么大错了，不想更错！当时两位老太太不胜慨叹的情景，宛在目前。

六十五号哲学系郑昕先生，后迁来的东语系马坚先生和抱病多年的老住户历史系齐思和先生俱以疾终。一九八一年父亲和我从美国回来不久，我的弟弟去世，在悲苦忙乱之余忽然得知五十二号黄子卿先生也去世了。黄先生除是化学家外，擅长旧体诗，有唐人韵味。老一代专家的修养，实非后辈所能企及。

女植物学家吴素萱先生原在北大，后调植物所工作，一直没有搬家。七十年代末期我进城开会，常与她同路。她每天六点半到公共汽车站，非常准时。我常把校园里的植物向她请教，她都认真回答，一点不以门外汉的愚蠢为可笑。她病逝后约半年，《人民日报》刊登了一张她在看显微镜的照片。当时传为奇谈。不过我想，这倒是这些先生们总的写照。九泉之下，他们所想的也是那点学问。

冯定同志是老干部，和先生们不同。在五十五号住了几十年，受批判也有几十年了。他有句名言："无错不当检讨的英雄。"不管这是针对谁的，我认为这是一句好话，一句有骨气的话。听说一个小偷到他家破窗而入行窃，翻了半天才发现有人坐在屋中，连忙仓皇逃走，冯定对他说："下回请你从门里进来。"这位老同志在久病备受折磨之后去世了。到他为止，燕南园向人世告别的"户主"已有十人。

但上天还需要学者。一九八六年三月六日，朱光潜先生与世长辞。

朱家在七十年代后期从燕东园迁来，与人合住了原统战部小楼。那时燕南园已约有八十余户人家。兴建了一座公厕，现在又经翻修，成为园中最显眼的建筑。朱家也曾一度享用它。据朱太太奚今吾说，雨雪时先由家人扫出小路，老人再打着伞出来。令人庆幸的是北京晴天多。以后大家生活渐趋安定，便常见一位瘦小老人在校园中活动，早上举着手杖小跑，下午在体育馆前后慢走。我以为老先生们大都像我父亲一样，耳目失其聪明，未必认得我，不料他还记得，还知道些我的近况，不免暗自惭愧。

我没有上过朱先生的课，来往也不多。一九六〇年十月，我调往《世界文学》编辑部，评论方面任务之一是发表古典文艺理论。我们组到的第一篇稿子是朱先生摘译的莱辛名著《拉奥孔：论画和诗的界限》，原书十六万字，朱先生摘译了两万多字，发表在一九六〇年十二月《世界文学》上。记得朱先生在译后记中论及莱辛提出的为什么拉奥孔在雕刻里不哀号，在诗里却哀号的问题。他用了"化美为媚"的说法，并曾对我说用"媚"字译 charming 最合适。媚是流动的，不是静止的；不只有外貌的形状，还有内心的精神。"回眸一笑百媚生"，那"生"字多么好！我一直记得这话。一九六一年下半年，他又为我们选译了一组文艺复兴时代意大利的文艺理论，都极精彩。两次译文的译后记都不长，可是都不只有材料上的帮助，且有见地。朱先生曾把文学批评分为四类：以导师自居、以法官自命、重考据和重在自己感受的印象派批评。他主张后者。这种批评不掉书袋，却需要极高的欣赏水平，需要洞见。我看现在《读书》杂志上有些文章颇有此意。

也不记得为什么，有一次追随许多老先生到香山，一个办事人自言自语："这么多文曲星！"我便接着想，用满天云锦形容是否合适，满天云锦是由一片片霞彩组成的。不过那时只顾欣赏山的颜色，没有多注意人的活动。在玉华山庄一带观赏之余，我说我还从未上过"鬼见愁"呢，很想爬一爬。朱先生正坐在路边石头上，忽然说，他也想爬上"鬼见愁"。那年他该是近七十了，步履仍很矫健。当时因时间关系，不能走开，还说以后再来。香山红叶的霞彩变换了二十多回，我始终没有一偿登"鬼见愁"的夙愿，也许以后真会去一次，只是永不能陪同朱先生一起登临了。

七十年代后期政协有时放电影，大家同车前往。记得一次演了部大概名为《万紫千红》的纪录片，有些民间歌舞。回来时朱先生很高兴，说："这是中国的艺术，很美！"他说话的神气那样天真。他对生活充满了浓厚的感情和活泼泼的兴趣，也只有如此情浓的人，才能在生活里发现美，才有资格谈论美。正如他早年一篇讲人生艺术化的文章所说，文章忌俗滥，生活也忌俗滥。如季札挂剑、夷齐采薇这种严肃的态度，是道德的也是艺术的。艺术的生活又是情趣丰富的生活。要在生活中寻求趣味，不能只与蝇蛆争温饱。记得他曾与他的学生澳籍学者陈兆华去看莎士比亚的一个剧，回来要不到出租车。陈兆华为此不平，曾投书《人民日报》。老先生潇洒地认为，看到了莎剧怎样辛苦也值得。

朱先生从《给青年的十二封信》开始，便和青年人保持着联系。我们这一批青年人已变为中年而接近老年了，我想他还有真正的青年朋友。这是毕生从事教育的老先生之福。就朱先生来说，其中必有奚先生内助之功，因为这需要精力、时间。他们曾要我把新出的书带到澳大利亚给陈兆华，带到社科院外文所给他的得意门生朱虹。他的学生们也都对他怀着深厚的感情。朱虹现在还怪我得知朱先生病危竟不给她打电话。

然而生活的重心、兴趣的焦点都集中在工作，时刻想着的都是各自的那点学问，这似乎是老先生们的共性。他们紧紧抓住不多了的时间，拼命吐出自己的丝，而且不断要使这丝更亮更美。有人送来一本澳大利亚人写的美学书，托我请朱先生看看值得译否。我知道老先生们的时间何等宝贵，实不忍打扰，又不好从我这儿驳回，便拿书去试一试。不料他很感兴趣，连声让放下，他愿意看。看看人家有怎样的说法，看看是否对我国美学界有益。据说康有为曾有议论，他的学问在二十九岁时已臻成熟，以后不再求改。有的老先生寿开九秩，学问仍和六十年前一样，不趋时尚固然难得，然而六十年不再吸收新东西，这六十年又有何用？朱先生不是这样。他总在寻求，总在吸收，有执着也有变化。而在执着与变化之间，自有分寸。

老先生们常住医院，我在省视老父时如有哪位在，便去看望。一次朱先生恰住隔壁，推门进去时，见他正拿着稿子卧读。我说："不准看了。拿着也累，看也累！"便取过稿子放在桌上。他笑着接受了管制。若是自己家人，他大概要发脾气的。这是他生命中最重要的事啊。他要用力吐他的丝，用力把他那片霞彩照亮些。

奚先生说，朱先生一年前患脑血栓后脾气很不好。他常以为房间中哪一处放着他的稿子，但实际没有，便烦恼得不得了。在香港大学授予他荣誉学位那天，他忽然不肯出席，要一个人待着，好容易才劝得去了。一位一生寻求美、研究美、以美为生的学者在老和病的障碍中的痛苦是别人难以想象的。他现在再没有寻求的不安和遗失的烦恼了。

文成待发,又传来王力先生仙逝的消息。与王家在昆明龙头村便曾是邻居,燕南园中对门而居也已三十年了。三十年风风雨雨,也不过一眨眼的工夫。父亲九十大寿时,王先生和王太太夏蔚霞曾来祝贺,他们还去向朱先生告别,怎么就忽然一病不起!王先生一生无党无派,遗命夫妇合葬,墓碑上要刻他一九八〇年写的《赠内诗》。中有句云:"七省奔波逃狴犴,一灯如豆伴凄凉。""今日桑榆晚景好,共祈百岁老鸳鸯。"可见其固守纯真之情,不与纷扰。各家老人转往万安公墓相候的渐多,我简直不敢往下想了。只有祷念龙虫并雕斋主人安息。

十六栋房屋已有十二户主人离开了。这条路上的行人是不会断的。他们都是一缕光辉的霞彩,又组成了绚烂的大片云锦,照耀过又消失,像万物消长一样。霞彩天天消去,但是次日还会生出。在东方,也在西方,还在青年学子的双颊上。

# 人老燕园

"人老燕园"这个题目,在心中已存放许久了。当时想的是父辈的老去。他们先是行动不便,然后坐在轮椅上,然后索性不能移动了。近年来,燕南园中年轻人愈来愈少。邻居中原来健步如飞的已用上发亮的助步器,原来拙于行的已要人搀扶了。我们的紧邻磁学专家褚圣麟教授年过九十,前几天在燕南园边上找不着路回家。当时细雨迷蒙,夜色已降,一盏昏黄的路灯照着跌跌撞撞的老人。幸有学生往褚宅报信。老先生又不认得来接的人,问:"你是谁?这是上哪儿去?"

"是谁?""上哪儿去?"这是永恒的问题。我听到描述时,心中充满凄凉。人们的道路不同,这就是"是谁";路的尽头则一定是那长满野百合花的地方,人们从生下来便向那里走,这就是"上哪儿去"。

老父去世以后，燕南园中平稳了两年，接上来的是江泽涵先生和夫人蒋守方。

江先生是拓扑学引进者，几何学权威。在昆明西仓坡，我们便对门而居，到燕南园后又是几十年的邻居，江老先生总随着三个男孩称我为"冯姐姐"。他老来听力极差，又患喉癌，说话困难，常常十分烦躁，江家诸弟便要开导他："看看人家冯先生，从来都是那么心平气和。"蒋、江二先生先后去世，相差不过十天。江先生去世时，并不知蒋先生已先他而去，两人最后的时光都拘禁在病室中，只凭儿孙传递消息。记得有一次我去他家探望，正值修理房子，屋里很乱，江先生用点表示家具、什物，用线表示距离，作了一个图论的图，以求搬动的最佳方案。他向我讲解，可惜如对牛弹琴。江家老二说江先生的墓碑上要刻一个拓扑图形。想到这拓扑图形将也掺杂在拥挤的墓碑群中，很是黯然。

十月间我有香港之行，不过十天，回来得知张龙翔先生去世，十分惊讶。张先生是生物化学家，八十年代曾任北大校长。九月间诸位老太太在张家小聚，我也忝列，还见他走来走去。张先生多年前曾患癌症，近年转到颈椎，不能起床，十分险恶。但经医疗和家人的用心调护，他竟能站立，能行走，而且出去开会。我总说张先生是真正的抗癌明星，怎么一下子就去世了呢。五十六号房屋继失去周培源先生之后，又一次失去了主人，唯有庭前树木依旧。

而我真又想到用"人老燕园"这个题目来作文，是因为自己渐增老态。多少年来我一直和疾病做斗争，总认为病是可以战胜的。我有信心，人能战胜疾病，人比疾病强大，也常以此鼓励病友。《牛天赐传》里牛天赐抱怨说："从脑袋瓜子到脚步丫子都是痛的。"我倒没有这样全方位发作，但却从头到脚轮流突出，不是这儿不舒服，就是那儿不舒服。近来忽然发现这麻烦不只因病且因为老，而老是不可逆转、不可战胜的。

五月间我下台阶到院中收衣服，当时因自觉能干颇为得意，不料从台阶上摔下，崴了脚，造成跖骨骨折。全家为此折腾了三个多月，先是去校医院拍片子、上石膏，直到最后煎中药洗脚。坐着轮椅参加了两次集会。七月六日华艺出版社向"希望工程"赠书，其中包括新出版的《宗璞文集》，我坐轮椅前往参加，人家看我坐轮椅而来，不知我是何许人，想想实在滑稽。又一次北大纪念闻一多先生，我又坐轮椅前往，会议厅在二楼，却无电梯，北大副校长郝斌同志看见我，说："怎么搞的！你等等，别动！""呼啦"一下来了好几个年轻人，将我抬上二楼，会议结束后，又将我抬下来。我看不清眼前的人，只知道他们都年轻，是青春的力量抬动我，要上便上，要下便下。我无法一一致谢，只好念念有词"多谢，多谢"。朋友们得知我摔伤，都说这是警告，往后一切要小心，因为人已经老了。

可不是吗，人已经老了。

儿时的友伴徐恒（糜岐），原是物理系学生，后来是我国第一代播音员。她常打电话来问痊愈到什么程度，知道我已除去石膏，正洗中药，便说要来看看。她来了，坐定后见我走路东歪西倒的样子，便要我好好走路，走时不怕慢，但不能跛，并对仲说"不让她这样走路"。我一想起糜岐的话，便很感动，还有几个人这样操心管着我呢。在准兄弟姐妹中，糜岐是大姐，她是徐炳昶先生的长女，大姐做惯了。说起徐炳昶先生，也是河南唐河人，三十年代曾任北平研究院历史所所长。唐河有个传说，不知在哪个朝代，根据风水先生的意见，计划在唐河县城的四角建造四座塔，说是可以出人才。只造好了两个塔，就停了工，可能是没有经费。于是只出了两个名人（其实唐河人才济济），一个是冯友兰，一个是徐炳昶。我们和徐家有点拐弯亲戚关系，算起来糜岐还要高我一辈呢。近日，友人从美国寄来一份剪报，不知是哪家报纸刊登的一篇短文，题为《冯友兰二三事》，其中所言多系想象。文中说冯友兰和徐炳昶曾经为入河南省志问题而动手相打，我在电话上念给糜岐听，两人都大笑，互问你的牙掉了没有！这些胡说作为花絮还只是令人笑，可有些研究文章一本正经地把瞎话说得那么流畅，完全置事实于不顾，且为违背事实编造出理论，南辕北辙，愈走愈远，真令人悲哀。

话说远了，以前作文似乎比较严谨，现在这样也是老态吧。另一不妙的事是自进入九十年代，我每年十月间好发气管炎，咳嗽剧烈，不能安枕。年年南逃也很麻烦，在仲的坚持下安置了土暖气，于学校供暖之前，自己先行供暖。那火头军是心甘情愿的。见他头戴浴帽，下到地窖子去对付火炉，总担心他会摔倒。只赢得嘲笑说太爱瞎想。一天，他忽然说："再过几年，我做不动了，怎么办？"

怎么办呢？其实用不着想。再过几年，我是否还需要温暖的房间？

自南方回来已十多天了。一夜的雨,天阴沉沉,地面到处湿漉漉,本来还是绿着的玉簪,一夜之间枯黄了。读《静安文集》有句云"天色凄凉似病夫",不觉悚然而惊。又想起几句《人间词》:"最是人间留不住,朱颜辞镜花辞树。""君看今日树头花,不是去年枝上朵。"乃又联想到法国诗人维龙的句子:"去年的雪今何在?"去年的花和雪永不能再,今年是今年的花和雪了。从王国维想到叔本华,年轻时很喜欢叔本华的哲学,现在连为什么也说不清。只模糊记得那"永久的公道"。叔本华说,世界之自身,即是世界之判词。他以为:意志肯定自己,乃有苦痛;则应负其责任,受其苦痛。这就是"永久的公道"。人类简直没有逃出苦痛的希望。又记得这位老先生论艺术,说美是最高的善。想查书弄明白些,连书也找不到了。

雨停了,扶杖到角门外,见地下一片黄灿灿,铺成圆形,宛如一张华丽的地毯。原来是角门边大银杏树的落叶,仰望大树,光秃秃的枝干在天空刻上窄窄的线条。树不会跌倒,无需扶杖,但是它也会老。只是比人老得慢一些。

门外向南的一条直路,两边都是年轻的银杏树,叶子也已落尽,扫掉了。这条路通向学生宿舍。年轻的人在年轻的树下来来去去。转过身来,猛然间看见墙边凋残的月季枝头,居然有两朵红花,仰着头,开得鲜艳。

烽火铸魂——硝烟淬骨,风雷入墨

# 夏 章

貳

## 漫记西南联大和冯友兰先生

和几个少年时的朋友在一起,总会说起昆明。总会想起那蓝得无比的天,那样澄澈,那样高远;想起那白得胜雪的木香花,从篱边走过,香气绕身,经久不散;更会想起彪炳青史的国立西南联合大学,北大、清华、南开三校联合,在抗战的艰苦环境中,弦歌不辍,培养了大批人才,成为教育史上的奇迹。

今年是卢沟桥事变、中华民族全面抗战七十周年,也是西南联大成立七十周年(包括其前身长沙临时大学)。十四年抗战,中华民族经历了各种苦难,终于取得了最后的胜利,西南联大也是这段历史中极辉煌的一部分。

这些年来,对西南联大的研究已成为专门题目。记得似乎是在二十世纪七十年代末或八十年代初,美国人易社强来访问我的父亲冯友兰先生，请他谈西南联大的情况。这是我接触到的第一个西南联大的研究者。他是外国人，为西南联大的奇迹所感，发愤研究，令人起敬。可是听说他多年辛苦的结果错误很多，张冠李戴，鹊巢鸠占，让亲历者看来未免可笑。历史实在是很难梳理清楚的，即使是亲历者也有各自的局限，受到各种遮蔽，有时会有偏见，所以很难还历史原貌。不过，每一个人都说出自己所见的那一点，也许会使历史的叙述更多面、更真实。

余生也晚，没有赶上入西南联大，而是一名联大附中的学生。只因是西南联大的子弟，也多少算是亲历了那一段生活。生活是困苦的，也是丰富的。虽然不到箪食瓢饮的地步，却也有家无隔宿之粮的时候。天天要跑警报，在生死界上徘徊，感受各种情绪的变化，可算得丰富。而在学校里，轰炸也好，贫困也好，教只管教，学只管学。那种艰难，那种奋发，刻骨铭心，永不能忘！

现在有人天真地提出重建一所西南联大，发扬她的精神。还是那几个少年时的朋友一起谈论，都认为那是完全不可能的。情况完全不一样了，环境也不一样了，人更不一样了。真的，连昆明的天也不像以前蓝得那样清澈了。现在昆明的年轻人，甚至不知道木香花。我们不再说话，各自感慨。

确实各方面都不一样了。那是在国难当头、民族危亡之际，一种生死存亡的紧迫感，让人不能懈怠。这是大环境。从在长沙开始直到抗战胜利，不断有学生投笔从戎。学校和民族命运是一体的。据联大校史载，先后毕业学生三千余人，从军旅者八百余人。奔赴抗日前线和留在学校学习，是一个事物的两个方面。冯友兰先生曾在他为学校撰写的一个布告中对同学们说："不有居者，谁守社稷？不有行者，谁捍牧圉？"不论是直接参加抗日还是留校学习，"全国人士皆努力以做其应有之事"。前者以生命作代价，后者怎能不以全身心的力量来学习？学习的机会是多少生命换来的，学习的成绩是要对国家的未来负责的。所以联大师生无论遇到怎样的困难，从未对教和学有一点松懈。一九三八年，师生步行，从长沙经贵阳，跋涉千里，于四月二十六日到昆明，五月四日就开始上课。一九四二年以前，昆明常有空袭，跑警报是家常便饭，是每天必修之课。师生们躲警报跑到郊外，在乱坟堆中照常上课。据联大李希文校友（现任云南大学外语系教授）记忆，冯友兰先生曾站在炸弹坑里上课。并不是没有别的教室,而是炸弹坑激励着教与学。这种不屈不挠的精神,上昭日月。

西南联大的子弟从军旅者也不乏人,这也体现了父辈的爱国精神。梅贻琦先生的子女,梅祖彦从军任翻译官,梅祖彤参加国际救护队;冯友兰先生之子冯钟辽、熊庆来先生(当时任云南大学校长)之子熊秉明、李继侗先生之子李德宁都参军任翻译官。当时,梅祖彦、冯钟辽都在联大二年级,未被征调。他们是志愿者。西南联大纪念碑碑阴刻录了参军同学的名字,但因当时条件限制,未能完全收录。在这里,我愿向碑上有名或无名的所有参军的老学长们深致敬意!

我的母校联大附中属于联大师范学院,为六年一贯制,不分高中初中,有实验性质,计划要将中学六年缩短为五年,但终未实现。因为学校是新建的,没有校舍,教室是借用的,借不到教室,就在大树底下上课。记得地理课的"教室"便是在树下。同学们各带马扎(帆布小凳),黑板靠在树上。闫修文老师站在树下,用极浓重的山西口音讲课,带领我们周游世界。课后我们笑闹着模仿老师的口音:"伊拉K(克)、K(克)拉K(克)"。伊拉克现在是人所共知的了,但"克拉克"在什么地方,我却不记得。下雨时，几个人共用一柄红油纸伞，一面上课，一面听着雨点打在伞上，看着从伞边流下的串串雨珠。老师一手拿粉笔，一手擎伞，上课如常。有时雨大，一堂课下来，衣服湿了半边。大家不以为苦，或者说，是根本不考虑苦不苦，只是努力去做应该做的事。

管理学校，校方要和政府打交道，这可以说是一个中环境。在这个环境里，学校当局有多少自由以实行自己的规划，对办好学校来说是关键性的。一九四二年六月，陈立夫以教育部长的身份三度训令联大务必遵守教育部核定的应设课程、统一全国院校教材、统一考试等新规定。联大教务会议以致函联大常委会的方式，驳斥教育部的三度训令。此函由冯友兰先生执笔，全文如下：

敬启者，屡承示教育部二十八年十月十二日第25038号，二十八年八月十二日高壹3字第18892号、二十九年五月四日高壹1字第13471号训令，敬悉部中对于大学应设课程及考核学生成绩方法均有详细规定，其各课程亦须呈部核示。部中重视高等教育，故指示不厌其详，但准此以往则大学将直等于教育部高等教育司中一科，同人不敏，窃有未喻。夫大学为最高学府，包罗万象，要当同归而殊途，一致而百虑，岂可刻板文章，勒令从同。世界各著名大学之课程表，未有千篇一律者；即同一课程，各大学所授之内容亦未有一成不变者。惟其如此，所以能推陈出新，而学术乃可日臻进步也。如牛津、剑桥即在同一大学之中，其各学院之内容亦大不相同，彼岂不能令其整齐划一，知其不可亦不必也。今教部对于各大学束缚驰骤，有见于齐无见于畸，此同人所未喻者一也。教部为最高教育行政机关，大学为最高教育学术机关，教部可视大学研究教学之成绩，以为赏罚殿最。但如何研究教学，则宜予大学以回旋之自由。律以孙中山先生权、能分立之说，则教育部为有权者，大学为有能者，权、能分职，事乃以治。今教育部之设施，将使权能不分，责任不明，此同人所未喻者二也。教育部为政府机关，当局时有进退；大学百年树人，政策设施宜常不宜变。若大学内部甚至一课程之兴废亦须听命教部，则必将受部中当局进退之影响，朝令夕改，其何以策研究之进行，肃学生之视听，而坚其心志，此同人所未喻者三也。师严而后道尊，亦可谓道尊而后师严。今教授所授之课程，必经教部之指定，其课程之内容亦须经教部之核准，使教授在学生心目中为教育部之一科员不若。在教授固已不能自展其才，在学生尤启轻视教授之念，于部中提倡导师制之意适为相反。此同人所未喻者四也。教部今日之员司多为昨日之教授，在学校则一筹不准其自展，在部中则忽然周智于万物，人非至圣，何能如此。此同人所未喻者五也。然全国公私立大学之程度不齐，教部训令或系专为比较落后之大学而发，欲为之树一标准，以便策其上进，别有苦心，亦可共谅，若果如此，可否由校呈请将本校作为第……号等训令之例外。盖本校承北大、清华、南开三校之旧，一切设施均有成规，行之多年，纵不敢谓为极有成绩，亦可谓为当无流弊，似不必轻易更张。若何之处，仍祈卓裁。此致常务委员会。

此函上呈后，西南联大没有遵照教育部的要求统一教材，仍是秉承学术自由兼容并包的原则治校。这说明斗争是有效果的。

学术自由，民主治校，原是三校共同的理念。现在，三校联合，人才荟萃，更有利于实践。由此形成一个小环境。西南联大在管理学校方面，沿用教授治校的民主作风，除校长、训导长由教育部任命，各院院长都由选举产生。以梅贻琦常委为首，几年的时间，形成一个较稳定的、有能力的领导班子。这是联大获得卓越成绩的一大因素。他们都是各专业举足轻重的人物，又都是干练之才，品格令人敬服。另一个文件可以帮助我们增加了解。

一九四二年，昆明物价飞涨，当时的教育部提出要给西南联大担任行政职务的教授们特别办公费，这应该说是需要的，但是他们拒绝了。也有一封信，已由清华档案馆查出。信为文言繁体字，字迹已经模糊，经任继愈先生辨认，我们得到准确的信文。任先生认为此信明白晓畅，用典精当，显然为冯友兰先生手笔。全文如下：

> 敬启者：承转示教育部训令总字第45388号，附"非常时期国立大学主管人员及各部分主管人员支给特别办公费标准"，奉悉一是。查常务委员总揽校务，对内对外交际频繁，接受公费亦属当然。为同人

等则有未便接受者：盖同人等献身教育，原以研究学术启迪后进为天职，于教课之外肩负一部分行政责任，亦视为当然之义务，并不希冀任何权利。自北大、清华、南开独立时已各有此良好风气。五年以来，联合三校于一堂，仍秉此一贯之精神，未尝或异。此为未便接受特别办公费者一也。且际兹非常时期，从事教育者无不艰苦备尝，而以昆明一隅为尤甚。九儒十丐，薪水犹低于舆台，仰事俯畜，饔飧时虞其不给。徒以同尝甘苦，共体艰危，故虽啼饥号寒，尚不致因不均而滋怨。当局尊师重道应一视同仁，统筹维持。倘只瞻顾行政人员，恐失均平之谊，且令受之者无以对其同事。此未便接受特别办公费者二也。此两端敬请常务委员会见其悃愫，代向教育部辞谢，并将原信录附转呈为荷。专上常务委员会公鉴。

签名人：冯友兰　张奚若　罗常培　雷海宗

郑天挺　陈福田　李继侗　陈岱孙

吴有训　汤用彤　黄钰生　陈雪屏

孙云铸　陈序经　燕树棠　查良钊

王德荣　陶葆楷　饶毓泰　施嘉炀

李辑祥　章明涛　苏国桢　杨石先

许浈阳

　　签名者共二十五人。他们担任各院院长、系主任等行政职务，付出了巨大劳动，不肯领取分文补贴。"同人等献身教育，原以研究学术启迪后进为天职，于教课之外肩负一部分行政责任，亦视为当然之义务，并不希冀任何权利。"难得的是，这样想的不是一两个人，而是一群人。除这二十五位先生外，还有许多位教授，也同样具有这样光风霁月的精神。有这样高水平的知识群体，怎么能办不好一所学校！

　　今年，有人问我："七十年前，日本人打来了，你们为什么离开北平？"这个问题真奇怪，我们怎么能不离开北平！留下来当顺民吗？那时不要说文化人，就是老百姓，也奔向大后方，要去为保卫国家尽一份力量。离开北平不是逃避，而是去尽自己的一份责任。当然，留在沦陷区的人也会有所作为。教师们肩负传递文化的重任，他们可以在轰炸声中上课，在炸弹坑里上课，在和政府的周旋中上课，他们能在沦陷区上课吗？能在沦陷区办出一所国立西南联合大学来吗？

冯友兰先生在西南联大期间，不仅担任教学，而且参加学校领导工作，从一九三八年起一直担任文学院院长。冯先生是西南联大的"得力之人"，西南联大校友、旅美历史学者何炳棣在他的《读史阅世六十年》一书中这样说。老友闻立雕说，"得力之人"的说法很好，但还不能充分表现冯先生对西南联大的贡献。应该指出，冯先生为西南联大付出大量心血，是当时领导集团的中坚力量。云南师范大学雷希教授对西南联大校史研究多年，在《冯友兰先生在西南联大校务活动考略》一文中说："从有案可查的历史记载来看，冯先生在西南联大是决策管理层的最重要成员之一，教学研究层的最显要教授之一，公共交往层的最重要人物之一。"这是符合实际情况的。

据《冯友兰年谱初编》载，除了上课，冯先生每天都开会，每周的常委会，院系的会，还有各种委员会。在繁重的工作之余，他著书立说，建立了自己的哲学体系。他的"贞元六书"与抗战同始终，第一本《新理学》写在南渡之际，末一本《新知言》成于北返途中。在六本书各自的序言中，表达了他对国家和民族深切宏大的爱和责任感。他引横渠四句"为天地立心，为生民立命，为往圣继绝学,为万世开太平",说"此为哲学家所自期许者也"。听说有一位逻辑学者教课时,讲到冯先生和这四句话,为之泣下。冯先生的哲学,不属于书斋和象牙之塔,他希望它有用。哲学不能直接致力于民生,而是作用于人的精神。在这方面,已经有了广泛的影响。社会科学工作者李天爵先生说,他在极端困惑中看到冯先生的书,知道人除了自己的社会地位,还应当考虑自己在宇宙中的地位。一个普通工人告诉我,他看了《中国哲学简史》,觉得心胸顿然开阔。

二十世纪四十年代,一天在昆明文林街上走,遇到罗常培先生。他对我说:"今晚你父亲有讲演,题目是《论风流》,你来听吗?"我那时的水平,还没有听学术报告的兴趣。后来知道,那晚的讲演是由罗先生主持的。很多年以后,我读了《论风流》,深为这篇文章所吸引。风流四要素:玄心、洞见、妙赏、深情,是"是真名士自风流"的极好阐释,让人更加了解名士风流的审美的自由人格。这篇文章后来收在《南渡集》中。《南渡集》顾名思义,所收的都是作者在抗战时写的论文,一九四六年已经编就,后来收在《三松堂全集》中。

最近,三联书店出版了"贞元六书"和《南渡集》

的单行本。《南渡集》是第一次单独出版。它和"贞元六书"一样，凝聚着作者对国家民族的满腔热情。它们的写作距今已超过半个世纪，仍然可以感到，作者的哲学睿智和诗人情怀化成巨大的精神力量，扑面而来。

西南联大这所学校虽然已不复存在，但它的精神不会消失，总会在别的学校得到体现，在众多知识分子、文化人身上延续。对此我深信不疑。冯友兰先生在他撰写的《国立西南联合大学纪念碑碑文》中为这一段历史做出了深刻而全面的总结，指出可纪念者有四。转述不如直接阅读，节录如下：

> 我国家以世界之古国，居东亚之天府，本应绍汉唐之遗烈，作并世之先进，将来建国完成，必于世界历史，居独特之地位。盖并世列强，虽新而不古；希腊罗马，有古而无今。唯我国家，亘古亘今，亦新亦旧，斯所谓周虽旧邦，其命维新者也。旷代之伟业，八年之抗战已开其规模，立其基础。今日之胜利，于我国家有旋乾转坤之功，而联合大学之使命，与抗战相终始。此其可纪念者一也。
>
> 文人相轻，自古而然，昔人所言，今有同慨。

三校有不同之历史,各异之学风,八年之久,合作无间。同无妨异,异不害同;五色交辉,相得益彰;八音合奏,终和且平,此其可纪念者二也。

万物并育而不相害,道并行而不相悖,小德川流,大德敦化,此天地之所以为大。斯虽先民之恒言,实为民主之真谛。

联合大学以其兼容并包之精神,转移社会一时之风气,内树学术自由之规模,外获民主堡垒之称号,违千夫之诺诺,作一士之谔谔,此其可纪念者三也。

稽之往史,我民族若不能立足于中原,偏安江表,称曰南渡。南渡之人,未有能北返者:晋人南渡,其例一也;宋人南渡,其例二也;明人南渡,其例三也。风景不殊,晋人之深悲;还我河山,宋人之虚愿。吾人为第四次之南渡,乃能于不十年间,收恢复之全功,庾信不哀江南,杜甫喜收蓟北,此其可纪念者四也。

此文不仅内容丰富且极富文采,可以掷地作金石声。不止一个人建议,年轻人应该把它背下来。我想,记在心上的是这篇文章,也就是对西南联大的永恒的纪念。

## 花朝节的纪念

农历二月十二日,是百花出世的日子,为花朝节。节后十日,即农历二月二十二日,从一八九四年起,是先母任载坤先生的诞辰。迄今已九十九年。

外祖父任芝铭公是光绪年间举人。早年为同盟会员,奔走革命,晚年倾向于马克思主义。他思想开明,主张女子不缠足,要识字。母亲在民国初年进当时的女子最高学府北京女子师范学校读书,一九一八年毕业。同年,和我的父亲冯友兰先生在开封结婚。

家里有一个旧印章,刻着"叔明归于冯氏"几个字,叔明是母亲的字。以前看着不觉得,父母都去世后,深深感到这印章的意义。它标志着一个家族的繁衍,一代又一代来到世上,扮演各种角色,为社会做一点努力,留下了各种不同色彩的记忆。

在我们家里，母亲是至高无上的守护神。日常生活全是母亲料理，三餐茶饭，四季衣裳，孩子的教养，亲友的联系，需要多少精神！我自幼多病，常在和病魔作斗争，能够不断战胜疾病的主要原因是我有母亲。如果没有母亲，很难想象我会活下来。在昆明时我严重贫血，上"纪念周"站着站着就晕倒，后来索性染上肺结核休学在家。当时的治法是一天吃五个鸡蛋，晒太阳半个小时。母亲特地把我的床安排到有阳光的地方，不论多忙，这半小时必在我身边，一分钟不能少。我曾由于各种原因多次发高烧，除延医服药外，母亲费尽精神护理。用小匙喂水，用凉手巾敷在额上。有一次高烧昏迷中，觉得像是在一个狭窄的洞中穿行，挤不过去。我以为自己就要死了，一抓到母亲的手，立刻知道我是在家里，我是平安的。后来我经历名目繁多的手术，人赠雅号"挨千刀的"。在挨千刀的过程中，也是母亲，一次又一次陪我奔走医院。医院的人总以为是我陪母亲，其实是母亲陪我。我过了四十岁，还是觉得睡在母亲身边最心安。

母亲的爱护，许多细微曲折处是说不完，也无法全捕捉到的。但也就是因为有这些细微曲折才形成一个家，这人家处处都是活的，每一寸墙壁、每一寸窗帘都是活的。小学时曾以"我的家庭"为题作文。我写出这样的警句:"一个家,没有母亲是不行的。母亲是春天,是太阳。至于有没有父亲,不很重要。"作业在开家长会时展览,父亲去看了,回来向母亲描述,对自己的地位似乎并不在意,以后也并不努力增加自己的重要性,只顾沉浸在他的哲学世界中。

希腊文明是在奴隶制时兴起的,原因是有了奴隶,可以让自由人充分开展精神活动。我常说,父亲和母亲的分工有点像古希腊。在父母那时代,先生专心做学问,太太操劳家务,使无后顾之忧,是常见的。不过我的父母亲特别典型,他们真像一个人分成两半,一半主做学问,一半主理家事,左右合契,毫发无间。应该说,他们完成了上帝的愿望。

母亲对父亲的关心真是无微不至,父亲对母亲的依赖也是到了极点。我们的堂姑父张岱年先生说:"冯先生做学问的条件没有人比得上。冯先生一辈子没有买过菜。"细想起来,在昆明乡下时,有一阵子母亲身体不好,父亲带我们去赶过街子,不过次数有限。他的生活基本上是水来湿手,饭来张口。古人形容夫妇和谐用"举案齐眉"几个字,实际上就是孟光给梁鸿端饭吃;若问

"是几时孟光接了梁鸿案"，也应该是做好饭以后。

旧时有一副对联："自古庖厨君子远，从来中馈淑人宜。"放在我家正合适。母亲为一家人真操碎了心，在没有什么东西的情况下，变着法子让大家吃好。她向同院的外国邻居的厨师学烤面包，用土豆引子，土豆发酵后力量很大，能"砰"的一声，顶开瓶塞，声震屋瓦。在昆明时一次父亲患斑疹伤寒，这是当时西南联大一位校医郑大夫经常诊断出的病，治法是不吃饭，只喝流质，每小时一次，几天后改食半流质。母亲用里脊肉和猪肝做汤，自己擀面条，擀薄切细，下在汤里。有人见了说，就是只吃冯太太做的饭，病也会好。

一九六四年父亲患静脉血栓，在北京医院卧床两个月。母亲每天去送饭，有时从城里我的住处，有时从北大，都总是第一个到。我想要帮忙，却没有母亲的手艺。父亲暮年，常想吃手擀的面，我学做过几次，总不成功，也就不想努力了。

母亲把一切都给了这个家。其实母亲的才能绝不只限于持家。母亲毕业于当时的女子最高学府，曾任河南女子师范学校预科算术教员。她有一双外科医生的巧手，还有很高的办事能力。外科医生的工作没有实践过，但从日常生活中，从母亲缝补、修理的功夫可以想见；办事能力倒是有一些发挥。

五十年代初至一九六六年，母亲做居民委员会工作，任北大燕南、燕东、燕农、镜春、朗润、蔚秀、承泽、中关八大园的主任，曾为家庭妇女们办起装订社、缝纫社等。母亲不畏辛劳，经常坐着三轮车来往于八大园间。这是在家庭以外为社会服务，她觉得很神圣，总是全心全意去做。居委会成员常在我家学习，最初贺麟夫人刘自芳、何其芳夫人牟决鸣等都是成员，后来她们迁往城内，又有吴组缃夫人沈淑园等参加。五十年代有一次选举区人民代表，不记得是哪一位曾对我说，"任大姐呼声最高"。这是真正来自居民的声音。

我心中有几幅图像，愈久愈清晰。

一幅在清华园乙所，有一间平台加出的房间，三面皆窗，称为玻璃房，母亲常在其中办事或休息。一个夏日，三面窗台上摆着好几个宽口瓶和小水盆，记得种的是慈姑。母亲那时大概不到四十岁，身着银灰色起蓝花的纱衫，坐在房中，鬓发漆黑，肌肤雪白。常见外国油画有什么什么夫人肖像，总想怎么没有人给母亲画一幅。

另一幅在昆明乡下龙头村。静静的下午，泥屋，白木桌，母亲携我坐在桌前，为我讲解鸡兔同笼四则题。父亲从城里回来，点评说这是一幅乡居课女图。

龙头村旁小河弯处有一个小落差，水的冲力很大。每星期总有一两次，母亲把一家人的衣服装在箩筐里，带着我和小弟到河边去。还有一幅图像便是母亲弯腰站在欢快的流水中，费力地洗衣服，还要看着我们不要跑远，不要跌进河里。近来和人说到洗衣的事，一个年轻人问，是给别人洗吗？还没到那一步，我答。后来想，如果真的需要，母亲也不怕。在中国妇女贤淑的性格中，往往有极刚强的一面，能使丈夫不气馁，能使儿女肯学好，能支撑一个家庭度过最艰难的岁月。孔夫子以为女人难缠，其实儒家人格的最高标准"富贵不能淫，贫贱不能移，威武不能屈"，用来形容中国妇女的优秀品质倒很恰当，不过她们是以家庭为中心罢了。

母亲六十二岁时患甲状腺癌，手术后一直很好。六十年代末又患胆结石，经常大发作，疼痛，发烧，最后不得不手术。那一年母亲七十五岁。夜里推进手术室，父亲和我在过厅里等，很久很久，看见手术室甬道那边推出一辆平车，一个护士举着输液瓶，就像一盏灯。我们知道母亲平安，仍能像灯一样给我们全家以光明、以温暖。这便是那第四幅图像了。握住母亲的手时,我的一颗心落在肚子里,觉得自己很有福气。

母亲虽然身体不好,仍是操劳家务,真没有过一天清闲的日子。她总是说,你们专心做你们的事。我们能专心做事,都因为有母亲,操劳一生的母亲!

记得是一九七七年九月十日,母亲忽然吐血,拍片后确诊为肺门静脉瘤。当时小弟在家,我们商量,母亲虽然年迈,病还是该怎么治就怎么治,不可延误。在奔走医院的过程中,受到许多白眼。一家医院住院部一位女士说:"都八十三岁了,还治什么!我还活不到这岁数呢。"可以说,母亲的病没有得到治疗,发展很快。最后在校医院用杜冷丁控制疼痛,人常在昏迷状态。一次忽然说:"要挤水!要挤水!"我俯身问什么要挤水,母亲睁眼看我,费力地说:"白菜做馅要挤水。"我的眼泪一下涌了出来,滴在母亲脸上。

母亲没有让人多侍候,不过三周便抛弃了我们。当时父亲还在受审查,她走时很不放心,非常想看个究竟,但她拗不过生死大限。她曾自我排解说,知道儿女是好的,还有什么可求呢。十月三日上午六时三刻,我们围在母亲床前,眼见她永远阖上了眼睛。我知道,我再不能睡在母亲身边讨得那样深的平安感了。我们的家从此再没有春天和太阳了。我们的家像一叶孤舟忽然失了掌舵的人，在茫茫大海中任意漂流。我和小弟连同父亲，都像孤儿一样不知漂向何方。

因为政治，亲友都很少来往。没有足够的人抬母亲下楼，幸亏那天来了一位年轻的朋友，才把母亲抬到太平间。当晚哥哥自美国飞回来，到家后没有坐下，立刻要"看娘去"，我不得不告诉他母亲已去。他跌坐在椅上，停了半晌，站起来还是说"看娘去"。

父亲为母亲撰写了一副挽联："忆昔相追随，同荣辱，共安危，期颐望齐眉，黄泉碧落君先去；从今无牵挂，斩名缰，破利锁，俯仰无愧怍，海阔天空我自飞。"自己一半的消失使父亲把一切都看透了。以后，母亲的骨灰盒一直放在父亲卧室里。每年春节，父亲必率领我们上香，如此凡十三年。直到一九九〇年初冬那凄惨的日子，父母相聚于地下。又过了一年，一九九一年冬，我奉双亲归窆于北京万安公墓，一块大石头作为石碑，隔开了阴阳两界。

我曾想为母亲百岁冥寿开一个小小的纪念会，又想到老太太们行动不便，最好少打扰，便只就平常的了解或电话上的交谈，记下几句话。

姨母任均是母亲最小的妹妹。姨父母在驻外使馆工作时，表弟妹们读住宿小学，周末假日接回我家，由母亲照管。姨母说，三姐不只是你们一家的守护神，也是大家的贴心人。若没三姐，那几年我真不知怎么过。亲戚们谁没有得过她关心照料？人人都让她费还心血，我们心里是明白的。

牟决鸣先生已是很久不见了。前些时打电话来，说："回想走在北大居住的那段日子，觉得很有意思。任大姐那时是活跃人物，她做事非常认真，总是全力以赴。而且头脑总是很清楚。"

在昆明时，赵萝蕤先生和我家几次为邻居，那时她还很年轻，她不止一次对我说很想念冯太太。她说在人际关系的战场上，她总是一败涂地当俘虏。可是和冯太太相处，从未感到战场问题。是母亲教她做面食，是母亲教她用布条打纽扣结，她有什么事都可以向母亲倾诉。记得在昆明乡下龙头村时，有一次赵先生来我家，情绪不大好，对母亲说，一位军官太太要学英语，又笨又俗又无礼，总问金刚钻几克拉怎么说。她不想教，来躲一躲。母亲安慰她，让她一起做家务事。赵先生走时，已很愉快。

另一位几十年的邻居是王力夫人夏蔚霞。现在我们仍然对门而居。夏先生说:"你千万别忘记写上我的话。我的头生儿子缉志是你母亲接生的。当时昆明乡下缺医少药,那天王先生进城上课去了,半夜时分我遣人去请你母亲。冯先生一起来的,然后先回去了。你母亲留下照顾我,抱着我坐了一夜,次日缉志才出世。若没有你母亲,我和孩子会吃许多苦!"

像春天给予百花诞辰一样,母亲用心血哺育着,接引着——亲爱的母亲的诞辰,是花朝节后十日。

## 心的嘱托

冯友兰先生——我的父亲，于一八九五年十二月四日来到人世，又于一九九○年十二月四日毁去了皮囊，只剩下一抔寒灰。在八天前，十一月二十六日二十时四十五分，他的灵魂已经离去。

近年来，随着父亲身体日渐衰弱，我日益明白永远分离的日子在迫近，也知道必须接受这不可避免的现实。虽然明白，却免不了紧张恐惧。在轮椅旁，在病榻侧，一阵阵呛咳使人恨不能以身代。在清晨，在黄昏，凄厉的电话铃声会使我从头到脚抖个不停。那是人生的必然阶段，但总是希望它不会来，千万不要来。

直到亲眼见着他的呼吸渐渐急促，血压下降，身体逐渐冷了下来，直到亲耳听见医生的宣布，还是觉得这简直不可能，简直不可思议。我用热毛巾拭过他安详的紧闭了双目的脸庞，真的听到了一声叹息，那是多年来回响在我耳边的。我们把他抬上平车。枕头还温热，然而我们已经处于两个世界了，再无须我操心侍候，也再得不到他的关心和荫庇。这几年他坐在轮椅上，不时会提醒我一些极细微的事，总是使我泪下。我的烦恼，他无须耳和目便能了解，现在再也无法交流。天下耳聪目明的人很多，却再也没有人懂得我的有些话。

这些年，住医院是家常便饭，这一年尤其频繁。每次去时，年轻的女医生总是说要有心理准备。每次出院，我都有骄傲之感。这一次，是《中国哲学史新编》完成后的第一次住院，孰料就没有回来。七月十六日，我到人民出版社交《新编》第七册稿。走上楼梯时，觉得很轻快，真是完成了一件大任务。父亲更是高兴，他终于写完了。直到最后一个字，都是他自己的，无须他人续补。同时他也感到长途跋涉后的疲倦。他的力气已经用尽，再无力抵抗三次肺炎的打击。他太累了，要休息了。

"存，吾顺事；殁，吾宁也。"父亲很赞赏张载《西铭》中的这最后两句，曾不止一次讲解："活着，要在自己恰当的位置上发挥作用；死亡则是彻底的安息。"对生和死，他都处之泰然。

父亲在清华任教时的老助手,八十八岁的李濂先生来信说:"十一月二十四日夜梦恩师伏案作书,写至最后一页,灯火忽然熄灭,黑暗之中,似闻恩师与师母说话。"正是那天下午,父亲病情恶化。夜晚我在病榻边侍候,父亲还能断续说几个字:"是璞么?是璞么?""我在这儿,是璞在这儿。"我大声叫他,抚摩他,他似乎很安心。我们还以为这一次他又能闯过去。

从二十五日上午,除了断续的呻吟,父亲没有再说话。他无须再说什么,他的嘱托,已浸透在我六十二年的生命里;他的嘱托,已贯穿在众多爱他、敬他的弟子们的事业中;他的嘱托,在他的心血铸成的书页间,向全世界发出回响。

父亲是走了,走向安息,走向永恒。

十二月一日兄长钟辽从美国回来。原是回来祝寿的,现在却变为奔丧。和母亲去世时一样,他又没有赶上,但也和母亲去世时一样,有了他,办事才有主心骨。我们秉承父亲平常流露的意思,原打算只用亲人的热泪和几朵鲜花,送他西往。北大校方对我们是体贴尊重的。后来知道,这根本行不通。

络绎不绝的亲友都想再见上一面,不停地电话询问告别日期。

四川来的老学生自戴黑纱，进门便长跪不起。韩国学人宋兢燮先生数年前便联系来华，目的是拜见老人，现在只能赶上无言的诀别。总不能太不近人情，这毕竟是最后一面。于是我们决定不发讣告，自来告别。

柴可夫斯基哽咽着的音乐伴随告别人的行列回绕在遗体边，真情写在每一个人脸上。最后我们跪在父亲的脚前时，我几乎想就这样跪下去，大声哭出来，让眼泪把自己浸透。从母亲和小弟离去，我就没有痛快地哭一场。但是我不能。我受到许多真诚的心的簇拥和嘱托，还有许多许多事要做，我必须站起来。

载灵的大轿车前有一个大花圈，饰有黑黄两色的绸带。我们随着灵车，驶过天安门。世界依然存在，人们照旧生活，一切都在正常运行。

我们一直把父亲送到炉边。暮色深重，走出来再回头，只看见那黄色的盖单，它将陪同父亲到最后的刹那。

两天后，我们迎回了父亲的骨灰，放在他生前的卧室里。母亲的遗骨已在这里放了十三年。现在二老又并肩而坐，只是在条几上。明春他们将合葬于北京万安公墓。侧面是那张两人同行的照片，母亲撑着伞，父亲一脚举起，尚未落下。那是六十年代初，一位不知名的人在香山偷拍的，当时二老并不知道。摄影者拿这张照片在香港出售，父亲的老学生，加拿大籍学人余景山先生恰巧看见，遂将它买下，七十年代末方有机会送来。母亲也见到了这帧照片。

亲爱的双亲，你们的生命的辉煌乐章已经停止，但那向前行走的画面是永恒的。

借此小文之末，谨向所有关心三松堂的亲友致谢。关系有千百种不同，真情的分量都不同寻常。踵吊和唁文未能一一答谢，心灵的慰藉和嘱托永远铭记不忘。

## 三松堂断忆

转眼间父亲离开我们已快一年了。

去年这时,也是玉簪花开得满院雪白,我还计划在向阳的草地上铺出一小块砖地,以便把轮椅推上去,让父亲在浓重的树荫中得一小片阳光。因为父亲身体渐弱,忙于延医取药,竟没有来得及建设。九月底,父亲进了医院,我在整天奔忙之余,还不时望一望那片草地,总不能想象老人再不能回来,回来享受我为他安排的一切。

哲学界人士和亲友们都认为父亲的一生总算圆满,学术成就和他从事的教育事业使他中年便享盛名,晚年又见到了时代的变化。生活上有女儿侍奉,诸事不用操心,能在哲学的清纯世界中自得其乐。而且,他的重要著作《中国哲学史新编》,八十岁才开始写,许多人担心他写不完,他居然写完了。他是拼着性命支撑着,一定要写完这部书。

在父亲的最后几年里，经常住医院，一九八九年下半年起更为频繁。一次是十一月十一日午夜，父亲突然发作心绞痛，外子蔡仲德和两个年轻人一起，好不容易将他抬上救护车。他躺在担架上，我坐在旁边，数着脉搏。夜很静，车子一路尖叫着驶向医院。好在他的医疗待遇很好，每次住院都很顺利。一切安排妥当后，他的精神好了许多，我俯身为他掖好被角，正要离开时，他疲倦地用力说："小女，你太累了！""小女。"这乳名几十年不曾有人叫了。"我不累。"我说，勉强忍住了眼泪。说不累是假的，然而比起担心和不安，劳累又算得了什么呢。

过了几天，父亲又一次不负我们的劳累和担心，平安回家了。我们笑说："又是一次惊险镜头。"十二月初，他在家中度过九十四寿辰。也是他最后的寿辰。这一天，丁石孙先生和民盟中央的几位负责人前来看望，老人很高兴，谈起一些文艺杂感，还说，若能汇集成书，可题名为《余生札记》。

这余生太短促了。中国文化书院为他筹办了庆祝九十五寿辰的"冯友兰哲学思想国际研讨会"，他没有来得及参加，但他知道了大家的关心。

一九九〇年初，父亲因眼前有幻象，又住医院。他常常喜欢自己背诵诗词，每住医院，总要反复吟哦《古诗十九首》。有记不清的字，便要我们查对。"青青陵上柏，磊磊涧中石。人生天地间，忽如远行客。""浩浩阴阳移，年命如朝露。人生忽如寄，寿无金石固。"他在诗词的意境中似乎觉得十分安宁。一次医生来检查后，他忽然对我说："庄子说过，生为附赘悬疣，死为决疣溃痈。孔子说过，朝闻道，夕死可矣。张横渠又说，存，吾顺事；殁，吾宁也。我现在是事情没有做完，所以还要治病。等书写完了，再生病就不必治了。"我只能说："那不行，哪有生病不治的呢！"父亲微笑不语。我走出病房，便落下泪来，坐在车上，更是泪如泉涌。一种没有人能分担的孤单沉重地压迫着我，我知道，分别是不可避免的。

我们希望他快点写完《新编》，可又怕他写完。在住医院的间隙中，他终于完成了这部书。亲友们都提醒他，还有本《余生札记》呢。其实老人那时不只有文艺杂感，又还有新的思想，他的生命是和思想和哲学连在一起的。只是来不及了，他没有力气再支撑了。

人们常问父亲有什么遗言。他在最后几天有时念及远在异国的儿子钟辽和唯一的孙子冯岱。他用力气说出的最后的关于哲学的话是："中国哲学将来一定会大放光彩！"他是这样爱中国，这样爱哲学。当时有李泽厚和陈来在侧。我觉得这句话应该用大字写出来。

然后，终于到了十一月二十六日那凄冷的夜晚，父亲那永远在思索的头脑进入了永恒的休息。

作为父亲的女儿，而且是数十年都在他身边的女儿，在他晚年又身兼几大职务，秘书、管家兼门房，医生、护士带跑堂，照理说对他应该有深入的了解。但是我无哲学头脑，只能从生活中窥其精神于万一。根据父亲的说法，哲学是对人类精神的反思。他自己就总在思索，在考虑问题。因为过于专注，难免有些呆气。他晚年耳目失其聪明，自己形容自己是"呆若木鸡"。其实这些呆气早已有之。抗战初期，几位清华教授从长沙往昆明，途经镇南关，父亲手臂触城墙而骨折。金岳霖先生一次对我幽默地提起此事，他说："当时司机通知大家，不要把手放在窗外，要过城门了。别人都很快照办，只有你父亲听了这话，便考虑为什么不能放在窗外，放在窗外和不放在窗外的区别是什么，其普遍意义和特殊意义是什么。还没考虑完,已经骨折了。"这是形容父亲爱思索。他那时正是因为在思索,根本就没有听见司机的话。

他的生命就是不断地思索,不论遇到什么挫折,遭受多少批判,他仍顽强地思考,不放弃思考。不能创造体系,就自我批判,自我批判也是一种思考。而且在思考中总会冒出些新的想法来。他自我改造的愿望是真诚的,没有经历过二十世纪中叶的变迁和六七十年代的各种政治运动的人,是很难理解这种自我改造的愿望的。

幸亏有了新时期,人们知道还是自己的头脑最可信。父亲明确采取了不依傍他人,"修辞立其诚"的态度。我以为,这个"诚"字并不能与"伪"字相对。需要提出"诚",需要提倡说真话,这是我们这个时代的悲哀。

我想历史会对每一个人做出公允的、不带任何偏见的评价。历史不会忘记有些微贡献的每一个人,而评价每一个人时,也不要忘记历史。

父亲一生对物质生活的要求很低,他的头脑都让哲学占据了,没有空隙再来考虑诸般琐事。而且他总是为别人着想,尽量减少麻烦。一个人到九十五岁,没有一点怪癖,实在是奇迹。父亲曾说,他一生得力于三个女子：一位是他的母亲、我的祖母吴清芝太夫人,一位是我的母亲任载坤先生,还有一个便是我。一九八二年,我随父亲访美,在机场上父亲作了一首打油诗:"早岁读书赖慈母,中年事业有贤妻。晚来又得女儿孝,扶我云天万里飞。"确实得有人料理俗务,才能有纯粹的精神世界。近几年,每逢我生日,父亲总要为我撰写寿联。一九九〇年夏,他写了最后一联,联云:"鲁殿灵光,赖家有守护神,岂独文采传三世;文坛秀气,知手持生花笔,莫让新编代双城。"父亲对女儿总是看得过高。"双城"指的是我的长篇小说,曾拟名《双城鸿雪记》,后定名为《野葫芦引》。第一卷《南渡记》出版后,因为没有时间,没有精力,便停顿了。我必须以《新编》为先,这是应该的,也是值得的。当然,我持家的能力很差,料理饭食尤其不能和母亲相比,有的朋友都惊讶我家饭食的粗糙。而父亲从没有挑剔,从没有不悦,总是兴致勃勃地进餐,无论做了什么,好吃不好吃,似乎都滋味无穷。这一方面因为他得天独厚,一直胃口好,常自嘲"还有当饭桶的资格";另一方面,我完全能够体会,他是以为能做出饭来已经很不容易,再挑剔好坏,岂不让管饭的人为难。

父亲自奉甚俭，但不乏生活情趣。他并不永远是道貌岸然，也有豪情奔放、潇洒闲逸的时候，不过机会较少罢了。一九二六年父亲三十一岁时，曾和杨振声、邓以蛰两先生，还有一位翻译李白诗的日本学者一起豪饮，四个人一晚喝去十二斤花雕。六十年代初，我因病常住家中，每天傍晚随父母到颐和园包坐大船，一元钱一小时，正好览尽落日的绮辉。一位当时的大学生若干年后告诉我说，那时他常常看见我们的船在彩霞中漂动，觉得真如神仙中人。我觉得父亲是有些仙气的，这仙气在于他一切看得很开。在他的心目中，人是与天地等同的。"人与天地参"，我不止一次听他讲解这句话。《三字经》说得浅显，"三才者，天地人"。既与天地同，还屑于去钻营什么！那些年，一些稍有办法的人都能把子女调回北京，而他，却只能让他最钟爱的幼子钟越长期留在医疗落后的黄土高原。一九八二年，钟越终于为祖国的航空事业流尽了汗和血，献出了他的青春和生命。

父亲的呆气里有儒家的伟大精神，"天行健，君子以自强不息"，自强不息到"知其不可而为之"的地步；父亲的仙气里又有道家的豁达洒脱。秉此二气，他穿越了在苦难中奋斗的中国的二十世纪。他一生便是二十世纪中国文化的一个篇章。

据河南家乡的亲友说,一九四五年初祖母去世,父亲与叔父一同回老家奔丧,县长来拜望,告辞时父亲不送;而对一些身为老百姓的旧亲友,则一直送到大门。乡里传为美谈。从这里我想起和读者的关系,父亲很重视读者的来信,许多年常常回信,星期日上午的活动常常是写信。和山西一位农民读者车恒茂老人就保持了长期的通信,每索书必应之。后来我曾代他回复一些读者来信,尤其对年轻人,我认为最该关心,也许几句话便能帮助发掘了不起的才能。但后来我们实在没有能力做了,只好听之任之。把人家的千言万言书束之高阁,起初还感觉不安,时间一久,则连不安也没有了。

时间会抚慰一切,但是去年初冬深夜的景象总是历历如在目前,我想它是会伴随我进入坟墓的了。当晚,我们为父亲穿换衣服时,他的身体还那样柔软,就像平时那样配合。他好像随时会睁开眼睛说一声"中国哲学将来一定会大放光彩"。我等了片刻,似乎听到一声叹息。

不得不离开病房了。我们围跪在床前,忍不住痛哭失声!仲扶着我,可我觉得这样沉重的孤单!在这茫茫世界中,再无人需我侍奉,再无人叫我的乳名了。这么多年，每天清晨最先听到的，是从父亲卧房传来的咳嗽，每晚睡前必到他床前说几句话。我怎样才能从多年的习惯中走出来！

然而日子居然过去快一年了。只好对自己说，至少有一件事稍可安慰：父亲去时不知道我已抱病，他没有特别的牵挂，去得安心。

文章将尽，玉簪花也谢尽了。邻院中还有通红的串红和美人蕉，记得我曾说串红像鞭炮，似乎马上会"劈劈啪啪"响起来。而生活里又有多少事值得它响呢！

# 一块大石头

这样一块大石头，不是碑，不是柱，只是石头。立在众多的拥挤的墓碑中，进得万安公墓，向左转过一处假山，即可看见。石头略带红色，若有绿松掩映最好。但是没有，有的是许久不填平的新穴和坑坑洼洼的小路。

静极了，冬日的墓地。远处传来清脆的敲石头的声音，越显得寂静把墓地罩得很紧。

大石在寂静和寒冷中默默地站着。石上刻有"冯友兰先生夫人之墓"几个大字。我的父母亲就长眠在这里。我原想要一块自然的大石，不着一点人工痕迹，现在这一块前面还是凿平了，习惯是很难改的。

十二月四日，是父亲的诞辰，冥寿九十七岁。我一家人在六日来扫墓。先将墓石擦拭干净，然后献上几朵深红色的玫瑰花，花朵在一片灰蒙蒙中很打眼。这是墓地中唯一的红色。

我们站在墓前,也被寂静笼罩住了。

去年安葬时,正是冬至。从早便飘着雪。雪花纷纷扬扬,墓地一片白。来参加葬礼的亲友都似披了一层花白毯子。我请大家不必免冠,大家还是脱下帽子一任雪花飘洒。白雪掩盖了墓志,一个年轻人不戴手套,用手抹去雪花。他是那热衷创立"从零到零"体系的学生,我记得。

张岱年先生在墓前讲话,说冯先生的一生是好学深思,永远追求真理的一生,永远跟随时代前进的一生,他对中国文化的贡献是巨大的。也向我的母亲——为父亲承担了一切俗务的母亲,表示敬意。如果没有母亲几十年独任井臼之劳,父亲这样专心于学问也是不可能的。

我的弟弟——飞机强度专家冯钟越,随父母安葬于此,这对于逝者和生者,都是很大的安慰。

墓穴封住了,大家献上鲜花。花朵在冷风中瑟缩着。它们本来是经不起寒冷的,这也是一种牺牲吧。

而墓中人再也不怕冷了,那深深的洞穴啊!

今年清明前后,一直下小雨。我们在清明后一天来到墓地。没想到平常极清静的墓地如同闹市一般,人们在墓石间穿来穿去，不少人把放置在骨灰堂里的骨灰盒拿出来，摆在石桌上一起坐一会儿。天阴得很，雨丝若有若无，草都绿了。更显得有生气的是各个墓上摆了各种鲜花，有折枝，有盆花，有花篮和花圈，和灰色的天空成为强烈的对比。父母亲的邻墓有一座较高大的碑，刻了不少子孙的名字，似是兴旺人家。墓上摆了两个大花篮，紫色的绸带静静地从花篮上垂下来。一路走过去，我心里很不安，我们来晚了，带的花太少了！大石头前果然显得很空，但是我们马上发现，这里并不孤寂。

一束小小的二月兰放在墓志石上。这是一种弱小的野花，北京西郊几个园子里都很多。那么是有人来凭吊过了，是谁？是朋友？是学生？是读者？大概我们永远不会知道。

我们献上几枝花，小心地不碰着那二月兰。

我们在寂静中站着，敲石头的声音响着，很清脆。

我们的祈求是一致的，保佑平安。

## 三松堂岁暮二三事

往年每到十二月初,总要收到一通祝贺父亲寿诞的信件和卡片,最准时的是父亲的老友,两卷本《中国哲学史》的英译者,卜德先生。我一见那几个中国字,便知是这位老人了。到十二月十日左右,便开始收到祝贺新年的美丽的卡片了。家里每个人都收到一些,有时还要比一比,"今年我得的最早","谁说的!我昨天就得了"。我会把收到的贺卡大声喊给父亲听,连从花园中穿过的行人都听得见。

父亲去世已两年了。十二月的热闹冷落下来。两年来,信件少多了,本应该完全没有父亲的信了,但还是陆续不断,从全世界。昨天去哲学系办点小事,又带回一叠信件。

信件中有张向父亲祝贺新年的音乐卡,是河北水产学校一个名叫娄震宁的学生寄来的,卡上写道:"我带着仰慕和敬爱的心情,在天涯为您祈祷,祝愿您新年愉快,健康长寿。"

这是今年的第一张节日卡。

记得父亲去世以后,我第一次在信箱里拿到给他的信,心里有一种凄然而异样的感觉。那是英国一家学术出版公司寄来的,关于哲学和医药的书目。这种书目以前我是根本不拆的,这次却反复看了好久,还想到书房去,大声喊着告诉什么什么事,几乎举起脚步,忽然猛醒,即使喊破了喉咙,谁来听呢。

渐渐地,我习惯了。习惯于收阅寄给另一世界的信件。多半置之不理,有时也代复。譬如询问何处可买到《三松堂全集》《中国哲学史》《中国哲学史新编》等书,就要回复。虽然明知回复了也还是买不到的。

这次拿回的信件中,有几个新鲜机构和编辑部约请帮助,还有两本与父亲无关的校友通讯,不知何故寄来。积两年之经验,得一印象,真的有许多人是不看报纸的。我不知道这是好习惯抑或坏习惯,可能什么习惯也不是,只是太忙了。

来信人中也有明察秋毫的。一封打听《新编》售书处的信是写给我的。信封上写的是"北京大学哲学系转冯友兰先生家冯宗璞女士"。另一封给我的信因不知我的地址，写的是"北京大学冯友兰先生纪念馆转交"。许多人昧于已发生的事，混淆了阴阳界。这位朋友本着善良的愿望，想当然以为必有一个纪念馆，把未发生的事当真了。孰知虽有关心的各方人士倡议，此事还不大有要成为现实的样子。

庭院中三松依旧，不时有人来凭吊并摄影。那贺卡中平凡的乐音似乎在三棵松间萦绕。读三松堂书的人，都会在心中有一个小小的纪念馆。

## 梦回蒙自

对我的父亲——冯友兰先生来说，蒙自是一个有特殊意义的地方。

一九三八年春，北大、清华、南开三校从暂驻足的衡山湘水，迁到昆明，成立了西南联合大学。因为昆明没有足够的校舍，文学院和法学院移到蒙自，停留自四月至八月。我们住在桂林街王维玉宅，那是一个有内外天井、楼上楼下的云南民宅。一对年轻夫妇住楼上，他们是陈梦家和赵萝蕤。我们住楼下。在楼下一间小房间里，父亲修订完毕《新理学》，交小印刷店石印成书。

《新理学》是哲学家冯友兰哲学体系的奠基之作，初稿在南岳写成。自序云："稿成之后，即离南岳赴滇，到蒙自后，又加写鬼神一章，第四章、第七章亦大修改，其余各章字句亦有修正。值战时，深恐稿或散失。故于正式印行前，先在蒙自石印若干部，分送同好。"此即为最初的《新理学》版本。其扉页有诗云："印罢衡山所著书，踌躇四顾对南湖。鲁鱼亥豕君休笑，此是当前国难图。"据兄长冯钟辽回忆，父亲写作时，他曾参加抄稿。大概就是《心性》《义理》和《鬼神》这几章。我因年幼，涂鸦未成，只会捣乱，未获准亲近书稿。

《新理学》石印现仅存一部，为人民大学石峻教授所藏。纸略作黄色，很薄，字迹清晰。这书似乎是该在煤油灯或豆油灯下看的。

蒙自是个可爱的小城。文学院在城外南湖边，原海关旧址。据浦薛凤记："一进大门，松柏夹道，殊有些清华工字厅一带情景。故学生有戏称昆明如北平，蒙自如海淀者。"父亲每天到办公室，我和弟弟钟越随往。我们先学习一阵（似乎念过《三字经》），就到处闲逛。园中林木幽深，植物品种繁多，都长得极茂盛而热烈，使我们这些北方孩子瞠目结舌。记得有一段路全为蔷薇花遮蔽，大学生坐在花丛里看书，花丛暂时隔开了战火。几个水池子，印象中阴沉可怖，深不可测，总觉得会有妖物从水中钻出。我们私下称之为黑龙潭、白龙潭、黄龙潭，不知现在去看，还会不会有这样的联想。

南湖的水颇丰满，柳岸荷堤，可以一观。有时父母携我们到湖边散步。那时父亲是四十三岁，半部黑髯（胡子不长，故称半部），一袭长衫，飘然而行。父亲于一九三八年自湘赴滇途经镇南关折臂，动作不便，乃留了胡子。他很为自己的胡子长得快而骄傲。当年闻一多先生参加步行团，从长沙一步步走到昆明，也蓄了大胡子。闻先生给家人信中说："此次搬家，搬出好几个胡子。但大家都说，只我和冯芝生的最美。"

记得那时有些先生的家眷还没有来，母亲常在星期六轮流请大家用点家常饭。照例是炸酱面，有摊鸡蛋皮、炒豌豆尖等菜肴。以后到昆明也没有吃过那样好的豌豆尖了。记得一次听见父亲对母亲说，朱先生（自清）警告要来吃饭的朋友说，冯家的炸酱面很好吃，可小心不要过量，否则会胀得难受。大家笑了半天。

那时新滇币和中央法币的比值是十比一，旧滇币和新滇币的比值也是十比一，都在流通。用法币计算，鸡蛋一角钱可买一百个，以法币为工资的人不愁没钱用。在抗战八年的艰苦的日子里，蒙自数月如激流中一段平静温柔的流水，想起来，总觉得这小城亲切又充满诗意。

当时生活虽然平静，人们未尝少忘战争。而且抗战必胜的信心是坚定的，那是全民族的信心。一九三八年七月七日，学校和当地民众在旧海关旷地举行抗战纪念集会。父亲出席作讲演，强调一年来抗战成绩令人满意，中国必将取得最后胜利。又言战争固能破坏，同时也将取得文明之进步。并鼓励学术界提高效率。浦薛凤说这次讲演"语甚精当"。

在那战火纷飞的年月，学生常有流动。有的人一腔热血，要上前线；有的人追求真理，奔赴延安。父亲对此的一贯态度还是一九三七年抗战前在清华时引用《左传》的那几句话："不有居者，谁守社稷？不有行者，谁捍牧圉？"奔赴国难或在校读书都是神圣的职责，可无论做什么都要做好。

清华第十级在蒙自毕业，父亲为毕业同学题词："天将降大任于是人也，必先苦其心志，劳其筋骨，饿其体肤，空乏其身，行拂乱其所为，所以动心忍性，增益其所不能。第十级诸同学由北平而长沙衡山，由长沙衡山而昆明蒙自，屡经艰苦，其所不能，增益盖已多矣。书孟子语为其毕业纪念。"

一九八八年第十级毕业五十年，要出一纪念刊物。王瑶（第十级学生）教授来请父亲题词，父亲题诗云：

"曾赏山茶八度花,犹欣南渡得还家。再题册子一回顾,五十年间浪淘沙!"

如今又是五年过去了,父亲也去世三年有余了。岁月流逝,滚滚不尽;哲人留下的足迹,让人长思。

## 三松堂依旧

三松堂依旧。

三棵松树依然屹立。高的一棵那成九十度角的横枝仍然直指西方,矮的一棵还是向四面散开;最大最古老的靠近屋门的一棵,常在我眼中的是那树身,可以抚摸,可以依靠。时光已流逝了许多年,这里仍不时有世界各地的人前来,探望三松,探望三松堂。

冯友兰先生一九一八年从北京大学毕业。当他走出校门的时候,他不知道自己的一生会有怎样的安排,但有一条已经确定,就是他永远不离开哲学。

他太爱哲学,他一生在哲学上的建树以他自撰的楹联总结得最好:"三史释今古,六书纪贞元。"上联写他哲学史方面的成就,下联写他在哲学体系方面的创造,这是大家都知道的了,我不再复述。近来有学者提出,对冯学的研究,要从三个方面,即中国哲学、西方哲学、马克思主义哲学入手。在二十世纪东西方文化大碰撞的时代,唯有融合各方面的优秀成果,才能为中国文化做出新的贡献、找到新的出路,而冯友兰哲学就正是这三方面融合的产物。张岱年先生曾说,当代中国最有名望的思想家是熊十力先生、金岳霖先生和冯友兰先生,三家学说都是中西哲学的融合,但熊先生的体系是"中"占十分之九,"西"占十分之一,金先生的体系是"西"占十分之九,"中"占十分之一,"唯有冯友兰先生的哲学体系可以说是'中''西'各半,是比较完整的意义上的中西结合。(《冯友兰先生百年诞辰纪念文集》)"上海西方哲学学者范明生在其《中西思维模式及其转型》中说:"中国哲学缺少正的方法(其实质是说形而上学的对象是什么),西方哲学缺少的是负的方法(其实质是说形而上学的对象不是什么),将两者结合,对双方都是积极意义,冯先生的主要贡献之一就在这里。"他还说:"在贞元六书中,结合中西思维模式,改铸中国传统哲学的思维模式的努力,都是在推进和提高中华民族抽象思维能力的宏伟事业上,做出了载诸史册的贡献。"(《冯友兰先生百年诞辰纪念文集》)

《中国哲学史》两卷本中有这样一段话,孔子的历史地位如苏格拉底,孟子的历史地位如柏拉图,其气象之高明亢爽亦似之;荀子的历史地位如亚里士多德,其气象之笃实沉博亦似之。读这段话感到很亲切,似乎看到三位东方先哲和三位西方先哲相视微笑,并颔首表示嘉奖冯友兰对他们的理解。

我读的哲学书不多,这几年接触一些文章,发现冯学研究已取得很大成绩,其中一些研究西方哲学的学者写的文章,另有一种分量。我想,这些学者们做的工作恰是冯学研究中比较薄弱的一面,更深入地研究冯学与西方哲学的关系,可能是理解冯学的一个方法。这也说明了冯学在中西文化大碰撞中吸收融合创立新说的贡献。

我从小至大,直到后来工作,都没有离开家。尤其是母亲去世以后,照顾父亲就成了我的重任。有朋友对我说:"你自己就是一个字不写,把老先生照顾好,你的功劳就够大了。"我是努力去做的。我常觉得,我不只对父亲尽孝心,我是对中国文化尽一个炎黄子孙的孝心。

从日常生活中,我觉得父亲的精神有两点应该说一说。一是爱祖国，二是爱思想。爱祖国不是空泛的，他爱自己的家乡，爱自己的亲人，爱祖国大地的山山水水，爱北京的每一个角落，爱北大、清华的校园，更爱祖国的文化。这是一种很美好的感情。他曾自己给北大的亭台楼阁起名字，我记得现在鸣鹤园小山上的亭子叫作西爽亭。那时人们很少闲情逸致，顾不上他的这些创作。他的头脑是一座资料库，除了藏有大量经史典籍，还有大量诗文。他常在三松下小坐，津津有味地背诵。一次我们比赛，他把《秋兴八首》一字不漏地背出来，我却不能。他坐在那里，思接千里，联系着祖国的历史和未来，联系着祖国的天空和大地。他对祖国的深切感情使他永远不离开祖国的土地，终生在这片土地上服务。

父亲热爱思想。他在《新原人》里说，人的特点就是有觉解，也就是有思想。有了思想的光辉，世界才有意义。"天不生仲尼，万古如长夜。"柏拉图著名的洞穴比喻也是父亲常爱引用的。因为无时无刻不在思想，他对外界事物，尤其是生活琐事有些漠然。动乱中，我家只剩下一间房子，一切活动都在其中。一次我回家，母亲包了些饺子，等到要煮时，却找不到了，找了半天，后来才发现父亲正坐在这盘饺子上，他毫无感觉。一次被批得十分凶猛，父亲回家来稍事休息，平静地对母亲说："我们吃饭吧。"母亲言及时不觉泪下。父亲的精神中有一块思想圣地，尽管也受时代的沾染，留着烙印，但他"所挟持者甚大"，所以虽从荆棘中走过，仍是泰然自若。

现在有些青年学者对冯学甚感兴趣，有人自称到了痴迷的地步，也有人对他仍持批判态度。这里用一个"仍"字，是因冯学的发展是从批判中过来的，这在学术史中并不多见。冯友兰哲学有一个特点，就是不只属于哲学界、学术界，而且属于普通人。在文学上我们有些作品可以做到雅俗共赏，在哲学上很少有人能做到这一点，冯学可以说是做到了。我们常收到各种各样读者来信，也有登门造访的，询问冯著出版情况，叙说他们喜欢读冯先生的书。有一位读者说，他经常读《中国哲学史》和"贞元六书"。他不能说出具体的收获是什么，但觉得读了和不读不一样，感到舒服。大概这就是"受用"吧。一个多月以前，冯先生已经逝世七年了，东北边陲的一个女青年在人生道路上遇到了困惑，写信来要求冯爷爷帮助她。照说哲学似乎是没什么实际用途，冯学在普通人中的影响，说明哲学对于人们的精神境界的作用。

五十年代初，各大学进行院系调整，冯先生回到北大任教，燕园成为他一生居住最长的地方。当时各方面都在探索，对"资产阶级思想"甚为顾忌。冯先生曾有一句话，这句话是："家藏万贯，膝下无儿。"他以不能将自己的学问传下去为憾。据说当时江隆基副校长曾多次引用这句话。在越来越"左"的路线指引下，不要说一家之言，连整个的中国文化传统都割断了，还有什么可说。幸好我们迎来了改革开放的新时期，各种学说渐渐地可以研究探讨传播，这才有了中华民族的生机。冯先生就是在这时，在年过八旬的高龄开始并最终完成了他晚年的巨著《中国哲学史新编》，创造了人类文化史上的奇迹。我要说一句，尽管经历过各种危难，各种折磨，各种痛苦，中国学者们仍然继续传承，继续创造，无论是哲学方面还是文学方面，中国文化的主流仍在祖国的本土，决不在任何另外的地方。

曾有人问冯先生，谁是他最敬仰的人。他答称是他的母亲吴清芝太夫人和蔡元培先生。他曾说："蔡先生是中国近代的大教育家，这是人们所公认的。我在大字上又加了一个最字，因为一直到现在我还没有看见第二个像蔡先生那样的大教育家。"

他对蔡元培先生的敬仰,也表明了他对母校的感情。他在《新事论·自序》中说:"二十七年为北京大学成立四十周年,同学诸子谋出刊物,以为纪念。此书所追论清末民初时代之思想,多与北大有关系者。谨以此书,为北大寿。"当时北大四十周年。现在欣逢北大一百周年寿诞,他如果远在千万里之外,也会赶来为母校庆寿,但是他永不能再归来。我愿代他向他的母校北京大学祝贺寿诞,并向保持三松堂依旧的北大校方敬致谢意。

# 人和器

## ——第八届冯友兰学术思想研讨会书面发言

云南师范大学成立七十周年，是十分值得庆祝和纪念的。西南联合大学已经离开昆明七十年了，可是它留下的种子在云南师大这里埋藏着、生长着。先贤们的精神从来没有中断他们的影响。

冯友兰先生自留学归来，参加工作的那一天起，便一直在大学的讲台上，一生从事教育事业，没有一天转向。尤其在国家民族的危亡时刻，他和同仁们一起坚持西南联大的工作，为民族传递着文化血脉，为国家培养了精英人才，成为教育史上的一个奇迹。

冯先生的哲学成就，往往掩盖了他对教育事业的贡献，而在他的一生中，教育是很重要的一方面。他关于教育的著作不多，但可以看出他的教育思想。那是带有根本性的，很有意义。写于一九四八年六月的《论大学教育》一文，较完整地传达了他的看法。冯先生的教育思想最根本的一点是关于大学目的的阐述。大学要培养什么？他的回答是："大学要培养的是人，不是器。"当然，来上大学的都是人，不是桌椅板凳。这里所说的人不是生物意义上的人，而是完整意义上的人。他说："'人'是什么？如何成为一个'人'？所谓'人'，就是对于世界社会有他自己的认识、看法，对以往及现在所有有价值的东西——文学、美术、音乐等都能欣赏，具备这些条件者就是一个'人'。所以大学教育除了给人一专知识外，还养成清楚的脑子、热烈的心，这样他对社会才可以了解、判断，对以往、现在所有的有价值的东西才可以欣赏。清楚的脑、热烈的心以后，他对于人生、社会的看法如何，那是他自己的事，他不能只接受已有的结论。"他还说，如果一个学校只要求学生接受结论，那就成了宣传。训练出来的人也就成了器。

根据冯先生的看法，大学的任务不只在传播知识，更重要的是启发心智，培养独立人格。人人具有清楚的脑和热烈的心，社会必定是文明的，和谐的，不断进步的。

冯先生用"继往开来"描述大学的工作。大学要传授已有的知识，并要研究将来的知识。如果只能传授已有的知识，那就是职业学校。大学必须求新知识，特别是那些冷僻的看似无用的知识。不必问它们能不能直接解决穿衣吃饭的问题，因人类不只是穿衣吃饭就够了。

照这样的想法，大学教师应不只教书，而且著书。冯先生自己就是这样做的。二十世纪三十年代，在清华时期，写出了《中国哲学史》两卷本。四十年代，在西南联大时期，写出了"贞元六书"。八十年代，在北大时期，写出了《中国哲学史新编》。三史六书形成了一个个学术高峰。

特别是"贞元六书"，写在国家危亡之际，写在民族大灾难的时刻，写在地处边陲的昆明，在一盏油灯下，一字一句建立了他的哲学体系。他在《新世训》序中说："承百代之流，而会乎当今之变。好学深思之士，心知其故，乌能已于言哉？"并说，他希望他的书，能成为建国的一砖一石。又在《新原人》序中说，哲学家"岂可不尽所欲言，以为我国家致太平，我亿兆安心立命之用乎？虽不能至，心向往之。非曰能之，愿学焉"。

如果不读"贞元六书"，只读"六书"的六篇短序，也可以感到他的哲学是和国家民族的命运息息相关的。

他希望民族复兴，国家富强。这也是他们那一代人的共同愿望。

他还说，大学是一个专家集团，这个专家集团是自行继续的，只有他们能决定他们自己的事，所以有自己的传统，自己的特色。他几次提出，不能把大学当作教育部的一个司，这在《西南联大教授会为不同意统一教材致教育部函》中剖析甚明。

现在看来，西南联大之所以能成为西南联大，正因为它是一个高水平的知识群体。在不断的斗争中，在相当程度上，这个群体能够实践他们的想法，能够照他们所想的方法教书育人。他们是成功的，对得起中华民族抗日战争那一段历史。

冯先生晚年，因客观形势一度不能讲课，曾十分感叹，说自己是"家藏万贯，膝下无儿"。他希望有更多的人研究他、理解他。当然，那只是一段时间。他的学生很多，好学生也很多，研究他、理解他的人也越来越多。现在举行的"旧邦新命：冯友兰与西南联大"研讨会正是这样做的。我想，这样的学术道路会日益宽阔。

我因身体欠佳，不能来参加会议。想到在我少年时代居住的昆明的蓝天下，有识之士正在纪念冯友兰先生，心中有无限的感动和感谢。

我崇敬我的父亲那一代人,不必列举他们的名字,他们的精神和祖国的江山同在。

# 学术基金

十二月十二日,北京大学接受了冯友兰先生捐献的人民币五万元,设立了冯友兰学术基金。

数目小得可怜,心愿却大得不得了。

父亲在三十年代就提出要"继往开来",认为这是他作为一个哲学家一生的使命。一九四六年他撰写西南联大纪念碑文,文中有句云:"我国家以世界之古国,居东亚之天府,本应绍汉唐之遗烈,作并世之先进。将来建国完成,必于世界历史居独特之地位。盖并世列强,虽新而不古;希腊、罗马,有古而无今。惟我国家,亘古亘今,亦新亦旧。斯所谓'周虽旧邦,其命维新'者也。"他后来一再提出,"旧邦新命"是现代中国的特点。中国有源远流长丰富宏大的文化,这是旧邦;中国一定要走上现代化的道路,作并世之先进,这是新命。在三松堂寓所书房壁上,挂了他自撰自书的一副对联:"阐旧邦以辅新命,极高明而道中庸。"上联是平生之志向,下联是追求之境界。

父亲希望有更多青年学子加入阐旧邦以辅新命的行列。所以就要以基金为基础,在北大中文、历史(中国历史)、哲学(中国哲学)三系设立奖学金,并每三年一次面向全国奖励有创见的哲学著作。

父亲最关心哲学,但不限于哲学。他任清华大学文学院院长十八年,清华文学院是一座极有特色的文科学府,至今为学者们所怀念。父亲曾说,他一生最幸福的时光就是在清华的那一段日子。

又因为西南联大老校友加籍学人余景山先生用加币在北大哲学系设立了冯友兰奖学金,已经数年,对哲学系就不必再有偏向。

当我把款项交出去时,颇有轻松之感。"又办完一件事。"我心里在告禀。

回想起来,父亲和母亲一生自奉甚俭,对公益之事总是很热心的。一九四八年父亲从美国回来,带回一个电冰箱,当时是清华园中唯一的,大概北京城也不多。知道校医院需要,立即捐出。近年又向家乡河南唐河县图书馆和祁仪镇中学各捐赠一万元。款项虽小,也算是为文教事业做出的小小的呐喊吧。

北大校园电视校内新闻节目中,播出了设立冯友兰学术基金的消息。荧屏上出现了父亲的画像,那样泰然,那样慈祥。他看着我,似乎说:"你又办完一件事,可你的《野葫芦引》呢?"

《野葫芦引》是我的一部长篇小说,是父亲一直关心的。可我不争气,写完第一卷《南渡记》,一停就是四年。还不知道下一个野葫芦在哪里。

## 蜡炬成灰泪始干

二〇〇〇年春,我患目疾,好几个月都在奔走医院。住医院,上手术台,对我都不是新鲜事,这一次却怀着极大的恐怖。我怕变为盲人,我怎能忍受那黑洞里的生活,怎能忍受那黑暗,那茫然,那隔绝。

我在等待第三次手术,日子一天天过,还在等待。一个夜晚,我披衣坐在床上,觉得自己是这样不幸,我不会死,可是以后再无法写作。模糊中似乎有一个人影飘过来,他坐在轮椅上,一手拈须,面带微笑。那是父亲。

"不要怕,我做完了我要做的事,你也会的。"我的心听见他在说。此后,我几次感觉到父亲。他有时坐在轮椅上,有时坐在书房里,有时在过道里走路,手杖敲击地板,发出有节奏的声音。他不再说话,可是每次我想到他,都能得到指点和开导。

老实说，父亲已去世十年。时间移去了悲痛，减少了思念。以前在生活安排上，总是首先考虑老人，现在则完全改变了，甚至淡忘了。而在失明的威胁下，父亲并没有忘记我，或者说我又想起了他。因为我需要他。

"不要怕，我做完了我要做的事，你也会的。"

我会吗？我需要他的榜样，我向记忆深处寻找……

父亲最后的日子，是艰辛的，也是辉煌的。他逃脱了政治旋涡的泥沼，虽然被折磨得体无完肤，却幸而头在颈上，他可以相当自由地思想了。一九八〇年，他开始从头撰写《中国哲学史新编》这部大书。当时他已是八十五岁高龄。除短暂的社会活动，他每天上午都在书房度过。他的头脑便是一个图书馆，他的视力很可怜，眼前的人也看不清，可是中国几千年来的哲学思想的发展在他头脑里十分清楚，那是他一辈子思索的结果。哲学是他一生的依据。自一九一五年，他进入北京大学哲学门，他从没有离开过哲学。

父亲考入北大时，报的是文科。当时有人劝他读法科容易找工作，而且法科可以转文科，可是文科不可以转法科。父亲依言报了法科，考取了，但他还是转入文科。如果他要进仕途，可以从入法科开始，但那不是他的理想。他选择了哲学作为他的终身事业。

父亲那样出生在十九世纪末的一代人，分布在各个学科，创造了中国社会转型时期的新文化。不管在哪一学科，他们有一个共同点，那就是热爱祖国，要使自己的国家扬眉吐气地屹立在世界民族之林。我相信，我的了解没有错。父亲的哲学也不是空谈哲理，也不是书斋里的机锋，他要"阐旧邦以辅新命"，就是要汲取中国文化的精华，作为建设新国家的营养。永远关心着国家、民族的命运，这就是他的"所以迹"。经过多少折腾、磨难，初衷不改，他的最后巨著《中国哲学史新编》的最后一页，仍写着张载的那几句话："为天地立心，为生民立命，为往圣继绝学，为万世开太平。"他仍然是"虽不能至，心向往之"。

他在一九四二年写的《新原人》中提出了他的境界说——他的哲学的灵泉。此书自序一开始就写了张载四句，接下去便说："此哲学家所应自期许者也。况我国家民族，值贞元之会，当绝续之交，通天人之际，达古今之变，明内圣外王之道者，岂可不尽所欲言，以为我国家致太平，我亿兆安心立命之用乎？虽不能至，心向往之。非曰能之，愿学焉。"我一直认为，"贞元六书"

的几篇短序都是绝妙文章,表现父亲的心胸气魄。听人说有哲学教师讲张载四句竟至泪下,可知怀有为国家致太平,为亿兆安心立命这种深情的人并非少数。

父亲最后十年的生命,化成了《中国哲学史新编》这部书。学者们渐渐有了共识,认为这部书对论点、材料的融会贯通超过了三十年代的两卷本,又对玄学、佛学、道学,对曾国藩和太平天国的看法提出了独到的见解,还认为人类的将来必定会"仇必和而解",都说出了他自己要说的话。一点一滴,一字一句,用口授方式写成了这部一百五十万字的大书,可谓学术史上的奇迹。蝇营狗苟、利欲熏心的人能写出这样的书吗?我看是抄也抄不下来!有的朋友来看望,感到老人很累,好意地对我说:"能不能不要写了。"我转达这好意,父亲微叹道:"我确实很累,可是我并不以为苦,我是欲罢不能。这就是'春蚕到死丝方尽,蜡炬成灰泪始干'吧!"

是的,他并不以写这部书为苦,他形容自己像老牛反刍一样,细细咀嚼储存的草料。他也在细细咀嚼原有的知识储备,用来创造。这里面自有一种乐趣。父亲著述还有一个特点,就是不做卡片,曾有外国朋友问:"在昆明时,各种设备差,图书难得,你在哪里找资料?"

父亲回答:"我写书,不需要很多资料,一切都在我的头脑中。"这是他成为准盲人后,能完成大书的一个重要条件。

更重要的是他的专注,他的执着,他的不可更改的深情。他在生命的最后两年中不能行走,不能站立,起居需人帮助,甚至咀嚼困难,进餐需人喂,有时要用一两个小时。不能行走也罢,不能进食也罢,都阻挡不了他的哲学思考。一次,因心脏病发作,我们用急救车送他去医院,他躺在床上,断断续续地说:"现在有病要治,是因为书没有写完,等书写完了,有病就不必治了。"

当时,我为这句话大恸不已。现在想来,如丝已尽,泪已干,即使勉强治疗也是支撑不下去的;而丝未尽,泪未干,最后的著作没有完成,那生命的灵气绝不肯离去。他最后的遗言"中国哲学将来一定会大放光彩",就是用他整个生命说出来的。

父亲久病后,偶然颤巍巍地站立,总让人想到风烛残年这几个字。烛火在风中摇曳,可以随时熄灭,但父亲的精神之火却是不会熄灭的。他是那样顽强、坚韧,那样丰富,他不烧干自己决不甘心。

一九八二年,父亲到哥伦比亚大学接受名誉博士学位，他写了一首诗："一别贞江六十春，问江可认再来人？智山慧海传真火，愿随前薪做后薪。"薪火相传的意思出自《庄子·养生主》："指穷于为薪，火传也，不知其尽也。"他要像浇了油的木柴一样，前面的木柴烧完了，后面的木柴便接上去，薪火相传代代不息。

父亲那一代人责任感太强了，他们无暇逍遥。其实父亲心底是赞成孔子"吾与点也"那一句话的。曾点说，他的愿望是"浴乎沂，风乎舞雩，咏而归"，父亲是欣赏这种境界的。

四十年代，常有人请父亲写字，父亲最喜写唐李翱的两首诗——"练得身形似鹤形，千株松下两函经。我来问道无余说，云在青天水在瓶。"还有一首是"选得幽居惬野情，终年无送亦无迎。有时直上孤峰顶，月下披云啸一声"。

这两首诗，父亲写过几十幅，现在家中只有"月下披云啸一声"那一幅，没有了"云在青天水在瓶"的那一幅。父亲的执着顽强，那春蚕到死、蜡炬成灰、薪尽火传的精神，后面有着极飘逸、极空明的另一方面。一方面是儒家"知其不可而为之"的担得起，一方面是佛、道、禅的"云在青天水在瓶"的看得破。有这样的互补，中国知识分子才能在极严酷的环境中活下去。

很多年以前,父亲为我写了一幅字,写的是龚定庵诗:"虽然大器晚年成,卓荦全凭弱冠争。多识前言蓄其德,莫抛心力贸才名。"后来父亲又为我和外子作过一首诗:"七字堪为座右铭,莫抛心力贸才名。乐章奏到休止符,此时无声胜有声。"父亲深知任何事都要用心血做成,谆谆教诲,不要为一点轻易取得的浮名得意,在寂静中也许会有更好的音乐。想到这些,常觉得父亲坐在那里,以手向上一指向下一指,在沉默中,让人想到"云在青天水在瓶"的诗句。可是那含义,那境界,有谁领会。

我做了手术,出院回家,在屋中走来走去,想倾听父亲卧房里发出的咳声,但是只有寂静。我坐在父亲的书房里,看着窗外高高的树。在这里,准盲人冯友兰曾坐了三十三年。无论是否成为盲人,我都会这样坐下去。

# 哭小弟

> 飞机强度研究所
> 技术所长冯钟越

我面前摆着一张名片,是小弟前年出国考察时用的。名片依旧,小弟却再也不能用它了。

小弟去了。小弟去的地方是千古哲人揣摩不透的地方,是各种宗教企图描绘的地方,也是每个人都会去,而且不能回来的地方。但是现在怎么能轮得到小弟!他刚五十岁,正是精力充沛,积累了丰富的学识经验,大有作为的时候,有多少事等他去做啊!医院发现他的肿瘤已相当大,需要立即手术,他还想去参加一个技术讨论会,问能不能开完会再来。他在手术后休养期间,仍在看研究所里的科研论文,还做些小翻译。直到卧床不起,他手边还留着几份国际航空材料,说是"想再看看"。他也并不全想的是工作。已是滴水不进时,他忽然说想吃虾,要对虾。他想活,他想活下去啊!

可是他去了,过早地去了。这一年多,从他生病到去世,真像是个梦,是个永远不能令人相信的梦。我总觉得他还会回来,从我们那冬夏一律显得十分荒凉的后院走到我窗下,叫一声"小姊——"

可是他去了,过早地永远地去了。

我长小弟三岁。从我有比较完整的记忆起,生活里便有我的弟弟,一个胖胖的、可爱的小弟弟,跟在我身后。他虽然小,可是在玩耍时,他常常当老师,照顾着小朋友,让大家坐好,他站着上课,那神色真是庄严。他虽然小,在昆明的冬天里,孩子们都生冻疮,都怕用冷水洗脸,他却一点不怕。他站在山泉边,捧着一个大盆的样子,至今还十分清晰地在我眼前。

"小姊,你看,我先洗!"他高兴地叫道。

在泉水缓缓的流淌中,我们从小学、中学至大学,大部分时间都在一个学校,毕业后就各奔前程了。不知不觉间,听到人家称小弟为强度专家;不知不觉间,他担任了总工程师的职务。在那动荡不安的年月里,很难想象一个人的将来。这几年，父亲和我倒是常谈到，只要环境许可，小弟是会为国家做出点实际的事的。却不料，本是最年幼的他，竟先离我们而去了。

去年夏天，得知他患病后无法得到更好的治疗，我于八月二十日到西安。记得有一辆坐满了人的车来接我，我当时奇怪何以如此兴师动众，原来他们都是去看小弟。到医院后，有人进病房握手，有人只在房门口默默地站一站，他们怕打扰病人，但他们一定得来看一眼。

手术时，有航空科学研究院、六二三所、六二一所的代表，弟妹、侄女和我在手术室外，还有辆轿车在医院门口。车里有许多人等着，他们一定要等着，准备随时献血。小弟如果需要把全身的血都换过，他的同志们也会给他。但是一切都没有用。肿瘤取出来了，有一个半成人的拳头大，一面已经坏死。我忽然觉得一阵胸闷，几乎透不过气来。这是在穷乡僻壤为祖国贡献着才华、血汗和生命的人啊！

我知道在这黄土高原上生活的艰苦，也知道住在这黄土高原上的人工作劳累，还可以想象每一点工作的进展都要经过十分恼人的迂回曲折。但我没有想到，小弟不但生活在这里，战斗在这里，而且把性命交付在这里了。他手术后回京在家休养，不到半年，就复发了。

那一段焦急的、悲痛的日子，我不忍写，也不能写。每一念及，便泪下如绠，纸上一片模糊。记得每次看病，候诊室里都像公共汽车上一样拥挤。等啊等啊，盼啊盼啊，我们知道病情不可逆转，只希望能延长时间，也许会有新的办法。航空界从莫文祥同志起，还有空军领导同志都极关心他，各个方面包括医务界的朋友们也曾热情相助，我还往海外求医。然而错过了治疗时机，药物再难奏效。曾有个别的医生不耐烦地当面对小弟说，治不好了，要他"回陕西去"。小弟说起这话时仍然面带笑容，毫不介意。他始终没有失去信心，他始终没有丧失生的愿望，他还没有累够。

小弟生于北京，一九五二年从清华大学航空系毕业。他填志愿到西南，后来分配在东北，以后又调到成都、调到陕西。虽然他的血没有流在祖国的土地上，但他的汗水洒遍全国，他的精力的一点一滴都献给祖国的航空事业了。个人的功绩总是有限的，也许燃尽了自己，也不能给人一点光亮，可总是为以后的绚烂的光辉做了一点积累吧。我不大明白各种工业的复杂性，但我明白，任何事业也不是只坐在北京就能够建树的。

我曾经非常希望小弟调回北京，分担我侍奉老父的重担。他是儿子，三十年在外奔波，他不该尽些家庭的责任吗？多年来，家里有什么事，大家都会这样说："等小弟回来。""问小弟。"有时只要想到有他可问，也就安心了。现在还怎能得到这样的心安？风烛残年的父亲想儿子，尤其这几年母亲去世后。他的思念是深的，苦的，我知道，虽然他不说。现在，他永远失去他的最宝贝的小儿子了。我还曾希望在我自己走到人生的尽头，跨过那一道痛苦的门槛时，身旁的亲人中能有我的弟弟，他素来的可倚可靠会给我安慰。哪里知道，却是他先迈过了那道门槛啊！

一九八二年十月二十八日上午七时，他去了。

这一天本在意料之中，可是我怎能相信这是事实呢！他躺在那里，但他已经不是他了，已经不是我那正当盛年的弟弟，他再不会回答我们的呼唤，再不会劝阻我们的哭泣。你到哪里去了，小弟！自一九七四年沅君姑母逝世起，我家屡遭丧事，而这一次小弟的远去最是违反常规，令人难以接受！我还不得不把这消息告诉当时也在住院的老父,因为我无法回答他每天的第一句问话:"今天小弟怎么样?"我必须告诉他,这是我的责任。再没有弟弟可以依靠了,再不能指望他来分担我的责任了。

父亲为他写挽联:"是好党员,是好干部,壮志未酬,洒泪岂只为家痛;能娴科技,能娴艺文,全才罕遇,招魂也难再归来!"我那唯一的弟弟,永远地离去了。

他是积劳成疾,也是积郁成疾。他一天三段紧张地工作,参加各式各样的会议。每有大型试验,他事先检查到每一个螺丝钉,每一块胶布。他是三机部科技委员会委员,他曾有远见地提出多种型号研究。有一项他任主任工程师的课题研制获国防工办和三机部科技一等奖。同时他也是六二三所党委委员,需要在会议桌上坦率而又让人能接受地说出自己对各种事情的意见。我常想,能够"双肩挑",是我们五十年代至六十年代初期出来的知识分子的特点。我们是在"又红又专"的要求下长大的,当然,有的人永远也没有能达到要求,像我。大多数人则挑起过重的担子,在崎岖的、荆棘丛生的、有时是此路不通的山路上行走。他们不只是生活艰苦,过于劳累,还要担惊受怕,心里塞满想不通的事,谁又能经受得起呢！

小弟入医院前，正负责组织航空工业部系统的一个课题组，他任主任工程师。他的一个同志写信给我说，一九八一年夏天，西安一带出奇的热，几乎所有的人晚上都到室外乘凉，只有"我们的老冯"坚持伏案看资料。"有一天晚上，我去他家汇报工作，得知他经常胃痛，有时从睡眠中痛醒。工作中有时会痛得大汗淋漓，挺一会儿，又接着做了。天啊！谁又知道这是癌症！我只淡淡地说该上医院看看。回想起来，我心里很内疚！我对不起老冯，也对不起您！"

这位不相识的好同志的话使我痛哭失声！我也恨自己，恨自己没有早想到癌症对我们家族的威胁，即使没有任何症状，也该定期检查。云山阻隔，我一直以为小弟是健康的。其实他早感不适，已去过他该去的医疗单位。区一级的说是胃下垂，县一级的说是肾游走。以小弟之为人，当然不会大惊小怪，惊动大家。后来在弟妹的催促下，趁工作之便到西安检查，才做手术。如果早一年有正确的诊断和治疗，小弟还可以再为祖国工作二十年！

往者已矣。小弟一生，从没有埋怨过谁，也没有埋怨过自己，这是他的美德之一。他在病中写的诗中有两句："回首悠悠无恨事，丹心一片向将来。"他没有恨事。他虽无可以彪炳史册的丰功伟绩，却有一个普通人的认真的、勤奋的一生。历史正是由这些人写成的。

小弟白面长身，美丰仪；喜文艺，娴诗词，且工书法篆刻。父亲在挽联中说他是"全才罕遇"，实非夸张。如果他有三次生命，多方面的才能和精力也是用不完的；可就是这一辈子，也没有得以充分地发挥和施展。他病危弥留的时间很长，他的那颗丹心，那颗想让祖国飞起来的丹心，顽强地跳动，不肯停息。他不甘心！

这样壮志未酬的人，不止他一个啊！

我哭小弟，哭他在剧痛中还拿着那本航空资料"想再看看"，哭他的"胃下垂""肾游走"；我也哭蒋筑英抱病奔波，客殇成都；我也哭罗健夫不肯一个人坐一辆汽车；我还要哭那些没有见诸报章的过早离去的我的同辈人。他们几经雪欺霜冻，好不容易奋斗着张开几片花瓣，尚未盛开，就骤然凋谢。我哭我们这迟开早谢的一代人！

已经是迟开了，让这些迟开的花朵尽可能延长他们的光彩吧。

这些天，读到许多关于这方面的文章，也读到了《痛惜之余的愿望》，稍得安慰。我盼"愿望"能成为事实，我想需要"痛惜"的事应该越来越少了。

小弟，我不哭！

## 铁箫声幽

常觉得我们这一代人很幸运。旧书虽念得不多,还知道些;西书了解不深,总也接触过。没有赶上裹小脚、穿耳朵,长达半尺的高跷似的高跟鞋也还未兴起。精神尚不贫乏,肉体不受虐待,经历更是非凡。我们的生活很丰富,其中有一项看来普通、现在却让人羡慕、值得大书特书的,那就是,我们有兄弟姊妹。

传统文化讲五伦,其中之一是兄弟。常听见现在的中年人说:他们最羡慕的就是别人有兄弟姊妹。想想我的童年,如果没有我的哥哥和弟弟,我将不会长成现在的我。

我们兄弟姊妹四人,大姐钟琏长我九岁,所以接触较少,哥哥钟辽长我四岁,弟弟钟越小我三岁。整个的童年是和哥哥、弟弟一起度过的。抗战胜利,我们回到北平，回到白米斜街旧宅中，这座房屋是父母的唯一房产。有一间屋子堆满了东西，和走的时候完全一样。那时冬日取暖用很高的铁炉，称为洋炉子。烧硬煤，热力很大，便有炉挡，是洋铁皮做成的，从前常在上面烤衣服。我们看到那铁炉依旧，炉挡依旧。最有趣的是炉挡上面写了两行字，也赫然依旧。这两行字是："立约人：冯钟辽、冯钟璞。只许她打他，不许他打她。"当时在场的人无不失笑。父亲说："这是什么不平等条约！"那时哥哥已经去美国留学，那条约也因炉挡的启用擦去了，他没有再见到我们的不平等条约。

我已不大记得怎么会立下那不平等条约，却有些小事历历如在目前。清华园乙所的住宅中有一间储藏室，靠东墙冬天常摆着几盆米酒，夏天常摆着两排西瓜。中间有一个小桌，孩子们有时在那里做些父母不鼓励的事。记得一天中午，趁父母午睡，哥哥在那里做"实验"，我在旁边看。他的实验是点一支蜡烛烧什么东西，实验目的我不明白。不久听见母亲说话，他急忙吹灭了蜡烛，烛泪溅在我身上。我还没有叫出来，他就捂住我的嘴，小声说："带你去骑车。"于是我们从后门溜出。哥哥的自行车很小，前后轮都光秃秃的没有挡泥板，但却是一辆正式的车，我总是坐在大梁上左顾右盼游览校园。哥哥知道我喜欢坐大梁，便用这"游览"换得我不揭发。那天的"实验"也就混过去了。

后来我要自己骑车了。我想那时的年纪不会超过九岁，大概是八岁。因为九岁那年夏天开始抗战，我们离开了清华园。我学会骑自行车完全是哥哥的力量。那时在清华园内甲乙丙三所之间有一个网球场，我们好像从来没有打过网球，只在地上弹玻璃球。我在这场地上学骑自行车，用的是哥哥的那辆小车，我骑车，他在后面扶着座位跟着跑。头一天跑了几圈，第二天又跑了几圈。我忽然看见他不跟着车了，而是站在场地旁边笑。我本来骑得很平稳了，一见他没有扶，立刻觉得要摔倒，便大叫起来。哥哥跑过来扶住，我跳下了车，捏紧拳头照他身上乱捶。他只是笑，说："你不是会骑了吗？"我想想也是。可是，下一次还是要他扶，他也就虚应故事地跟着跑。就这样我学会了骑自行车，我可以骑姐姐的成人的女车，在清华园里转悠。常从工字厅东边沿着小河过小桥，绕过大礼堂，经过图书馆前面，再经过当时的校医院——这座建筑还在吗——最后从工字厅西面回家。有时一直骑到西院，去看看那一片荒野。当时清华园内人很少，骑车很自由。后来，二十世纪六十年代，我常骑车从灯市口到建国门去上班。我从学车起到停止骑车从未摔过跤。

到昆明以后，哥哥上中学，我和小弟上小学。我们所上的南箐学校因为躲避日本飞机的空袭，迁到昆明郊外岗头村，我们都住校，家还在城里。后来家迁到东郊龙泉镇，我们又在城里住校。不记得是怎么回事了，总之有很长一段时间我们常在周末从乡下走进城，或从城里走到乡下，一次的距离大约是二十里左右。我们三个人一路走一路说话，讲故事，猜谜语，对小说的回目，对的主要是《红楼梦》和《水浒》的回目，《三国演义》我不熟。还有一项重要内容是讲自己编的故事，轮流主讲。大概也是编故事的需要，三个人每人有一个国家，哥哥的国家叫"晨光国"，在北极；弟弟的国家叫"英武国"，在海底；我的国家叫"逸坚国"，在火星上。不知为什么，我从小便对火星有兴趣，到现在也觉得火星很亲切。我的兄、弟后来都是工程师，但他们在文艺方面的天赋绝不逊于我，故事编得很热闹，可惜我都不记得了。

家里孩子多，吃饭就成为一个有趣的局面。我小时有一个习惯，就是喜欢脱鞋。尤其是在吃饭的时候，觉得脱了鞋最舒服。这时，哥哥就会把鞋拿走藏起来，我便闹着要鞋，弟弟便会找鞋，常常是笑作一团。到后来还是哥哥把鞋拿出来，我又赖着不肯穿。直到母亲发话："不要闹了。"才算安静下来。

后来我上了联大附中，一度在城里住校。那时联大附中没有宿舍，甚至没有校舍，不知是借的哪里的一个大房间，大家打地铺。一次我生病了，别人都去上课，我昏昏沉沉地躺在空荡荡的大房间里。"妹。"是哥哥的声音，睁眼只见他蹲在我的"床"边。他送来一碗米线，碗里有一个鸡蛋。

哥哥于一九四二年考入西南联大机械系，他不用功，却热心演话剧。参加演出过曹禺的《家》，饰演觉新。我和小弟随父母去看演出那一晚，在高老太爷去世那一场，哥哥把觉新头上的孝布去掉了，为的是怕母亲看了不高兴。他还写小说，我还记得他有一篇小说的第一句是"不疾不徐的雨"。他的文字是很好的，字也写得好，还会刻图章。那时的男孩似乎都会刻图章。他大学二年级时志愿参加远征军，直接在反法西斯战争中做出贡献。有一次他从滇西回昆明度假，看见我的头发长了，要给我剪一剪。他说："头发为什么要剪成那样齐？剪成波浪式的不好吗？"当时大家都认为他很荒谬，没想到几十年后头发真的不以"齐"为美了。抗战胜利后，哥哥获得美国总统自由勋章，获得此项勋章的翻译官共二十二人。我曾想就此写一篇文章，介绍这些好男儿，因为要用一些英文材料，我的眼睛已坏，不能阅读，便放弃了。文章虽然没有写，对那些投笔从戎的大哥哥们，无论得没得勋章，我都永远怀有敬意。

以后，哥哥到美国就读于宾夕法尼亚大学，继续读机械系，也继续开展他多方面的兴趣。他喜欢击剑，入选了校队，代表学校出去比赛；还学过几个月芭蕾舞。工作以后学会开飞机，曾开着飞机从所住城市到另一城市去看望朋友，乘客只有一人，就是我后来的嫂嫂李文沛。二十世纪七十年代哥哥一家回来探亲，说到此事，父亲说："敢开飞机倒不稀奇，难得的是有人敢坐。"大学毕业以后，他根据兴趣又读了数学、物理两个专业。至今他还在研究有关电的问题，前两年曾回国参加静电学会的活动，但是他的理论很少人支持。前些时，哥哥来电话，告诉我一个不幸的事件，他的钱包丢了。别的都没有关系，只是其中的飞机驾驶执照也丢了，他觉得是一大损失。我安慰道："你反正也不开飞机了。"他沉默了片刻，说："用不着了，也不可能再补发了。"

九十年代初，我出版了一本散文集，书名为《铁箫人语》。取这个名字是因为家里有一支铁箫。书出版后不久，南京的"洞箫博物馆"——也许是"乐器博物馆"——来人要求看一看铁箫。他们说他们藏有铜箫，还没有见过铁箫。我把箫拿给他们看，他们观看良久，又试吹过，承认它是一支箫。但我想大概不是很合格。然而它究竟是一支箫，而且是铁箫。我还为这支铁箫写了一小段题记：

> 我家有一支铁箫。
>
> 那是真正的铁箫。一段顽铁，凿有七孔，拿着十分沉重，吹着却易发声。声音较竹箫厚实，悠远，如同哀怨的呜咽，又如同低沉的歌唱。听的人大概很难想象这声音发自一段顽铁。
>
> 铁质硬于石，箫声柔如水；铁不能弯，箫声曲折。顽铁自有了比干七窍之心，便将美好的声音送往晴空和月下，在松阴与竹影中飘荡，透入人的躯壳，然后把躯壳抛开了。

哦，还有个吹箫人呢，那吹箫人，在哪里？

吹箫人可以吹出不同的曲调，而铁箫只有一个。

是谁制作了这支铁箫？制作了这支可以从箫声和箫的本身引出许多联想的铁箫？是我的哥哥——冯钟辽。

箫属于中国文化，可以引起许多中国式的联想，都是陈货，也就不必说了。依我的极为有限的见闻，在冯钟辽做这支箫以前，从没听说过铁箫。它既是乐器，又可以做武器。我常想，最好能有一位女侠，用的兵器是铁箫；抡圆了可以自卫救人，扫尽人间不平事；吹响了可以自娱娱人，此曲只应天上来。也许，我哪天真会写出一篇武侠小说来。

在昆明时生活很艰苦，最常用的乐器只是口琴。母亲吹箫，当时家中有两支玉屏箫，母亲时常吹奏的乐曲是《苏武牧羊》。哥哥制作铁箫便是受竹箫的启发，用一根现成的废铁管，根据一点点中学物理知识，钻几个洞，居然可以吹出曲调，大家都很高兴。我们就是这样因陋就简，使得生活充实而丰富。

哥哥制作铁箫，只不过是他众多兴趣中的一项。他现在最主要的兴趣还是在电学。八十八岁了,仍不断做实验。我说:"可别像苏东坡一样,为制墨,把房子烧了。"哥哥的科学知识当然比东坡强多了,房子是不会烧的。但是实验做起来也颇麻烦,哥哥却乐此不疲。在他自己的实验的过程中,就有了辉煌。

## 怎得长相依聚

### ——蔡仲德三周年祭

蔡仲德（1937—2004）人本主义者。

这是我为仲德设计的墓碑刻字，我想这是他要的。他在病榻上的最后几个月，想得最多的就是关于人本主义的问题。如果他能多有些时日，会有正式的文章表达他的信念。但是天不佑人，他来不及了。只在为我写的一篇短文里提出市场经济、民主政治、人权观念等几个概念。虽然简单，却也清楚地表明了他的理想。现在又想，理想只能说明他追求的高，不能说明他生活的广和深。因为他的一生虽然不够长，却足够丰富。他是一个好教师，也是一个好学者。生活最丰满处是因为他有了我，我有了他。世上有这样的拥有，永远不能成为过去。

人人都以为，我最后的岁月必定有仲德陪伴，他会为我安排一切。谁也没有料到，竟是他先走了，飘然飞向遥远的火星。我们原说过，在那里有一个家。有时我觉得，他正在院中的小路上走过来，穿着那件很旧的夹大衣；有时在这边说话，总觉得他的书房里有回应，细听时，却又没有。他已经消失了，消失在蓝天白云，青山绿水，树木花草之间。也许真的能在火星上找到他，因为我们这里的事情，要经过漫长的光阴和遥远的距离，才能到达那里，他是一个怎样的人，在那里可以重现。

首先，他是一个教师。他在入大学前曾教过两年小学，又任中学教员二十余年，以后调入中央音乐学院音乐学系。他四十六年的教学生涯里，在中央音乐学院任教四十四年。他教中学时，课本比较简单，他自己添加教材，开了很长的古典诗词目录，要求学生背诵。有的学生当时很烦，说蔡老师的课难上。许多年后却对他说，现在才知道老师教课的苦心，我们总算有了一点文学知识，比别人丰富多了。确实，这不仅是知识，更是对性情的陶冶，影响着一个人的生活。

七十年代初，在军营中经过磨难的音院师生回到北京，附中在京郊苏家坨上课，虽然上课很不正常，仲德却没有缺过一次课。一次刮大风，我劝他不要去，他硬是骑自行车顶着西北风赶二十几里路去上课，回来成了一个土人。上课对于一个教师是神圣的。他在音乐学系开设两门课：中国音乐美学史和士人格研究。有人说他的课讲得漂亮。我听过几次，一次在河南大学讲授中国古代音乐美学，一次在香港浸会大学讲"说郑声"。一节课的时间被他安排得十分恰当，有头有尾，宛如一篇结构严密的文章。更让人称道的是下课铃响，他恰好讲出最后一个字，而且是节节课都如此，就连他出的考题也如一篇小文章。他在每次上课前都认真准备，做了严谨的教案。他说要在四十五分钟以内给学生最多的东西，小学、中学、大学都是如此。一次我们在外边用餐，不知为什么，一个陌生的年轻人拿了一本唐诗，指出一首要我讲，我不记得是哪一首了，只记得其中有两个典故。我素来喜读书不求甚解，讲不出，仲德当时做了详细的讲解。他说做教师就要甚解，要经得起学生问。学生问了，对教师会有启发。

他淹缠病榻两年有半，一直惦记着他的课和他指导的学生。就在他生病的这一个秋天，录取了一名硕士生。他在化疗期间仍要这个学生来上课，在北京肿瘤医院室内花园，在北大医院的病室，甚至是一面打着吊针，一面在进行授课。他对学生非常严格，改文章一个标点都不放过，学生怕来上课，说若是回答草率，蔡老师有时激动起来，简直是怒发冲冠，头发胡子都根根竖起。不是他指导的学生也请他看文章，他一视同仁，十分认真地提意见挑毛病改文字。同学们敬他爱他又怕他。

他做手术的那一天，走廊里站了许多我不认识的音院师生，许多人要求值班。那天清晨，有位老学生从很远的地方赶到我家，陪伴我。一个现在台湾的老学生在电话中哭着恳求我们收下他们的捐助。我们并不需要捐助，可是学生们的关心从四面八方把我们沉重的心稍稍托起。

一个大学教师在教的同时，自己必须做学问，才能带领学生前进，才能不是一个教书匠。二十世纪七十年代末，他从研究《乐记》的成书年代开始，对中国音乐美学做了考察，写出了《中国音乐美学史》这部巨著。这是我国的第一部音乐美学史。后来这本书要修订出版，那时他住在龙潭湖肿瘤医院。他坐一会儿躺一会儿，一字一字，一页一页，八百多页的书稿在不时插上又拔下针管的过程中修订完毕。

经过多年的努力，他对各种文献非常熟悉，却从不炫耀，从不沾沾自喜，总是尽力地做好他承担的事，而且不断地思考。不知不觉间又写出了多篇论文，音乐方面的结集为《音乐之道的探求》，由上海人民音乐出版社出版。文化方面的结集为《艰难的涅槃》，正像书名一样，这本书命运多舛，因为思想不合规矩，现在尚未能出版。

他能够连续十几个小时稳坐书案之前，真有把板凳坐穿的精神。他从事学术研究不限于音乐美学，冯学研究也是重要的部分。其著述材料之翔实，了解之深切，立论之精当，为学界所推重。还是不知不觉间，他写出了六十六万字的《冯友兰先生年谱初编》，并整理、修订增补了七百余万字的《三松堂全集》第二版，又写出了《冯友兰先生评传》《教育家冯友兰》等。

对于我的父亲，他不只是一个研究者，而且也远远超过半子。幸亏有他，父亲才有这样安适的晚年。他推轮椅，抬担架，帮助喂饭、如厕。我的兄弟没有做到和来不及做的事，他做了；我自己承担不了的事，他承担了。从父母的墓地回来，荒寂的路上如果没有他，那会是怎样的日子！可是现在，他也去了。

在繁忙的教学、研究之余，他为我编辑了《宗璞文集》四卷本。他是我的第一读者，为我的草稿挑毛病。用引文懒得查时，便去问他，他会仔细地查好。我称他为风庐图书馆长，并因此很得意。现在我去问谁？

父亲去世以后，我把家中藏书赠给清华大学思想文化研究所，设立了"冯友兰文库"，但留了"四部丛刊"和一些线装典籍，供仲德查阅。他阅读的范围，已经比父亲小多了。现在他走了，我把最后留下的书也送出。我已经告别阅读，连个范围也没有了。他自己几十年收集的关于音乐美学方面的书，我都送给了中央音乐学院图书馆。学生们从这些书中得到帮助时，我想他会微笑。

他喜欢和人辩论，他的许多文章都在辩论。辩论就是各抒己见，当仁不让。他说思想经过碰撞会迸发出火花，互相启迪，得到升华，所谓真理愈辩愈明。如果只有"一言堂"，思想必然僵化，那是很可怕的。他看到的只是学问道理，从没有个人意气。

他关心社会，反对躲进象牙之塔。他认为每一个生命是独立的又是相连的。他在音乐学院任基层人民代表十年，总想多为别人做些事。他是太不量力了，简直有些多事，我这样说他。他说大家的事要大家管。音乐史专家毛宇宽说:"蔡仲德是一位真正意义上的中国知识分子。"我觉得他是当得起的。

我们居住的庭院中有三棵松树。因三松堂之名得到许多人的关心,常有人来,有的是从很远的地方,就为了要看一看这三棵松树。三棵松中有两棵高大,一棵枝条平展,宛如舞者伸出的手臂。仲德在时,这一棵松树已经枯萎,剩下一段枯木,我想留着,不料很不好看,挖去了。又栽上一棵油松,树顶圆圆的,宛如垂髫少女。仲德和我曾在这棵树前合影,他坐我立,这是他最后的一张室外照片,也是我们最后的合影。又一棵松树在一次暴风雨中折断了,剩下很高的枯干,有些凶相。现在这棵树也挖去了,仍旧补上一棵油松,姿态和垂髫少女完全不同,像是个小娃娃,人们说它是仙童。

仲德没有看见这棵新松。万物变迁,一代又一代,仲德留下了他的著作和理想,留下了他的爱心。爱心和责任感是连在一起的。我们家中从里到外许多事都是他管,他生病后的第一个冬天,在病房惦记着家里的暖气。他认为来暖气时应该打开暖气上的阀门,让水流出来,水才会通。他在病床上用电话指挥,每个房间依次打开不能搞乱。我们几个女流之辈,拿着水桶,被他指挥得团团转。其实我认为这是不必要的，可是我领头依令而行，泪滴在水桶里……

仲德和我在一起生活了三十五年，因为有了他，我的生活才这样丰满。我们可以彼此倾诉一切，意见不同可以辩论，但永远互相理解，互相尊重。我觉得，只要有他，实在别无所求。但是他去了。所幸的是他的力量是这样大，可以支持我，一直走上火星。

蔡仲德，我的夫君，在那里等着我。

女儿告诉我，她做过一个梦，梦见我们三个人在一起，仲德不知为什么起身要走。我们哭着要拉住他，可是怎么也拉不住。

人生的变化是拉不住的。

燕园长守——石铭树证,学脉深耕

秋篇

叁

## 三幅画

戊辰龙年前夕，往荣宝斋去取裱的字画。在手提包里翻了一遍，不见取物字据。其实原字据已莫名其妙地不知去向，代替的是张挂失条，而现在连这挂失条也不见了。

业务员见我懊恼的样子，说，拿走吧，找着以后寄回来就行了。

我们高兴地捧了字画回家。一共五幅，两幅字三幅画，一幅幅打开看时，甚生感慨。现只说这三幅画。

三幅画均出自汪曾祺的手笔。

老实说，在一九八六年以前，我从不知汪曾祺擅长丹青，可见是何等的孤陋寡闻。原只知他不只写戏还能演戏，不只写小说散文还善旧诗，是个多面手。四十年代初，西南联大同学排演《家》。因为兄长钟辽扮演觉新，我去看过戏。有两个场面印象最深，一是高老太爷过世后，高家长辈要瑞珏出城生产，觉新在站了一排的长辈面前的惶恐样儿。哥哥穿一件烟色长衫，据说很潇洒。我只为觉新伤心，以后常常想起那伤心。一是鸣凤鬼魂下场后，老更夫在昏暗的舞台中间，敲响了锣，锣声和报着更次的喑哑声音回荡在剧场里。现在眼前还有老更夫的模样，耳边还有那声音，涩涩的，很苦。

老更夫是汪曾祺扮演的。

时光一晃过了四十年。八十年代初，《钟山》编辑部举办太湖笔会，从苏州乘船到无锡去。万顷碧波，洗去了尘俗烦恼，大家都有些忘乎所以。我坐在船头，乘风破浪，十分得意，不断为眼前景色欢呼。汪兄忽然递过半张撕破的香烟纸，上写着一首诗："壮游谁似冯宗璞，打伞遮阳过太湖。却看碧波千万顷，北归流入枕边书。"我曾要回赠一首，且有在船诸文友相助，乱了一番，终未得出究竟。而汪兄这首游戏之作，隔了五年，仍清晰地留在我记忆中。

一九八六年春，偶往杨周翰先生家，见壁悬画图，上栖一只松鼠，灵动不俗。得知乃汪兄大作时，不胜惊异。又有一幅极清秀的字，署名上官碧，又不知这是沈从文先生笔名。杨先生则为我的无知而惊异,笑说,你怎么什么都不知道。

实在是的,我常处于懵懂状态,这似乎是一种习惯。不过一经明白,便有行动,虽然还是拖了许久。初夏时,我修书往蒲黄榆索画,以为一年半载后可得一张。

不想一周内便来了一幅斗方。两只小鸡,毛茸茸的,歪着头看一串紫红色的果子,很可爱。果子似乎很酸,所以小鸡在琢磨吧。

这画我喜欢,但不满意,怀疑汪兄存有哄小孩心理,立即表态:不行不行,还要还要!

第二幅画也很快来了。这是一幅真正的赠给同行的画,红花怒放,下衬墨叶,紧靠叶下有字云:"人间存一角,聊放侧枝花。临风亦自得,不共赤城霞。"画中花叶与诗都在一侧,留有大片空白,空白上有烟灰留下的一个小洞。曾嘱裱工保留此洞,答称没有这样的技术。整个画面在临风自得的恬淡中,却有一种活泼的热烈气氛。父亲看不见画,听我念诗后,大为赞赏,说用王国维标准来说,这诗便是"不隔"。何谓"不隔"?物与我浑然一体也。

我这时已满意,天下太平,不再生事。不料秋末冬初时，汪兄忽又寄来第三幅画。这是一幅水仙花，长长的挺秀的叶子，顶上几瓣素白的花，叶用蓝而不用绿，花就纸色不另涂白。只觉一股清灵之气，自纸上透出。一行小字：为纪念陈澂莱而作，寄予宗璞。

把玩之际，不觉唏嘘。谢谢你，汪曾祺！

澂莱乃我挚友，和汪兄也相识。五十年代最后一年，澂莱与我一同下放在涿鹿县。当时汪兄在张家口一带，境况比我们苦得多了。一次开什么会，大家穿着臃肿的大棉袄在塞上相见。我仍是懵懵懂懂，见了不认识的人当认识，见了认识的人当不认识。澂莱常纠正我，指点我这人那人都是谁；看我见了汪兄发愣，苦笑道，汪曾祺你也不认识！

澂莱于一九七一年元月在寒冷的井中直落九泉之下，迄今不明缘由。我曾为她写了一篇《水仙辞》的小文。现在谁也不记得她了，连我都记不准那恐怖的日子。汪兄却记得水仙花的譬喻，为她画一幅画，而且说来年水仙花发，还要写一幅。

从前常有"性情中人"的说法，现在久不见这词了。我常说的"没有真性情，写不出好文章"的大白话，也久不说了。性情中人不一定写文章，而写出好文章的，必有真性情。

汪曾祺的戏与诗，文与画，都隐着一段真性情。

三幅画放到一九八七年才送去裱，到一九八八年春节才取回。在家里再翻手提包，那挂失条竟赫然在焉。我只能笑自己的糊涂。

## 冬至

这次手术之后，已经年余，却还是这里那里不舒服，连晨起的散步也久废不去了。今天拉开窗帘，见满地白亮亮，还以为是下了雪。再看时，原是一片月光，从松树的枝条间筛下。大半个月亮，挂在中天偏西。天空宽阔而洁净，和月亮一起，罩着静悄悄的大地。

以为表出了问题，看钟，同样是六时一刻。又看日历，原来今天是冬至，从入秋起盼着的冬至。

近年有个奇怪心理：一见落叶悄悄飘离了树木，就盼冬至。随着落叶飘零，白昼一天天短，黑夜愈来愈长。清晨散步，几同夜行，无甚意趣。只要到了冬至，经过这一年中最短的白天，便昼渐长，夜渐短，渐渐地，春天就来了。好像人在生活的道路上落到了谷底，无可再落，就有了上升的希望。可以期待花开草长，可以期待那拖着蓝灰色长尾巴的喜鹊的喳喳叫声,并且在粉红色的晨光中吸进清新的空气。

很想看一看月光怎样淡去,晨光怎样浓来,却无这点闲逸的福分。在开始忙碌的一天时,心中充满了喜悦,因为冬至毕竟来了。因为天时有四季变化,时代有巨大变革;因为生活的丰富是尝不尽的。

冬到是一年的转机,我喜欢转机。

## 冷暖自知

近来常常奔走医院，在各种药物中，有两个中药方给我极深的印象。一个方子出自一位无名老中医之手，服药后颇觉轻快。另一方是位中年医生开的，服药后不大舒服。曾将后者给老人看，他笑笑说："这方子意思是对的。"

于是联想到写文章。前者像一篇融会贯通、舒卷自如的文字，后者像一篇文法正确但是堆砌生硬的文字，效果就完全不同了。其实岂止写文章，读书、做学问，以至做人处世，各种事物间都要融会贯通，方臻上乘。只是要融会贯通，谈何容易！《神曲》中说："我刚从天庭回来，那里有无数名贵美丽的珠宝，但没有人敢把它们带出，那美妙的歌声呵，若是自己没有双翼飞去倾听，只向来人探问消息，如同问着哑子。"

任何境界，都无法向来人探问消息。只好靠自己一点点去融会，一步步去贯通。真是如人饮水，冷暖自知了。

很想请老中医长期治疗，因他上"随意班"，我没有时间精力去侦察，也就无缘得见。

希望明年始，多有些好缘分。

## 从"粥疗"说起

从小便多病,以这多病之身居然维持过了花甲,而且还在继续维持下去,也算不简单。六十年代后期,我也得了一场重病。年代久了,记忆便淡漠,似乎已和旁人平等了。可能是为了提醒吧,前年底,经历了父丧之痛之后,又是一次重病,成了遐迩闻名的大病号。

病中得到广泛而深厚的关心,让我有点飘飘然。有时卧床而"飘",飘着飘着,想起二十年前,我的夫弟——俗称"小叔子"的,他们只有兄弟二人,不必说明第几位——从上海寄了一本《粥疗法》,是本薄薄的旧书,好像还是古籍出版社一类的地方出版的。书中极称粥食之妙,还介绍了许多食粥之法。有的很普通,如山药粥、百合粥、莲子粥等,不必查书,我也曾奉食老父。有用肉类制作的,就比较复杂。无论繁简,都注明各有所治,

"粥效"可谓大焉。不过此书的命运同我家多数小册子一样，在乃兄的管理下，不久就不见踪影，又是"只在此山中，云深不知处"了。

后来又听朋友说，还有一种书，题名为《一百种粥》，所记粥事甚详。可见"粥"在出版界颇不寂寞。

病中不能出门，只在房中行走。体力恢复到能东翻西翻时，偶见陆游有一首食粥诗，"世人个个学长年，不悟长年在目前。我得《宛丘》平易法，只将食粥致神仙"。再一研究，写《宛丘集》的张耒，更有一篇《粥记》，文字不长，兹录如下：

> 张安定每晨起食粥一大碗，空腹胃虚，谷气便作，所补不细，又极柔腻，与肠腑相得，最为饮食之良妙。妙齐和尚说，山中僧每将旦一粥，甚是厉害，如或不食，则终日觉脏腑燥渴，盖能畅胃气，生津液也。今劝人每日食粥，以为养生之要，必大笑。大抵养性命求安乐亦无深远难知之事，正在寝食之间耳。

这位张耒是自称"吾苏学士徒也"的，如此再作推

理,原来东坡也嗜粥。他说:

> 夜饥甚,吴子野劝食白粥,云能推陈出新,利膈益胃。粥既快美,粥后一觉,妙不可言。

看来宋代便有不少大名士深知粥理。想想我曾那样不重视粥疗,不觉自叹所知太少。

南方人似乎喜吃泡饭胜于粥。幼时在昆明,一度住在梅家,曾和小弟还有从小到大的友伴和同窗梅祖芬三人一起偷吃剩饭。那天的饭是用云南特产的一种香稻做的,用开水泡一下,还有什么人送来自制的腐乳,我们每人都吃了两三碗,直吃到再也咽不下,终于胃痛得起不了床。梅伯母不知缘故,见三人一起不适,甚感惊慌。好在服用酵母片后,个个痊愈。梅伯母现已年近百岁,对于一起胃痛的奥妙,还是不甚了然。当时若吃的不是泡饭而是粥,谅不至于胃痛。

一九五九年下放在桑干河畔,那里习惯用玉米子煮干饭,称为"格仁粥",煮成稀饭,则称"格仁稀粥"。我印象中稀粥比名为粥的干饭容易下咽多了。房东大娘把炒过的玉米、小米和豆类碾碎,煮成粥状,也笼统称为粥。下放回来后，大娘还托人带来一小口袋这种粥的原料，试者无不说好。但若吃久了，这些粥都比不上白米粥。只是大米在北方农村不多，米粥也就难得了。

有一阵子以为广东粥很好。记得那年夜游洛杉矶，午夜到一小吃店吃鱼片粥。只那端上来时的热气腾腾便赶走一半夜寒。碗中隐约现出嫩绿的葱花，浅黄的花生碎粒，略一搅动，翻起雪白的鱼片，喝下去不只暖适而且美味。回来每每念及"广东粥"，或外购或内制，总到不了那个水平。这也许和当时的身体情况以及环境有关。

陆游还有一首诗云："粥香可爱贫方觉，睡味无穷老始知。要识放翁真受用，大冠长剑只成痴。"食粥的根本道理在于自甘淡泊。淡泊才能养生。身体上精神上都一样。所以鱼呀肉的花样粥，总不如白米粥为好。白米粥必须用好米，籼米绝熬不出那香味来。而且必须黏润适度，过稠过稀都不行。还要有适当的小菜佐粥。小菜因人而异。贾母点的是炸野鸡块子，"咸浸浸的好下稀饭"。我则以为用少加香油白糖的桂林腐乳，或以落花生去壳衣，蘸好酱油和粥而食，天下至味。

不知当初东坡食白粥，用的什么小菜。

## 星期三的晚餐

去年春来时,我正在医院里。看见小花园中的泥土变得湿润,小草这里那里忽然绿了起来,真有说不出的安慰和兴奋。"活着真好。"我悄悄对自己说。

那时每天想的是怎样配合治疗。为补元气,饮食成为一件大事。平常我因太懒,奉行"宁可不吃也不做"的原则。当然别人做了好吃的,我也有兴趣,但自己是懒得动手的。得了病,别人做来我吃,成为天经地义,还唯恐不合口味,做者除了仲和外甥女冯枚,扩及住得近的表弟、妹和多年老友立雕(韦英)夫妇。

立雕是闻一多先生次子,和我同岁。我和他的哥哥立鹤同班,可不知为什么我和闻老二比闻老大熟得多。立雕知道我的病况后,认下了每星期三的晚餐,把探视的日子留给仲。因为星期三不能探视,就需要花言巧语费尽周折才能进到病房。每次立雕都很有兴致地形容他的胜利。后来我身体渐好，便到楼下去"接饭"。见他提着饭盒沿着通道走来，总要微惊，原来我们都是老人了。

好一碗鸡汤面！油已去得干净，几片翠绿的菜叶，让人看了胃口大开。又一次是煮米粉，不知都放了什么作料，我居然把一碗吃完。立雕还征求意见："下次想吃什么？"

"酿皮子。"我脱口而出，因为知道春华弟妹是陕西人。

"你真会挑！"又笑加一句，"你这人天生的要人侍候。"

又是一个星期三，果然送来了酿皮子。那东西做起来很麻烦，要用特制的盘子盛了面糊，在开水里搅来搅去，味道照例是浓重的。饭盒里还有一个小碟，放了几枚红枣。立雕说这是因为作料里有蒜，餐后吃点枣可以化解蒜味儿，是春华预备的。

我当时想，我若不痊愈，是无天理。

立雕不只拿来晚饭，每次还带些书籍来。多是关于抗战时昆明生活的。一次说起一九四五年一月我们随闻一多先生到石林去玩。闻先生那张口衔烟斗的照片就是在石林附近尾泽小学操场照的。

"说起来，我还没有这张照片呢。"我说。

"洗一张就是了。"果然下次便带来了那照片。比一般常见的大些。闻先生浓眉下双目炯炯有神，正看着我们，烟斗中似有轻烟升起。

闻先生身后有个瘦瘦的小人儿，坐在地上，衣着看不清，头发略长，弯弯的。

"呀！"我叫了一声，"这是谁呀？"

素来反应迟钝的仲这次居然一眼看清，虽然他从未见过少年时代的我："这是谁？这不是我们的病号嘛！"

立雕原来没有注意，这时鉴定认可。我身旁还有一个年轻人，不是立雕，也不是小弟，总是当时的熟人吧。

素来自命清高，不喜照相，人多时便躲到一边去。这回怎么了！我离闻先生不近，却正好照上了，而且在近五十年后才发现。看见自己陪侍闻先生在照片里，觉得十分的快乐。

在昆明有一段时间，我们和闻家住隔壁。家门前都有西餐桌面大的一小块土地，都种了豌豆什么的，好掐那嫩叶尖。母亲和闻伯母常各自站在菜地里交谈。小弟向立鹤学得站立洗脚法，还向我传授。盆放在凳子上，人站在地下，两脚轮流作金鸡独立状。我们就一面洗一面笑。

立鹤很有才华，能绘画、善演戏，英语也不错，若是能够充分发挥，应也像三弟立鹏一样是位艺术家。可叹他在一九四六年的灾难中陪同闻先生在鬼门关走了一遭；一九五七年又被错误地批判，并受了处分，经历甚为坎坷，心情长期抑郁不畅。他一九八一年因病去世，似是同辈人中最早离去的。

那次去石林是西南联大学生组织的，请闻先生参加。当时立鹤、立雕兄弟，小弟和我都是联大附中学生，是跟着闻先生去的。先乘火车到路南，再骑一种矮脚马。我们那时都没有棉衣，记得在旷野中迎风骑马，觉得寒气逼人。骑马到尾泽后，住在尾泽小学。以后无论到哪里都是步行了。

先赏石林的千姿百态，为那鬼斧神工惊叹不止。再访瀑布大叠水、小叠水。给我印象最深的是尾泽附近的长湖。湖边的石奇巧秀丽，树木品种很多，一片绿影在水中，反照出来，有一种淡淡的幽光。水面非常安详闲在，妩媚极了。我以后再没有见到这样纯真妩媚的湖。

一九八〇年回昆明,再去石林,见处处是人为的痕迹,鬼斧神工的感觉淡得多了。没有人提到长湖,我也并不想再去,怕见到那本是不食人间烟火的天真烂漫,也沾惹上市井之气。

这张照片中没有风景,那时大同学组织活动,目的也不在风景。只是我太懵懂了,只记得在操场围成一个大圈子,学阿细跳月。闻先生讲话,大同学朗诵诗、唱歌,内容都不记得了。

一九八〇年曾为衣冠冢写了一首诗,后半段有这样几句:"亲眼见那燃着的烟斗／照亮了长湖边的苍茫暮霭／我知道这冢内还有它／除了衣冠外"。原来照片中不只有它,还有我。

闻先生罹难后,清华不再提供住宅。父母亲邀闻伯母带领孩子们到白米斜街家中居住。我们住后院,立雕一家住前院。常和小弟三人一道骑车。那时街上车辆不像现在这样拥挤,三人并排而行,也无人干涉。现存有几张当时在北海拍摄的相片,一张是立雕和我在白塔下,我的头发和在闻先生背后的一张还是一模一样。后来我们迁到清华住了,他们一家经组织安排到了解放区。一晃便是几十年过去了。

在昆明时，教授们为生活所迫，不得不做点能贴补家用的营生。闻先生擅长金石，对美学和古文字又有很高的造诣，这时便镌刻图章，石章每字一千二百元，牙章每字三千元。立雕、立鹤兄弟两人有很好的观摩机会，渐得真传，有时也分担一些。

立雕参加革命后长期做宣传工作，一九八八年离休，在家除编辑新编《闻一多全集》的《书信卷》之外，还应邀为浠水闻一多纪念馆设计和编写展览脚本。近期又将着手编闻先生的影集《人民英烈闻一多》。看样子他虽离休了，事情还很多，时间仍是不敷分配。

看来子孙还是非常重要，闻先生不只有子，而且有孙。《闻一多年谱长编》是由立雕之子闻黎明编写的。黎明查找资料很仔细，到昆明看旧报，见到冯爷爷的材料也都摘下。曾寄来蒙自"故居"的照片，问"璞姑"是不是这栋房子。房子不是，但在第三代人心中存有关切，怎不让人感动！

父亲前年去世后，立雕写了情意深重的信。信中除要以他们兄妹四人名义敬献花圈外，还说："伯父去世是我们国家和人民的重大损失。我永远忘不了在我们最困难的时候，伯父、伯母给我们的关怀、帮助和安慰。

我们两家两代人的友谊,是我脑海中永不会消失的美好记忆与回忆。"

从那桌面大的豌豆地,从那长湖上的暮霭,友谊延续着,通过了星期三的晚餐,还在延续着。我虽伶仃,却仍拥有很多。我有知我、爱我的朋友,有众多的堂兄弟姊妹、表兄弟姊妹,还有因上一代友情延续下来的诸家准兄弟姊妹。

比起那一次重病的惨淡凄凉,这次生病倒是蛮风光的。怎舍得离开这个世界呢。

活着真好。

# 客有可人

这天天气很好。我想在客厅摆些花。五月初，花不少，插两枝丁香或几朵月季就可以添许多生气。可是似乎到客人来了，花也没有插上。

客人是英国人。一位是多丽斯·莱辛，根据报上的称呼，她是一位文豪。另一位玛格丽特·德拉布尔，则是著名作家。同来的还有德拉布尔的夫婿麦克尔·霍罗尔伊德，是传记文学作家。两位女作家的大名我当然知道，但没有读过她们的书。九年前访英时她们不在伦敦，未曾谋面。这次得知她们要来访我，心下是有几分诧异的。

《中国大百科全书·外国文学卷》中有莱辛小传。她一九一九年生于英属伊朗，童年时全家迁到英属罗得西亚。一九四九年才返回伦敦定居。对于祖国来说，她是一个异乡人,一定会有很多不寻常的感受。卷中说,她写作题材广阔,富有社会意义。"西方有的评论家认为,莱辛是当代英国最优秀的女作家,堪与简·奥斯丁和乔治·艾略特媲美。"她的作品有《青草在歌唱》《天狼星的试验》《优秀的恐怖分子》等数十种。在向百科全书讨教之余,我记起有人送过我一本莱辛的短篇小说集《习惯的爱》(抑或《爱的习惯》?)。为了领略文风,很想找来翻一翻,但是书籍一入风庐,向来难以寻觅,于是临时的佛脚也没有抱成。

德拉布尔是一位女性文学的现实主义作家,著有《光辉的道路》《自然的好奇》和《象牙之路》三部曲等书。由于文学上的成就,已被封为英国勋爵。她生于一九三九年,一家人都毕业于剑桥大学。我在伦敦时倒是见过她的姐姐安托尼亚·勃雅特,也是一位小说家。她们的妹妹海伦是艺术史家,弟弟理查德是一位法官。关于玛·德拉布尔的介绍,总是全家出动的。

她们进了院门,从小径上走过来了。莱辛是一位瘦削的小老太太,满头银发。德拉布尔则较高大,看去不像年过半百。英语系教授陶洁陪同前来。她们刚刚在英语系会见学生,讲了英国文学情况。

坐定后献茶。这时莱辛对我说:"我不喝印度红茶。"我一愣,顿时想起贾母不喝六安茶的声明,想来这是老年人的性情。当即回答说我这里没有印度红茶,我们喝的是北京花茶。"茶叶用茉莉花熏过的。"陶洁的英语极流利。

茶过三巡,话也说了不少。她们所以来访,原来是因为读了我那篇小说《鲁鲁》(见于《1949—1989中国最佳短篇小说》)。这书是中国文学出版社编选出版的,前面有李子云序。全书无论从哪方面看都很好,子云的序也很精彩。最令我高兴的是《鲁鲁》的译文,除一些小地方不够准确(谁也难免)外,颇为传神。好几年前,澳大利亚一家出版社出版了一本中国女作家三人集《吹过草原的风》,内有《鲁鲁》,译文较为生硬。有的翻译更看不出原作面貌了。《最佳短篇小说》中《鲁鲁》的译者是克利斯朵夫·司密斯。

她们说她们喜欢动物,也喜欢写动物的作品。奇怪的是她们没有读过屠格涅夫的《木木》。话题转到英国文学,说起哈代。莱辛说她喜欢哈代,最喜欢《无名的裘德》。我想我最喜欢的是《还乡》,其中游苔莎一心向往大城市的心态,现在若重读,定会有新的感受。

她们去过了八达岭。莱辛说那一条路很像意大利（希望我没有记错）。她问我写不写长篇小说，我说写的。她说希望早读到，可得找个好翻译。她的小说《金色笔记》已译成中文，我没有勇气替她看看文笔如何，以前读书读稿一目数十行，随意间就完成，现在数行之后眼睛就发花，想看也看不见了。

话题转向了德拉布尔。我说你们家很像勃朗特姊妹一家，三姊妹都写作，有一个兄弟。她笑起来，说："大家都这么说。可是我们的弟弟比她们的强多了。"勃朗特家的男孩游手好闲，有人请客，常找他陪着说话，类似清客一流人物。说话间，德拉布尔送我一本图文并茂的书《作家的不列颠》，其中有许多作家故居和他们吟咏描写过的景物。莱辛也拿出书来，但并不送我，而是交给陶洁，赠英语系。当然这样读这书的人会多得多，是好办法。两个多月后，莱辛从伦敦寄了书来赠我，书名《伦敦观察》，是一本短篇小说集，内容多为自己成为祖国的异乡人这类感受，正是我关心的。

霍罗尔伊德不只写传记，还做了许多组织工作，曾任英国作家协会主席、英国笔会中心主席。他话不多，显得很谦逊。在座的还有英语系教授陈瑞兰，她翻译了多篇安格斯·威尔逊的小说。客人们希望见她，可能也希望她多译些英国作品吧。

过了几天，数理逻辑专家兼哲学家王浩教授偕夫人哈娜来访。王浩兄留了胡子，须发灰白，若在路上相遇，一定认不得了。他的成就是大家熟悉的，于此不多赘。他们从美国来参加北大校庆，特别是数学系系庆，后在勺园小住。哈娜是捷克人，思路活泼敏捷，说的英语很悦耳。我觉得她很可爱。她说她到北大来，只想见一个人，可惜见不到了，那就是我的父亲——冯友兰先生。人见不到，还可以看看三松，看看遗著，看看我，于是来到三松堂。哈娜说她最喜欢《中国哲学简史》这本书，我们马上互引为同调。我素以为《简史》是一本出神入化的书。写这书时，父亲已有哲学史方面的研究成绩，又创造了自己的哲学体系，两卷本《中国哲学史》和"贞元六书"俱已流传。《简史》将两方面成就融会贯通，深入浅出，内行不觉无味，外行不觉难懂。还有经过卜德教授润饰的英文，可谓清丽流畅。哈娜还喜爱文学，对莱辛、德拉布尔的作品都很熟悉。也说起勃朗特姊妹。人处五洲，肤色各异，可是谈起来都很了解。世界真像个大家庭。

座间还有清华学长唐稚松。他一九四八年到香港，我父亲写信叫他回来，他就回来了。唐兄现任中科院学部委员，一项研究成果获国家自然科学一等奖，为国家人民做出了贡献。除是科学家外，他还是诗人，旧诗格调极高，有"志汇中西归大海，学兼文理求天籁"之句。一九五一年陈寅恪先生曾专函召他赴穗任唐诗助教，可见其造诣。他因另有专长，未能前往。

和王、唐两位谈话，每觉有新趣。他们都是"志汇中西""学兼文理"的人物，聚在一起，真是难得。遗憾的是，说的话我渐渐不懂了，虽用心听着，还如在五里雾中坐地。

八月下旬，美国女学者欧迪安来访。她是冯学研究专家，最近将几篇研究冯学的论文译成英文，自己写了一篇洋洋洒洒的序，将在美国出版。她极赞赏父亲对郭象的见解，屡次提到。我乃赠以一本冯氏英译《庄子》，其中有一篇专论郭象的文章。她真是大喜过望，如获至宝。她这次要查清冯著每一本书的出版年月，十分认真仔细。有一本书一时找不到，她辗转问过许多人，那晚深夜又问到我这里，经过补充的线索，终于查清。

我还想起另一位女学者,日本的后藤延子。《三松堂全集》中有的文章是她在日本找到的。她也是不肯有一点马虎的,对我们有些学者大而化之的作风频频摇手兼摇头。《三松堂全集》总编纂涂又光曾慨叹道:"若不认真努力,愧对延子。"

坚韧执着,知其不可而为之,本是我民族精神的重要组成部分,现在似乎是要渐渐融化在滔滔商海中了。不要说皓首穷经,就是肯安下心来坐一坐冷板凳的人也愈来愈少了。

然而总有希望。我想起另一位来访者。

七十年代末,大家刚刚可以随意走动,三松堂来了个李姓青年人,年纪不过十八九岁,家在河南某县农村。他来的目的,是谈谈读书。他非常喜欢读书,村里无书,便每天步行数十里路,到地区(似是洛阳)图书馆去读书,回家往往在深夜。我后来根据他的谈话写了童话《星之泪》,写星星为一位好学的年轻人照亮路程。他的读书范围很广,除中国经典书籍外,那时正在读西方启蒙运动时的著作。他很想读狄德罗的《拉摩的侄儿》,却找不到。我发愿若买到一定寄去。我把他的地址姓名的纸条放在砚台里,过了好几年,纸条终于不见了。

那年轻人后来不知读了多少书，又不知走上了哪一条生活之路。我想，在读书做学问的道路上，总会有更年轻的人跟上来的。

## 药杯里的莫扎特

一间斗室,长不过五步,宽不过三步,这是一个病人的天地。这天地够宽了,若死了,只需要一个盒子。我住在这里,每天第一要事是烤电,在一间黑屋子里,听凭医生和技师用铅块摆出阵势,引导放射线通行。是曰"摆位"。听医生们议论着铅块该往上一点或往下一点,便总觉得自己不大像个人,而像是什么物件。

精神渐好一些时,安排了第二要事:听音乐。我素好音乐,喜欢听,也喜欢唱,但总未能登堂入室。唱起来以跑调为能事,常被家人讥笑。好在这些年唱不动了,大家落得耳根清净。听起来耳朵又不高明,一支曲子,听好几遍也不一定记住,和我早年读书时的过目不忘差得远了。但我却是忠实,若哪天不听一点音乐,就似乎少了些什么。在病室里,两盘莫扎特音乐的磁带是我亲密的朋友,使我忘记种种不适,忘记孤独,甚至觉得斗室中天地很宽，生活很美好。

三小时的音乐包括三个最后的交响乐《第三十九交响曲》《第四十交响曲》《第四十一交响曲》，还有钢琴协奏曲、提琴协奏曲、单簧管协奏曲等的片段。《第四十交响曲》的开始，像一双灵巧的手，轻拭着听者心上的尘垢，然后给你和着淡淡哀愁的温柔。《第四十一交响曲》素以宏伟著称，我却在乐曲中听出一些洒脱来。他所有的音乐都在说，你会好的。

会吗？将来的事谁也难说。不过除了这疗那疗以外，我还有音乐。它给我安慰，给我支持。

终于出院了，回到离开了几个月的家中，坐下来，便要求听一听音响，那声音到底和用耳机是不同的。莫扎特《第二十一钢琴协奏曲》的第二乐章，提琴组齐奏的那一段悠长美妙的旋律简直像从天外飘落。我觉得自己似乎已溶化在乐曲间，不知身在何处。第二乐章快结尾时，一段简单的下行的乐音，似乎有些不得已，却又是十分明亮，带着春水春山的妩媚，把整个世界都浸透了。没有人真的听见过仙乐，我想莫扎特的音乐胜过仙乐。

别的乐圣们的音乐也很了不起，但都是人间的音乐。贝多芬当然伟大，他把人间的情与理都占尽了，于是感动震撼之余，有时会觉得太沉重。好几个朋友都说，在遭遇到不幸时，柴可夫斯基是不能听的，本来就难过，再多些伤心又何必呢。莫扎特可以说是超越了人间的痛苦和烦恼，给人的是几乎透明的纯净，充满了灵气和仙气，用欢乐、快乐的字眼不足以表达。他的音乐是诉诸心灵的，有着无比的真挚和天真烂漫，是蕴藏着信心和希望的对生命的讴歌。

在死亡的门槛边打过来回的人会格外欣赏莫扎特，膜拜莫扎特。他自己受了那么多苦，但他的精神一点没有委顿。他贫病交加，以致穷死，饿死，而他的音乐始终这样丰满辉煌，他把人间的苦难踏在脚下，用音乐的甘霖润泽着所有病痛的身躯和病痛的心灵。他的音乐是真正的"上界的语言"。

虽然时代不同，文化背景不同，专业不同，莫扎特在音乐领域中全能冠军的地位有些像我国文坛上的苏东坡。莫扎特在短促的人生旅程间写出了交响乐、协奏曲、独奏曲、歌剧等许多伟大作品。音乐创作中几乎什么都和他有关，近来还考证出他是摇滚乐的祖师爷。苏东坡在宦游之余写出了诗词文赋等各种体裁的作品，始终是未经册封的文坛盟主。他们都带有仙气，所以后人称东坡为"坡仙"，传说中八仙过海时来了九朵莲花，第九朵是接东坡的，但他没有去。莫扎特生活在十八世纪，世界已经脱离了传说，也少有想象的光彩了，我却愿意称他为"莫仙"。就个人生活来说，东坡晚年屡遭贬谪直到蛮荒之地。但在他流放的过程中，始终有家人陪伴，侍妾王朝云为侍奉他而埋骨惠州。莫扎特不同，重病时也没有家人的关心——比较起来，中国女子多么伟大——但是他不孤独，他有音乐。

回家以后的日子里，主要内容仍是服药。最兴师动众且大张旗鼓的是服中药。我手捧药杯喝那苦汁时，下药（不是下酒）的是音乐。似乎边听音乐边服药，药的苦味也轻多了。听的曲目较广，贝多芬、柴可夫斯基、肖邦、拉赫玛尼诺夫等，还有各种歌剧，都曾助我一口（不是一臂）之力。便是服药中听勃拉姆斯，发现他的《第一交响曲》很好听。但听得最多的，还是莫扎特。

热气从药杯里冉冉升起，音乐在房间里回绕。面对伟大的艺术创造者们，我心中充满了感激。我觉得自己真是幸运而有福气，生在这样美好的艺术已经完成之后——而且，在我对时间有了一点自主权时，还没有完全变成聋子。

## 从近视眼到远视眼

经过不到半小时的手术，我从近视眼一变而为远视眼。这是今年六月间的事。

我的眼睛近视由来已久。八九岁时看林译《块肉余生述》，暮色渐浓，还不肯放，现在还记得"大野沉沉如墨"的句子。抗战期间的菜油灯更是培养近视眼的好工具。五十几年，脸上从未脱离眼镜，老来患白内障，眼前更是一片迷茫，戴不戴眼镜也没有什么区别了。"老年花似雾中看"，我以为这也是人必然要经过的"老"的滋味。

可是人太可尊敬了，太伟大了，能够修理自己，让自己重新又处在明亮绚丽的世界中。手术后我透过眼罩的缝隙看到地上有许多花纹，还以为眼睛出了毛病，一问才知道病房里的地板本来就有花纹，只是我原来看不见。因为感到明亮，以为房间里换了电灯泡，其实也是自己的眼睛在作怪。取下眼罩时，我先看见横过窗前的树枝，每片叶子是那样清楚，医院门前的一树马缨花，原来由家人介绍过，现在也看到了颜色。近年来我看人都只见一个轮廓，这时眼前的医生有了眉眼，我不由得欢喜地对大夫说："我看见你了。"

本是最亲近的家人，这些年也是模糊的。现在看到老伴的头顶只剩下不多的头发，女儿的脸上已添了几道皱纹。我猛然觉得生活是这样实在，这样暖热，因为我看到了。

病房走廊外面，是那座尼泊尔式的白塔。以前我知道那里有这座塔，家人指着说："看呀，看呀，就在眼前。"我看不见。因为习惯了由别人代看，也不觉得懊恼。这时我特地到窗前去看，原来那塔很近，很大，很白，由蓝天衬着，看上去有几分俏皮，不是中国塔的风格。我在这塔的旁边从近视眼变成远视眼，它应该是我的朋友。

因为高度近视，将白内障取出后，不放人工晶体。结果是两眼各有几百度的远视，成了远视眼。我看不清东西时，习惯地把它拿近，反而更看不清，倒是远处的东西较清楚。虽不能像正常人，我已经很满足了。我们回家，进了西门，经过大片荷塘时，见朵朵红荷正在盛开，花瓣的线条都显得那样精神。露珠在荷叶上滚动，我几乎想走下车去摸一摸。燕南园好几栋房屋换过房顶，我第一次看清一层层的瓦。走进家门，院中的荒草好像在打招呼，说："看看我们，早该收拾了。"我本以为我的住处很整洁，却原来只是一种幻象。现在看到的是有裂纹和水迹的房顶，白粉剥落的墙壁，还有油漆差不多褪尽的地板。而且这里那里的角落，都积有灰尘。

我看着窗外一只灰尾巴喜鹊坐在丁香的一段枯枝上，它飞走了，又一只黑尾巴喜鹊飞来。这两种喜鹊是两个家庭，这几年，鸟丁兴旺，我只听见闹喳喳，这时看得清楚，恍如旧友重逢。它们似乎也在问我："嘿，你怎样了？"

我们素来阴暗的房间增加了亮度，我在镜中看到了自己，我有很长时间没有"自知之明"了。我相信通过爱心而做出的描述，总之是不显老。现在我看清了自己的额前沟壑，眼下丘陵。忽然想到了"不许人间见白头"这句话。看来，近视眼也有好处，让人不知道老态的存在。

我去医院复查，沿路大声念着街旁店铺的招牌："看，这个馆子叫湘菩提。""哦！这儿还有鱼翅宴。"司机很觉莫名其妙。他哪里知道看得见的快乐。

七月六日我们去游览白塔寺,也拜访我的朋友——那座白塔。这天下着小雨,家人说,他们来来去去看见正门是不开的。我们打着伞走过去,却见正门洞开,门不高大,有七七四十九颗门钉在微雨中闪闪发亮。我们走进去,见院中有一个新铸的鼎,为西城区金融界所献,鼎上有一条彩色的龙。这鼎似乎与佛法较远。前面的殿正举行万佛艺术展,因为离得近,我反而看不清每个塑像的姿态面目。正殿供奉的据说是三世佛,居中是释迦牟尼不成问题,两旁是阿弥陀佛和药师佛。我有些疑惑,觉得在别处看到的未来佛和过去佛好像不是这两位。我们走到白塔下面,塔身高五十一丈,只能看见底座,又据说转塔一周可以祈福消灾。这时一位游人——我们之外唯一的游客,她对我们说:"白塔寺正门从今天起正式开放,今天是阴历五月二十三日,好像和观音菩萨有什么关系。我们是第一批走进第一次开的正门,真是有福气。"我们绕塔一周,在塔后看到四株古老的楸树,不知有多少年了。我想如果世上真有福气,它应该属于驱逐病魔的医生们。他们使人的生命延长,他们使人离开黑暗,其实是他们给了病人福气。作为医学界代表的药师佛怎么能是过去佛呢？他应该属于未来。

医学是科学的一部分。我默默念诵，科学真是了不起！人类真是了不起！有了科学才有各种治疗，有了人的智慧才有科学。人类智慧的一大特点是有想象力，这样才能创造。千万不要扼杀想象力！人类另一个特点是能积累经验，在积累的经验上才能求得进步。不知多少治疗的经验，才捧出一双双明亮的眼睛。经验是最可宝贵的，怎能忘记！

最初的喜悦过去了。因两眼视力不平衡，我看到的世界不很端正，楼房、车辆都有些像卡通。想想也很有趣，是近视眼时，常常要犯错误。作为眼疾患者的日子，更是过得糊里糊涂。成为远视眼，又看不清近处的事。希望能逐渐得到调整，若是能够，也许日子会过得清醒些。

牛顿在他七十岁的时候，人问他得到了什么？他答道："不过在人生的海滩上拾到了一些蚌与螺。"我总觉得这句话很美，美得让我感动。

我已迈过了七十岁。回头一看，我拾到的不过是极小的石粒。如果我有一双较正常的眼睛，又不是那么糊涂，我还会多拾几颗小石粒，虽然它们很平凡，虽然它们终究都是要漏去的。

## 烟斗上小人儿的话

一九九九年是闻一多先生百年冥寿。他离开我们已经五十余年了,人们只能从照片里瞻仰他的风采。有一张照片传布最广,这也是最能显出闻先生诗人气质、学者风度的照片。他侧着头,口含烟斗,在画面的烟斗上有一个小人儿,那就是我。

我在照片里坐了四十多年,一九九一年在医院中才发现那是我。我真是高兴。这张照片成为我的护身符,当我和各种魔怪(包括病魔)战斗时,每想到这照片,想到闻先生,就觉得增添了力量。

许多人在语文课本里读过闻先生的《最后一次讲演》,那跨出门就不准备再回来的精神感染了多少人,教育了多少人。

闻先生倡导说真话,他要做到怎么想就怎么说。抗战后期，他发表许多言论，尖锐批评最高统治者，丝毫不顾及自身安危。他这种大无畏精神，上薄云天。他是无所畏惧，但他对同事朋友是宽厚的，常替别人着想，从未闻有刻薄伤人之言。我想，他对统治者的愤怒是站在人民的利益上，而不是站在一己的利益上，而对于个人之间的摩擦（总会有的）是不放在心上的。可以说是"横眉冷对千夫指，俯首甘为孺子牛"的表率。

闻先生的革命精神包含了诗人气质，"这是一沟绝望的死水，春风也吹不起半点涟沦。"（《死水》）"春光从一张张的绿叶上爬过……仿佛有一群天使在空中巡逻……忽地深巷里迸出一声清籁：'可怜可怜我这瞎子，老爷太太！'"（《春光》）他以无比的深情关怀着整个社会。我喜欢《也许》这首葬歌："我把黄土轻轻盖着你，我叫纸钱儿缓缓地飞。"这又是另一种深情，看透了生死，似浅淡，却长远的深情。闻先生著有《九歌古歌舞剧悬解》，这是他根据屈原《九歌》写的歌舞剧本，想象力真丰富。我非常想看它的演出，另一个愿望是看爱罗先珂《桃色的云》上演。我想今生是看不到了。

最近，闻小妹送我一本闻先生的《诗经通义》。这是一部草稿，经闻校补成书。我翻阅后，见一字一词注释得详尽,更体会到"何妨一下楼主人"的精神。古人说,"三年不窥园,绝庆吊之礼",才能做一点学问。做学问需要这种不窥园、不下楼的精神。

一九四七年,我在南开大学上学。五六月间,举行了一次诗歌晚会,纪念闻一多。冯至从北京来参加,做了讲演。会后,我写了一首诗,那是我第一首发表的新诗。现摘一段在这里,诗的题目是《我从没有这样接近过你》。

> 我从没有这样接近过你。
> 真的,我从没有这样接近过你。
> 在大家沉重的脸中我看见了
> 你的脸。
> 在大家呜咽的声音里我听到了
> 你的声音,
> 我今天才找到了你,找到了你。
> 找到你
> 在我们中间。

闻一多是永远在青年中间的,他的精神永远年轻。这些年,我们不大想起闻一多了,远离了他的精神,而我们是多么需要他的精神！对强暴大无畏，对普通人深具同情，富有想象力的审美眼光，还有踏实认真甘坐冷板凳的治学态度——我知道何妨一下楼中只有冷板凳。

再来看一看那张照片。一九四五年初，西南联大悠悠体育会组织去石林，邀请闻先生参加。闻先生带了立雕（韦英）兄弟和我及钟越同往。那时去石林要乘火车，骑小马，到尾泽小学打地铺。到几个地方看景致都是步行，大家都是很能走路的。记得有一天中午，在一个小店打尖。闻先生要了米线，每个孩子一碗，招呼我们先吃。后来在长湖畔举行了联欢会，照片便是那时出世的。

我坐在烟斗上，并不感到云雾缭绕的飘飘然，而是感到焦虑沉重——是因为坐在烟斗上吗？我感到沉重，因为我们离闻一多远了；感到焦虑，因为我们似乎并不知道究竟已经离闻一多有多远。

## 散失的墨迹

最近收到老友资中筠、陈乐民来信,告诉我,在沈建中著《施蛰存游踪》中有一段关于我父亲的材料。二十世纪四十年代在昆明,施先生常和父亲在翠湖边散步。父亲赠他两幅字,一幅写的是:"断送一生唯有酒,寻思百计不如闲。莫忧世事兼身事,须著人间比梦间。"另一幅是:"鸭绿桑乾尽汉天,传烽自合过祁连。功名在子何殊我,唯恨无人着先鞭。"两幅字都有上款,有印章。

施蛰存是一位中西融会、古今贯通的学者,创作学问都达高致,只是命运不济,一直被视为文坛另类。有时和中筠、乐民谈起,都为世事诡诙而慨叹。

来信是乐民执笔,他患病已十余年,在学术道路上始终没有停步,对冯学很关心,著有论文,为哲学界人士所称道。他们每发现有关材料,必告诉我。这次的信仍用毛笔书写，蝇头小楷，大有卫夫人簪花品格。我早已老眼昏花，偶然写字都是盲书，手持信纸只有佩服。

"断送一生唯有酒。"这首诗我估计不是父亲自作。后来我的"老战友"杨柳借助百度，立刻弄清这是韩愈的《游城南十六首·遣兴》。（顺便说一句，我父亲的祭母文中"维人杰之挺生，皆造化之钟灵"，我一直怀疑"挺生"应为"诞生"，是排印错误，经杨柳查辨，证明排印无误。）"鸭绿桑乾尽汉天"一首，我原以为是父亲自作，后来读到刘宜庆先生的文章，知道这是陆游的诗。乐民信中说这是一幅立轴，且有影印。前几年，从立雕得知，嘉德公司要举行一次字画拍卖专场，并寄来一本材料，上面印有要拍卖的字画，其中有父亲的一副对联，写的是"功名在子何殊我，唯恨无人着先鞭"，这两句，笔迹饱蕴秀气。这是父亲书法的特点。拍卖品中也有闻一多先生的一幅字。立雕乃到现场观察，冯字经几次较量，以两万元被一个中年人买去。此对联无上款，可能是故意去掉了。

又有一天，时间较嘉德拍卖还要早，北大程道德先生送来一本自编的《二十世纪中国文化名人墨迹》。程君是书法爱好者，收集了许多书法，影印成册，其中有父亲的一幅,写的是"灵龟飞蛇感逝川,豪雄犹自意惘然。但能一滴归沧海,烈士不知有暮年。读曹操《灵龟寿》"。这是父亲在一九七四年写的一首诗,有小序云:"曹操《灵龟寿》辞意慷慨,然犹有凄凉之感。今反其意而用之。""龟虽寿"书法写为"灵龟寿",显系误记。此幅字上款是"紫光同志属书"。父亲与金紫光并不相识,经人代求而写此字。现在这幅字流落市间,程先生以三千元的价格购得,编入此册。据说还有一位书法爱好者,到各市场去"捡漏",以九百元买得冯先生一幅字,雀跃不已。

我自己曾做一件傻事。有人从上海写信给我,说一书画店有冯先生一个中堂,是二十年代写给孔德成的。我托人去看,说写得不错;店中人并说,此件从海外传进来,得到很不容易。乃以七千元买回。亲眼见时,觉得不像,尤其是神气不像,家人也都认为是伪造。弄虚作假真是无孔不入。

父亲曾为王伯祥先生写了一个条幅,写的是李翱诗"练得身形似鹤形,千株松下两函经。我来问道无余说,云在青天水在瓶"。四十年代父亲常写李翱的两首诗,这是其中之一。王伯祥之子王湜华曾将此字拿到我家,让我欣赏。我非常喜欢这幅字，那诗的空灵和字的隽秀浑然一体，沁人心脾。我将此字送到荣宝斋复制，悬于壁间，每日相对。侄儿冯岱自美归来，见到此字也非常喜欢，便让他带走了。想再复制一幅，找王湜华找了好几年，好容易托人找到了，可是他却不知道字在哪里。可能家里字画太多，又不知要找多久，真是添麻烦了。

最近又有人告诉我，在河南电视台"鉴宝"节目中，有父亲的一幅字，估价三十万元，不知道是什么字，也不知道后来流落何方。我并不打听。该知道的事要全知道是不可能的，先就得累死。

父亲曾说有一位先生评一个人的书法，说其俗在骨，不可救药。我觉得父亲的字是其秀在骨，是天生的，练不出来的。他从来也没有练过字，都是随意写来。其俗在骨不能医，其秀在骨不可学。

我们从小的生活有一个内容：为父亲研墨、拉纸。研墨常是我和弟弟的事，两人轮换着磨，眼看砚池里的清水变成墨汁，总觉得成绩很大。拉纸则大多是我的事。父亲写字时，要有人站在桌对面，慢慢把纸拉过去，他好往下写。纸有时要熨，那是母亲的事。家里始终没有预备毛毡一类的铺垫，可见不是书法家。最初我拉纸时，父亲是站着写字，写得很直，间隔匀称，自己看看，说行气很好。老来写字，一行字总要向右歪。我提醒说，歪了，歪了。他答应着，却总是正不过来。给我写的一副对联"高山流水诗千首，明月清风酒一船"，下联便是斜的，我称之为斜联。约在八十五岁后，他改为坐着写，手抖，字的笔画有时不准确，但仍写了不少幅。这几天在书橱中翻出父亲的一幅旧作，写的是"一别贞江六十春，问江可认后来人？智山慧海传真火，愿随前薪做后薪"。最后写着"时年八十有九"。一九八二年我陪侍父亲到他的母校哥伦比亚大学接受名誉博士学位，他写了这首诗，并将此诗写了一个条幅，赠给美国汉学家狄百瑞教授。当时西南联大校友毛春帆也想要字，父亲说回去再写。两年后他践约，写了这幅字，可是不知往哪里送了。这幅字一点没有歪，笔锋虽有不匀，整体看来仍觉遒劲有力。

这是精神的力量。

人民出版社哲学编辑李之美在网上看到父亲的字，说真好看，建议将所有的字搜集在一起影印成册，出一本冯友兰书法。我一直无暇顾及此事。这当然是应该做的，应该做的事真多，怎么办呢？

## 绿衣人

近来翻译了一篇小说《信》，其中有一个自私的母亲教育孩子说，你到了一定年龄就不要再拆信，信里都是别人的痛苦，不要让别人的事伤你自己的心。译时觉得纸上一股冷气逼人，暗自庆幸我对信的感受相反。

我喜欢信，喜欢读信，书信越过高山，使分隔两地的离人能互诉衷曲，从互相关心中得到滋养。古时把生离死别并列，自从有了邮政，虽生离而能有音信，比起去到那永不会有任何消息回来的天国，自然大不一样。

每个人一生会收到许多信，我也一样。我曾为别人的欢喜而欢喜，为别人的悲哀而悲哀；也曾写过许多信，希望别人为我的欢喜而欢喜，为我的悲哀而悲哀。为了信，我曾盼望，也曾等待。哪怕得到的是难题，是痛苦，我却因世界上不只有我一个自己，而觉得更充实更温暖。

得信的最后一个环节,是送信人了。他们身着绿衣,骑车在一栋栋房屋前停下来,投递着人们期望或不期望的消息。这一带春来樱花如雪,夏日榴花似火,秋时蔷薇类的黄花开得满院皆金,冬天的雪花飘飘扬扬,覆盖了一切。绿衣人总是准时地走过花的曲径或雪的小路,把一封封信送到门前。

今年雪下得早,雪使世界变得纯洁了,柔软了,像一篇正在写的童话,像一个尚未飘逝的梦。在静静地飘落着的雪花中,我看见一点绿色,被地上的雪光照着,移过来,移过来——

这是小展。奇怪的是,以前我们都不曾知道绿衣人的姓,而现在人人知道她是小展。她不只送来邮件,还带来欠资信,免得我到邮局去取;有朋友的汇款要转到别处,她说代办了吧,不麻烦;邻居在路上遇到她,她会告诉今天有他的信;年底收款,头一天每份报纸都打上醒目的红字:明日收报费。

也许小展有时不能给人带来人们所期望的消息,但是小展本身,便展示着希望了。她不只骑车又下车,拿出信报放进信箱,她是用了心,一颗充满了希望的心、充满了关切的心、总是想给别人方便的心。医生们说,两个同样的病人，一个受到应有的治疗，一个除了治疗，还有亲人的关心，后者得生的希望要大得多。我们曾伤过元气，我们多么需要千千万万这样宝贵的心，来补养，来恢复，来建设新的一切。

雪地上那一点移过来的绿色，常在眼前拂拭不去。忽然想起，不只送信人身着绿衣，整个邮政系统用的俱是绿色，这也许有什么史话吧。我无考据癖，只从常理来想，绿色正是春天的颜色，生命的颜色。人们希望书信能带来春天，带来生命，带来希望。虽然有的信会传来噩耗，但是身着绿衣的人却承担着带来希望的使命。

春天的希望，生命的希望——绿色的希望，不是每一个新年都应该带给我们的吗？

## 风庐茶事

茶在中国文化中占特殊地位，形成茶文化。不仅饮食，且及风俗，可以写出几车书来。但茶在风庐，并不走红，不为所化者大有人在。

老父一生与书为伴，照说书桌上该摆一个茶杯。可能因读书、著书太专心，不及其他，以前常常一天滴水不进。有朋友指出"喝的液体太少"。他对于茶始终也没有品出什么味儿来。茶杯里无论是碧螺春还是三级茶叶末，一律说好，使我这照管供应的人颇为扫兴。这几年遵照各方意见，上午工作时喝一点淡茶。一小瓶茶叶，终久不灭，堪称节约模范。有时还要在水中夹带药物，茶也就退避三舍了。

外子仲擅长坐功，若无杂事相扰，一天可坐上十二小时。照说也该以茶为伴。但他对茶不仅漠然，更且敌视，说"一喝茶鼻子就堵住"。天下哪有这样的逻辑！真把我和女儿笑岔了气，险些儿当场送命。

女儿是现代少女，喜欢什么七喜、雪碧之类的汽水，可口又可乐。除在我杯中喝几口茶外，没有认真的体验。或许以后能够欣赏，也未可知，属于"可教育的子女"。近来我有切身体会，正好用作宣传材料。

前两个月在美国大峡谷，有一天游览谷底的科罗拉多河，坐橡皮筏子，穿过大理石谷，那风光就不用说了。天很热。两边高耸入云的峭壁也遮不住太阳。船在谷中转了几个弯，大家都燥渴难当。"谁要喝点什么？"掌舵的人问，随即用绳子从水中拖上一个大兜，满装各种易拉罐，熟练地抛给大家，好不浪漫！于是都一罐又一罐地喝了起来。不料这东西越喝越渴，到中午时，大多数人都不再接受抛掷，而是起身自取纸杯，去饮放在船头的冷水了。

要是有杯茶多好！坐在滚烫的沙岸上时，我忽然想，马上又联想到《孽海花》中的女主角傅彩云做公使夫人时，参加一场游园会，各使节夫人都要布置一个点，让人参观。彩云布置一个茶摊。游人走累了，玩倦了，可以饮一盏茶，小憩片刻。结果茶摊大受欢迎，得了冠军。

摆茶摊的自然也大出风头。想不到我们的茶文化，泽及一位风流女子，由这位女子一搬弄，还可稍稍满足我们民族的自尊心。

但是茶在风庐，还是和者寡，只有我这一个"群众"。虽然孤立，却是忠实，从清晨到晚餐前都离不开茶。以前上班时，经过长途跋涉，好容易到办公室，已经像只打败了的鸡。只要有一盏浓茶，便又抖擞起来。所以我对茶常有从功利出发的感激之情。如今坐在家里，成为名副其实的两个小人在土上的"坐"家，早餐后也必须泡一杯茶。有时天不佑我，一上午也喝不上一口，搁在那儿也是精神支援。

至于喝什么茶，我很想讲究，却总做不到。云南有一种雪山茶，白色的，秀长的细叶，透着草香，产自半山白雪、半山杜鹃花的玉龙雪山。离开昆明后，再也没有见过，成为梦中一品了。有一阵很喜欢碧螺春，毛茸茸的小叶，看着便特别，茶色碧莹莹的。喝起来有点像《小五义》中那位壮士对茶的形容："香喷喷的，甜丝丝的，苦因因的。"这几年不知何故，芳踪隐匿，无处寻觅。别的茶像珠兰、茉莉、大方、六安之类，要记住什么味道归在谁名下也颇费心思。有时想优待自己，特备一小罐，装点龙井什么的。因为瓶瓶罐罐太多，常常弄混，便只好摸着什么是什么。一次为一位素来敬爱的友人特找出东洋学子赠送的"清茶"，以为经过茶道台面的，必为佳品。谁知其味甚淡，很不合我们的口味。生活中各种阴错阳差的事随处可见，茶者细微末节，实在算不了什么。这样一想，更懒得去讲究了。

妙玉对茶曾有妙论，一杯曰品，二杯曰解渴，三杯就是饮驴了。茶有冠心苏合丸的作用，那时可能尚不明确。饮茶要谛应在那只限一杯的"品"，从咂摸滋味中蔓延出一种气氛。成为"文化"，成为"道"，都少不了气氛，少不了一种捕捉不着的东西，而那捕捉不着，又是实际中来的。

若要捕捉那捕捉不着的东西，需要富裕的时间和悠闲的心境，这两者我都处于"第三世界"，所以也就无话可说了。

## 酒和方便面

酒，是艺术。酒使人陶陶然，飘飘然，昏昏然而至醉卧不醒，完全进入另一种境界。在那种境界中，人们可以暂时解脱人间各种束缚，自由自在；可以忘却劳碌奔波和做人的各种烦恼。所以善饮者称酒仙，耽溺于饮者称酒鬼。没有称酒人的。酒能使人换到仙和鬼的境界，其伟大可谓至矣。而酒味又是那样美，那样奇妙！许多年来，常念及酒的发明者，真是聪明。

因为酒的好味道，我喜欢，却不善饮。对酒文化，更无研究。那似乎是一门奢侈的学问。只有人问黄与白孰胜时，能回答喜欢黄的，而不误会谈论的是金银。黄酒需热饮，特具一种东方风格。以前市上有即墨老酒，带点烟尘味儿，很不错。现有的封缸、沉缸，也不错。只是我不能多喝。有人说我可能生来具有那根"别肠"，后因多次手术割断了。

就算存在那"别肠",饮酒的机会也不多。有几次印象很深,但饮的都不是黄酒。

云南开远杂果酒,色殷红,味香甜。童年在昆明,常在中午大人午睡时,和兄、弟一起偷饮这种酒,蜜水一般,好喝极了。却不料它有后劲,过一会儿便头痛。宁肯头痛,还是偷喝。头痛时三人都去找母亲。母亲发现头痛原因,便将酒瓶藏过了。那时我和弟弟住一个房间,窗与哥哥的窗成直角。哥哥在两窗间挂了两根绳子,可拉动一小篮,装上纸条,便成土电话。消息经过土电话而来,格外有趣。三人有话当面不说,偏忍笑回房写纸条。纸条上有各种议论,还有附庸风雅的饮酒诗。如今兄、弟一生离一死别。哥哥远在异域,倒是不时打越洋电话来,声音比本市还清楚。

海淀莲花白,有粉红淡绿两种颜色,味极醇远。在清华读书时,曾和好友资中筠还有她的女友徐谦三人在校园中夜饮。酒从燕京东门外常三小馆买来。我们坐在生物馆高台阶上,望着馆前茂盛的灌木丛,丛中流过一条发亮的小溪。不远处是气象台,那时似乎很高。再往西就是圆明园了。莲花白的味道比杂果酒高明多了。我们细品美酒，作上下古今谈，觉得很是浪漫，对自己的浪漫色彩其实比对酒的兴趣大得多。若无那艳丽的酒，则说不上浪漫了。酒助了谈兴，谈话又成为佐酒的佳品。那时的谈话犀利而充满想象，若有录音，现在来听，必然有许多意外之处。清华诸友近来大都退化做老妪状，只有中筠依旧，但也绝不饮酒了。

酒是有不同喝法的。

据说一位词人有句云："到明朝重携残酒，来寻陌上花钿。"君主见了一笑，说，何必携残酒？提笔改做"到明朝重扶残醉，来寻陌上花钿"。果然清灵多了。这是因为皇帝不在乎残酒，那词人就显出知识分子的寒酸气了。

寒酸的知识分子，免不了操持柴米油盐。先勿论酒且说吃饭，这真是大题目。有时开不出饭来对付一家老小，便搬出方便面。所以我到处歌颂方便面，认为其发明者的大智慧不下于酒的发明者。后来知道方便面主乃一日籍之华人，已得过日本饮食业的大奖，颇觉安慰。

到我的工作单位去上班时，午餐便是一包方便面。几个人围坐进食，我总要称赞方便面不只方便，而且好吃。"我就爱吃方便面。"我边吃边说。

"那是因为你不常吃。"一位同事笑笑,不客气地说。

我愕然。

此文若在一九八七年底交卷,到这里会得出结论云,人需要方便面,酒则可有可无。再告一番煞风景罪,便可结束了。但拖延至今,便有他望。

一九八八年开始,我们吃了约十天的方便面,才知道无论什锦大虾何等名目的佐料,放入面中,其效果都差不多。"因为你不常吃"的话很有道理。常吃的结果是,所需量日渐减少。无怪嫦娥耐不住乌鸦炸酱面,奔往月宫去饮桂花酒了。

人生需要方便面充饥,也需要酒的欣赏。

什么时候,我要好好饮一次黄酒。

## 扔掉名字

宗璞，原名冯锺璞，这是我简历的开场白。原名冯锺璞，就应该行不更名，坐不改姓。怎么又编出一个宗璞来？原因只有一条：我不喜欢"锺"的简体字，它和钟表的"钟"（这个字总让我想起双铃马蹄表）的简体字变成了一个字。锺天地之灵秀和做一天和尚撞一天钟，成了一回事，令人不悦。我曾很反对简体字，比如"潇湘"这两个字，看上去，听起来和引起的联想，都很美。一度曾把它们简化为"肖相"，一切意境都没有了。想想看"潇湘馆"成了"肖相馆"岂不大煞风景。好在后来那一批简化字没有通行。当然有些过于繁杂的字，简化了确也方便，不过一切都需要规范。

再说"锺"字。"锺"字是我们家族的排行，到我这一辈人的名字都有个"锺"，锺字辈的堂兄姊妹共有三十六人。既然它已变成和尚撞的钟，我无论如何也要换一换。那时写文章要个名字，就想了一个和"鍾"字读音相近的"宗"作笔名。稀里糊涂地写在笔下，戴在头上几十年。但是我有职业，有单位，有身份证，那上面的本名是生长在那里的。若真是文名大到如雷贯耳，妇孺皆知，原名或可留待专家考证，考证出几个名字来也是不足奇的，一个字多种多样也可以奉为经典。幸而我这辈子也到不了那步田地。在正式场合，笔名是无效的，需要用本名。我则总写繁体字的"鍾"，以示郑重。后来又因常有人误认为我姓宗，便又在宗璞前加了我的本姓。不料名字问题给我带来很多麻烦。首先是"鍾"和"宗"，冯鍾璞和宗璞、冯宗璞，是不是一个人，常常受到质疑，于是设法在户口本上写上曾用名等等。鍾、宗的问题，可谓自找，谁叫你编造新名字。以后的问题，就属于简化字的规范问题了。

"鍾"字和"宗"字的纠缠，差不多平息了，可是"鍾"字本身麻烦更大。面对事实我只好承认自己的弱小，渐渐承认简化，使用"钟"字，但是问题仍不能解决。我们只承认"钟"，不承认"鍾"。海外只有"鍾"，没有这个简化了的"钟"。有一位名字中也有"鍾"字的难友诉苦说，在往邮局、银行办事时，遇到各种关卡，无非是绕许多圈子，来证明这两个字是一个字。我们谈起来大有同病相怜之感。一次台湾某书局编书时收了我的文章，寄来三十元稿费，可是为了这个"鍾"字，缠夹不清，只好弃而不顾。好在只有三十元，再多一点时，就没有那么慷慨，名字出了问题，就要弄清。派出所说，这两个字不是一个字，不能证明你是同一个人。好容易弄清这两个字是同一个字时，又因是同一个字，不能同时写在户口本上，也就不能证明冯鍾璞和冯钟璞是一个人。因为在一个地方住得久了，大家采取以人为本的态度，一般都可通融。形势好转时，偏偏又出现一个偏旁简化的"锺"。字典上没有这个字，只统一说明，这个偏旁就是"金"的简化，那么"锺"就应该等于"鍾"。这看来很清楚，但办事人员以高度认真负责的精神，不肯承认这是一个字。若是电脑中也没有这个字也就罢了，可是电脑中又偏偏打出了这个字，要和"鍾""钟"分庭抗礼，真是教人怎能不头晕。

几经周折，几个字仍未得到统一，我这个人也好像分成好几个了。哭笑不得之余，我想给自己改一个名字，叫作冯一一（挺可爱的，不是吗？），这好像没有什么出错的机会了。可是不行，有人一见便说这不是破折号吗，建议干脆叫作冯一好了。又马上得知，改名字的手续极为烦琐，要两个邻居证明、单位证明、街道证明、派出所证明等等。这信息可能是胡诌，很不可靠。但不管怎样，名字肯定是改不了的。

我想最好的办法就是把名字里那无理取闹的"钟"，连同它的上家和下家，远远地扔进那春秋不变、水旱不知的大海，做一个"无名"之辈。自己则御风而行，飘然会同了北海若，转往藐姑射之山，大谈一通相对主义。

# 恨书

写下这个题目,自己觉得有几分吓人。书之可宝可爱,尽人皆知,何以会惹得我恨?有时甚至是恨恨不已,恨声不绝,恨不得把它们都扔出去,剩下一间空荡荡的屋子。

显而易见,最先的问题是地盘问题。老父今年九十岁了,少说也积了七十年书。虽然屡经各种洗礼,所藏还是可观。原先集中摆放,一排一排,很有个小图书馆的模样。后来人口扩张,下一代不愿住不见阳光的小黑屋,见"图书馆"阳光明媚,便对书有些怀恨。"书都把人挤得没地方了。"这意见母亲在世时便有。听说有位老学者一直让书住正房,我这一代人可没有那修养了,以为人为万物之灵,书也是人写的,人比书更应该得到阳光空气和推窗得见的好景致。

后来便把书化整为零，分在各个房间。于是我的斗室也摊上几架旧书，《列子》《抱朴子》《亢仓子》《淮南子》《燕丹子》……它们遥远又遥远，神秘又无用。还有《皇清经解》，想起来便觉得腐气冲天。而我的文稿札记只好塞在这些书缝中，可怜地露出一点纸边，几乎要遗失在悠久的历史的茫然里。

其次惹得人恨的是书柜。它们的年龄都已有半个世纪，有的古色古香，上面的大篆字至今没有确解。对这我倒并无恶感。糟糕的是许多书柜没有拉手，当初可能没有这种"设备"——照说也不至于——以至很难开关，关时要对准榫头，关上后便再也开不开，每次都得起用改锥——那也得找半天——可是有的柜门却太松，低头屈身，找下面柜中书时，上面的柜门会忽然掉下，啪的一声砸在头上，直把人打得发昏。这岂非关系人命的大事，怎不令人怀恨！有时晚饭后全家围坐笑语融融之际，或夜深梦酣之时，忽然一声巨响，使人心惊胆战，以为是地震或某种爆炸，惊走或披衣起来查看，原来是柜门掉了下来！

其实这些都不是解决不了的问题，只因我理家包括理书无方，才因循至此。可是因为书，我常觉惶惶然。

这种惶惶然的感觉细想时可分为二。一是常感负疚，一是常觉遗憾。这确是无法解决的。

邓拓同志有句云："闭户遍读家藏书。"谓是人生一乐。在家藏旧书中遇见一本想读的书，真令人又惊又喜。但看来我今生是不能有遍读之乐了，不要说读，连理也做不到。一因没有时间，忙里偷闲时也有比书更重要的人和事需要照管料理。二是没有精力，有时需要放下最重要的事坐着喘气儿。三是因有过敏疾病，不能接触久置积尘的书。于是大家推选外子为图书馆馆长。这些年我们在这座房子里搬来搬去，可怜他负书行的路大约也在百里以上了。在每次搬动之余，也处理一些没有保存价值的东西。一次我从外面回来，见我们的图书馆馆长正在门前处理旧书。我稍一拨弄，竟发现两本丛书集成中的花卉书。要知道丛书集成是四千多本一套的啊！但是我在怒火上升又下降之后，觉得他也太辛苦，哪能一本本都仔细看过？又怀疑是否扔去了珍贵的书，又责怪自己无能，没有担负起应尽的责任。如此怨天尤人，到后来觉得罪魁祸首都是书！

书还使我常觉遗憾。在我们磕头碰脑满眼旧书的居所中，常常发现有想读的或特别珍爱的书不见了。我曾遇一本英文的《杨子》，翻了一两页，竟很有诗意。想看，搁在一边，找不到了。又曾遇一本陆志韦关于唐诗的五篇英文演讲，想看，搁在一边，也找不到了。后来大图书馆中贴出这一书目，当然也不会特意去借。最令人痛惜的是四库全书中萧云从《离骚全图》的影印本，很大的本子，极讲究的锦面，醒目的大字，想细细把玩，可是，又找不到了！也许只在此山中，云深不知处？据图书馆馆长说已遍寻无着——总以为若是我自己找，可能会出现。但是总未能找，书也并未出现。

好遗憾啊！于是我想，还不如根本没有这些书，也不用负疚，也没有遗憾。

那该多么轻松。对无能如我者来说，这可能是上策。但我毕竟神经正常，不能真把书全请出门，只好仍时时恨恨，凑合着过日子。

是曰恨书。

## 卖书

几年前写过一篇短文《恨书》，恨了若干年，结果是卖掉。

这话说说容易，真到要做也颇费周折。

卖书的主要目的是扩大空间。因为侍奉老父，多年随居燕园，房子总算不小，但大部分为书所占。四壁图书固然可爱，到了四壁容不下，横七竖八向房中伸出，书墙层叠，挡住去路时，则不免生闷气。而且新书源源不绝，往往信手一塞，混入历史之中，再难寻觅。有一天忽然悟出，要有搁新书的地方，先得处理旧书。

其实处理零散的旧书，早在不断进行。现在的目标，是成套的大书。以为若卖了，既可腾出地盘，又可贴补家用，何乐而不为。依外子仲的意见，要请出的首先是丛书集成。而我认为这部书包罗万象，很有用，且因他曾险些错卖了几本，受我责备，不免有衔恨的嫌疑，不能卖。又讨论了百衲本的二十四史，因为放那书柜之处正好放饭桌。但这书恰是父亲心爱之物，虽然他现在视力极弱，不能再读，却愿留着。我们笑说这书有大后台，更不能卖。仲屡次败北后，目光转向《全唐文》。《全唐文》有一千卷，占据了全家最大书柜的最上一层。若要取阅，须得搬椅子，上椅子，开柜门，翻动叠压着的卷册，好不费事。作为唯一读者的仲屡次呼吁卖掉它，说是北大图书馆对许多书实行开架，查阅方便多了。又不知交何运道，经过动乱，这书无损污，无缺册，心中暗自盘算一定卖得好价钱，够贴补几个月。经过讨论协商，顺利取得一致意见。书店很快来人估看，出价一千元。

这部书究竟价值几何，实在心中无数，可一千元也太少了！因向北京图书馆馆长请教。过几天馆长先生打电话来说，《全唐文》已有新版，这种线装书查阅不便，经过调查，价钱也就是这样了。

书店来取书的这天，一千卷《全唐文》堆放在客厅地上等待捆扎，这时我才拿起一本翻阅，只见纸色洁白，字大悦目。随手翻到一篇讲音乐的文章："烈与悲者角之声，欢与壮者鼓之声；烈与悲似火，欢与壮似勇。"

作者李磎。心想这形容很好，只是久不见悲壮的艺术了。又想知道这书的由来，特地找出第一卷，读到嘉庆皇帝的序文："天地大文日月山川万古昭著者也。人受天地之中以生，经世载道，立言牖民。观乎人文以化成天下。文之时义大矣哉！"又知嘉庆十二年，皇帝得内府旧藏唐文善本一百六十册，认为体例未协，选择不精，命儒臣重加厘定，于十九年编成。古代开国皇帝大都从马上得天下，以后知道不能从马上治之，都要演习斯文，不敢轻渎知识的作用，似比某些现代人还多几分见识。我极厌烦近来流行的宫廷热，这时却对皇帝生出几分敬意，虽然他还说不出科学技术是生产力这样的话。

书店的人见我把玩不舍，安慰道，这价钱也就差不多。以前官宦人家讲究排场，都得有几部老书装门面，价钱自然上去。现在不讲这门面了，过几年说不定只能当废纸卖了。

为了避免一部大书变为废纸，遂请他们立刻拿走。还附带消灭了两套最惹人厌的《皇清经解》。《皇清经解》中夹有父亲当年写的纸签，倒是珍贵之物，我小心地把纸签依次序取下，放在一个信封内。可是一转眼，信封又不知放到何处去了。

虽然得了一大块地盘，许多旧英文书得以舒展，心中仍觉不安，似乎卖书总不是读书人的本分事。及至读到《书太多了》（《读书》杂志1988年7月号）这篇文章，不觉精神大振。吕叔湘先生在文中介绍一篇英国散文《毁书》，那作者因书太多无法处理，用麻袋装了大批初版诗集，午夜沉之于泰晤士河，书既然可毁，卖又何妨！比起毁书，卖书要强多了。若是得半夜里鬼鬼祟祟跑到昆明湖去摆脱这些书，我们这些庸人怕只能老老实实缩在墙角，永世也不得出来了。

最近在一次会上得见吕先生，因说及受到的启发。吕先生笑说："那文章有点讽刺意味，不是说毁去的是初版诗集嘛！"

可不是！初版诗集的意思是说那些是不必再版，经不起时间考验的无病呻吟，也许它们本不应得到出版的机会。对大家无用的书可毁，对一家无用的书可卖，自是天经地义。至于卖不出好价钱，也不是我管得了的。

如此想过，心安理得。整理了两天书，自觉辛苦，等疲劳去后，大概又要打新主意。那时可能真是迫于生计，不只为图地盘了。

## 乐书

多年以前,读过一首《四时读书乐》,现在只记得四句:"读书之乐乐何如?绿满窗前草不除。""读书之乐乐无穷,瑶琴一曲来薰风。"这是春夏的情景,也是读书的乐境。"绿满窗前草不除"一句,是形容生机盎然的自由自在的情趣。"瑶琴一曲来薰风"一句,是形容炎炎夏日中书会给人一个清凉世界。这种乐境只有在读书时才会有。

作者写书总是把他这个人最有价值的一面放进书里,他在写书的时候,对自己已经进行了过滤。经常读书,接触的都是别人的精华。读书本身就是一件聪明的事,也是一件快乐的事。陶渊明说:"每有会意,便欣然忘食。"金圣叹读到《西厢记》中"他不瞅人待怎生!"一句,感动得三日卧床不食不语。这都是读书的至高境界。这不只是书本身的力量,也需要读者的会心。

我不是一个做学问的读书人,读书缺少严谨的计划,常是兴之所至。虽然不够正规,也算和书打了几十年交道。我想,读书有一个"分—合—分"的过程。

"分"就是要把各种书区分开来,也就是要有一个选择的过程。现在书出得极多,有人形容,写书的比读书的还多,简直成了灾。我看见那些装帧精美的书,总想着又有几棵树冤枉地献身了。"开卷有益"可以说是一句完全过时的话,千万不要让那些假冒伪劣的"精神产品"侵蚀。即便是列入必读书目的,也要经过自己慎重选择。有些书评简直就是一种误导,名实不符者极多,名实相悖者也有。当然可读的书更多。总的说来,有的书可精读,有的书可泛读,有的书浏览一下即可。美国教授老温德告诉我,他常用一种"对角线读书法",即从一页的左上角一眼看到右下角。这种读书法对现在的横排本也很适用。不同的读法可以有不同的收获,最重要的是读好书,读那些经过时间圈点的书。

书经过区分,选好了,读时就要"合"。古人说"读书得间",就是要在字里行间得到弦外之音,象外之旨,得到言语传达不尽的意思。朱熹说读书要"涵泳玩索,久之当自有见"。"涵泳"是在水中潜行，也就是说必须入水，与水相合，才能了解水，得到滋养润泽。王国维谈读书三境界，第三种境界是"蓦然回首，那人却在灯火阑珊处"，这种豁然贯通，便是一种会心。在那一刻间，读者必觉作者是他的代言人，想到他所不能想的，说了他所不会说、不敢说的，三万六千个毛孔都张开来，好不畅快。

古时有人自外面回家，有了很大变化，人们便议论，说他不是遇见了奇人，就是遇见了奇书。书对人的影响是非常大的。不过要使书真的为自己所用，就要从"合"中跳出来，再有一次"分"，把书中的理和自己掌握的理参照而行。虽然自己的理不断受书中的理影响，却总能用自己的理去衡量、判断、实践。用现在的话说就是活学活用，用文一点的话说，就叫作"六经注我"。读书到这般地步，不只有乐，而且有成矣。

其实，这些都是废话，每个人有自己的读书法，平常读书不一定都想得那么多，随意翻阅也是一种快乐。我从小喜欢看书，所以得了一双高度近视眼。小时候家里人形容我一看书就要吃东西，一吃东西就要看书，可见不是个正襟危坐的学者，最多沾染了些书呆气，或美其名曰书卷气。因为从小在书堆中长大，磕头碰脑都是书，有一阵子很为其困扰，曾写了《恨书》《卖书》等文，颇引关注。后来把这些朋友都安排到妥当或不甚妥当的去处，却又觉得很为想念，眼皮子底下少了这一箱那一柜或索性乱堆着的书，确实失去了很多。原来走到房屋的每一个角落，都可以接触到各种宏论，感受到各种情感，这里那里还不时会冒出一个个小故事。虽然足不出户，书把我的生活从时空上都拓展了。因为思念，曾想写一篇《忆书》，也只是想想而已。近几年来眼疾发展，几乎不能视物，和书也久违了。幸好科学发达，经治疗后，忽然又看见了世界，也看见经过整顿后书柜里的书。我拿起几部特别喜爱的线装书抚摸着，一部《东坡乐府》，一部《李义山诗集》，一部《世说新语》。还有一部《温飞卿诗集》，字特别大，我随手翻到"捣麝成尘香不灭，拗莲作寸丝难绝"，不觉一惊——现在哪里还有这样的真诚和执着呢？

寒暑交替，我们的忙总无变化，忙着做各种有意义和无意义的事。我和老伴现在最大的快乐就是每晚在一起读书，其实是他念给我听。朋友们称赞他的声音厚实有力，我通过这声音得到书的内容，更觉得丰富。书房中有一副对联："把酒时看剑,焚香夜读书。"我们也焚香,不过不是龙涎香、鸡舌香,而是最普通的蚊香,以免蚊虫骚扰。古人焚香或也有这个用处?

四时读书乐,另两时记不得了。乃另诌了两句,曰:"读书之乐何处寻?秋水文章不染尘。""读书之乐乐融融,冰雪聪明一卷中。"聊充结尾。

## 行走的人
### ——关于《关于罗丹——日记择抄》

曾对朋友说,若到巴黎去,一定得带上熊秉明著《关于罗丹——日记择抄》这本书(台湾雄狮图书公司出版),它能帮助理解罗丹,欣赏罗丹。

难道只是去巴黎时,看罗丹雕塑时,才需要这本书吗?其实不是的。在人生的行程中,若想活得明白,活得美些,都应读一读这本书。

许多书的归宿是废纸堆,略一浏览,便可弃去。部分书的归宿是书柜,其中知识,可以取用。有些书的归宿则在读者的灵魂中。这书便是那样,印在那里,化在那里,亮在那里。

书的封面上印着罗丹创作的铜像"行走的人",没有头,也没有双臂,却迈开大步,在行走。书中说,这是任何自然的阻力都抵挡不住的主体精神力量的显现。

> 那一个奋然迈步的豪壮的姿态，好像给"走路"一个定义，把"走路"提升到象征人生的层次去，提升到"天行健"的哲学层次去。
>
> 人果真有一个目标吗？怕并没有。不息地前去即是目的。全人类有一个目的吗？也许并没有。但全人类都亟亟地向前去，就是人类存在的意义。

这是作者一九四七年的日记。我没有见过那塑像，但已被这文字感染了，启发了。

书中有许多精辟的充满哲理的艺术见解，也讲到哲学和艺术的关系。"画一个苹果，若不能画出苹果以上的意义，那大可不必画。哲学不包含丰富的现实，也一样没有价值。"我注意到这一段话是在读小说后写的。那小说是德国黑塞的《纳齐思和戈德蒙》。

忽然记起有一位旅居海外的哲学家曾对我说，很羡慕你们写小说的人。何以呢？不明白。

一个有哲学头脑而又有艺术实践的人是有福的；一个沐浴在西方艺术之中而又曾为中国文化所"化"过的

人更是有福的。书中谈到东西方艺术鉴赏的差别,谈到"人体的诗篇"、浪漫主义的主要观念等。深刻的睿智的见解仿佛很不经意地从笔端流出,让读者也觉得自己聪明了许多。

一九四九年和一九五〇年,作者两次记述了和朋友讨论回国问题。回不回去?他们处在人生的十字路口,各自做出抉择。一九五〇年初,他们曾有一次彻夜谈话,朋友们回国,作者因要继续学习,留在巴黎。在这一天日记后有一个"今注",是一九八二年的注:

> 三十年来的生活就仿佛是这一夜谈话的延续——当时不可知的,预感着的,期冀着的,都或已实现,或已幻灭,或者已成定局,有了揭晓。醒来了,此刻。抚今追昔,感到悚然与肃然。

曾有人把回来的和不回来的,不出去和出去的同一代人比作申生与重耳。果然那回来的艺术家经过不断沉痛忏悔,竟以为自己的绘画是浪费了纸张,自觉地满街捡马粪纸,以赎前愆。作者对朋友的同情是深厚的,他知道生活的分量,不像有些人只知一味责备别人的检讨。

不过在揭晓之后,还有揭晓,又会有新的不可知,新的预感和期冀。

若无隽永的文字传达这些妙赏和深情,就不成为现在的"日记择抄"了。那文字是绝妙的,咀嚼三日而有余味。不知道作者怎样获得这样的文字功夫,毫不着力的功夫。照说他该有数学的天赋。

熊秉明,现任巴黎第三大学教授,是数学家熊庆来先生之子,也曾是清华子弟。少年时在清华西院,那荷塘的一侧居住过,云南是他的家乡。《择抄》中记了他对中国人——昆明人的面貌的怀念。"那面型我熟悉极了,那上面的起伏,是我从小徜徉游乐其间的山丘平野,我简直可以闭着眼睛在那里奔驰跳跃,而不至于跌仆。"

扯不断的乡思,把他从巴黎拉近了。世界在变小,因为,人在行走。

走向前去。向前去!

## 读书断想

每当独坐时,常有一种幸运之感。因为我有眼睛可以读书,有耳朵可以听音乐。人类创造了这么多好东西,让人来不及地去亲近,而无暇寂寞。

书是我最好的朋友。一本本书打开一个又一个世界,符合古训择友条件之一"友多闻"。比较来说,书又不需特别设备和繁杂操作,一卷在手,便可领略,对于有些愚懒的人很合适。

有的书可以反复读,直至几个世纪;有的书一遍未终,便可弃置。这两种书像两条永不相交的平行线,永远不会彼此了解。有一位哲人说,前者是真实的书,是有灵魂的,活生生的;后者是表面的书,迷雾一片,唬人而已。真实的书读多么多也不嫌多,表面的书读多么少也不嫌少。

要读书，而且要读好书。

也是这位哲人说过，不读书是很不合算的事，因为书里集中了作者的经验和智慧——这当然是指那些真实的好书。一本好书的作者本人，有时并不一定讨人喜欢，而他的追求、心血，他的好的方面却都倾注在书里了。他的书是他的精华。读书，是取其精华，又何乐而不为呢。

一个人的存在，大体上可有两方面：一是这个人是什么，就是说，他是怎样的人，有怎样的人格，包括品德、学识、性情等。一是他有什么，包括地位财产等。社会愈向前发展，一个人是什么和有什么愈应一致。读书可以改变一个人的精神面貌和内在气质，可以改变他本人，而增加人格的力量。

"书中自有黄金屋，书中自有颜如玉"的时代已经过去了。但是读好书永远可以帮助你提高自己，发展自己。读到的知识属于你，获得的精神力量属于你。好书永远不会欺骗，永远是你可靠的朋友。

要读书，要读好书。

## 书当快意

"书当快意"后面本来还有三个字"读易尽",说的是人生中的憾事。读书正读得高兴,却已经完了,令人若有所失。其实细想起来,书已尽也算不得什么,可以重读、再读、反复读。一本书,它该经得起反复读,才算得好书。这篇小文,除介绍我曾读得快意的书外,还想介绍两位老古董人物所嘉许的老古董书。这些书可能读起来并不顺利。

王国维在《静安文集续编·文学小言》中说:"三代以下之诗人,无过于屈子、渊明、子美、子瞻者。此四子,苟无文学之天才,其人格亦自足千古。故无高尚伟大之人格,而有高尚伟大之文学者,殆未之有也。"他提出必需"感自己之所感,言自己之所言",才能产生伟大的文学。又说:"宋以后之能感自己之感,言自己之所言者，其唯东坡乎！山谷可谓能言其言矣，未可谓能感所感也。"可见能言其言比能感所感要容易。言其言需要艺术的功力，感所感则需要人格的力量。在无法享有完整的人格时，是无法感自己所感的。

屈子的诗篇自以《离骚》为最，我却偏爱《九歌》。"若有人兮山之阿,被薜荔兮带女萝,既含睇兮又宜笑,子慕予兮善窈窕。"那神态多美！"袅袅兮秋风,洞庭波兮木叶下。"那景色多美。"带长剑兮挟秦弓,首身离兮心不惩""身既死兮神以灵,魂魄毅兮为鬼雄！"那精神多么伟大，千载下仍然感人至深。综观我们文学的发展，实觉得对浪漫主义继承得太少了。

陶渊明和杜甫声名之高，影响之大，世所共知。我说不出什么新鲜话。手边有中华书局的《陶渊明集》（逯钦立校注）、人民文学出版社的《杜甫诗选注》（萧涤非选注），都是普及本，对把诗读懂很有帮助。

我从少年时便喜东坡文字，多次宣称愿为苏门弟子——假如考得上的话。今见静安居士"宋以后之能感自己之感，言自己之所言者，其唯东坡乎"之语，才知道这位老人也是东坡知己。而且现在似乎谈论苏学的人日见其多。东坡的一个特点是有仙气。他不同于"仙人摩我顶""餐霞漱瑶泉"的李白。他经受的苦难更深,和老百姓也更贴近,他的仙气从地下升起,贯穿于至情至性之中,贯穿于绝代才华创造的艺术意境之中。我总觉得这些文学作品有点像莫扎特的音乐作品。四川巴蜀书社出版了《苏轼全集》。若能有一个诗、词、文俱备的选本最好。

此四子外我想加一位,李义山。义山诗是另外一格。如果说他算是唯美主义,我举双手拥护唯美主义!

现在提到高尚、伟大、美等字眼,好像有点不大时髦。不过我还是想说,在我们当今无比浮躁、无比实际的世界,最好读一读诗。莎士比亚通过他的一个人物说"最真的诗是最假的谎言"。诗是谎言,不错。可就凭这美丽的谎言,我们干枯的心灵,或可润泽一些。在没有能力把现实丑化为艺术美的时候,过于赤裸的描写,实在让人受不了。

叔本华在《论文学形式》一文中说,世间最好的四部小说是《唐·吉珂德》《项迪传》《新爱洛绮丝》和《维廉·迈斯特》。他的标准是愈能深入内心愈好,反之愈差。

《唐·吉珂德》是全世界的明星,不必说了。《项迪传》全名为《特利斯川的生平和见解》,英国劳伦斯·斯泰恩（1713—1768）所作。各文学史都说它的叙述时间颠倒、头绪纷出，以情感的变化为准，而不按照事态发展的逻辑。有时突然中断，留下空白让读者补充。斯泰恩认为文学的任务是描写人的内心世界，与叔本华正相合。数年前我向外文所借得第一卷（全书共四卷），至今没有读完。

《新爱洛绮丝》的作者是卢梭，全书以书信体写成，有很多感情的倾诉。据说写景亦是一绝。勃兰兑斯在《十九世纪文学主潮》中有一节专讲此书，说它有三点重要意义：打击了当时的风流时尚，以男女主人公的不平等地位代替门当户对，以道德信念确认婚姻神圣。遗憾的是，我没有看过这书，还不知什么时候有机会看。

《维廉·迈斯特》是歌德最重要的文学作品。写一个少年的成长。这类小说在德国文学史上称为修养小说或发展小说，也称教育小说。歌德曾对爱克曼说，这书的主要意义很难说，如果一定要找一个，可用书末一个人物对主角说的话："我觉得你像基士的儿子扫罗，他出去寻找他父亲的驴，而得到一个王国。"后来常有人从这比喻引申出一句话："维廉寻求戏剧艺术，而得到人生艺术。"（引自冯至译序）

也许有人会问，这些书有的你没有看完，有的你根本没有看过，凭什么写在这里？我想我们荐书不过是一种提示，可以荐自己之所见，也可以转转手荐他人之所见。也许哪一天，会从叔本华的见解中得到点什么。希望每个人在出去找驴时，都得到一个王国。

我自己近几年读得最有兴趣的书，是冯友兰著"哲学三史"。"三史"者，《中国哲学史》（两卷本）、《中国哲学简史》、《中国哲学史新编》（七卷本）是也。

《中国哲学史》出版于三十年代，是我国第一部完整的用现代方法写作的哲学史。绪论中讲到，西方哲学史著述多用叙述，中国过去的哲学史多用选录。这部书则用叙述和选录相结合的方式。其叙述，经过潜心研究仔细梳理，把庞杂的历史讲得条理分明。譬如："合同异""离坚白"这六个字，原来哲学史上并没有，是作者钻研总结出来，让人一看就头脑清醒。其选录，于讲解时配合节选原著主要篇章，使读者能看到本来面目。有人以引文多为此书病，孰知这正是作者有意为之，便使一书在手，整个中国哲学思想的来龙去脉全在目前。

《中国哲学简史》原用英文写作，于一九四八年在美国出版，一九八五年由华中理工大学教育研究所涂又光教授译为中文。我曾将中、英文对照通读，译文流利。这是一本有趣味、省时间的书。全书不过二十万字，却能不只勾画出中国哲学发展的轮廓，还使读者品味到中国哲学的真髓，可谓出神入化。我常想这本书像是太上老君炼出来的仙丹，经过熔炼，把浩繁的史册浓缩得可以一口吞，我们怎能不感谢作者呢！北大哲学系博士生导师陈来教授最近在电视台荐书时说："冯先生用这样一个不大的篇幅，把几千年中国哲学的历史内容，深入浅出，讲得非常透彻、非常精彩。这样的著作，我在世界上还没有见过第二本。"想来我的欣赏不能算是外行。

《中国哲学史新编》约一百五十万字，写作用时十二年。七卷各卷的内容是：先秦诸子、两汉经学、魏晋玄学、隋唐佛学、宋明道学、近代变法、现代革命。不只较两卷本详尽，且时有新意。实在是一部大文化史。作者在第四册自序中说，因为抓住了主题，对玄学和佛学的分析比以前加深了。第六册中提出大胆的看法：太平天国向西方学习的不是长处，而是中世纪神权政治。推而论之，对曾国藩的评价也一反时贤，认为他阻止了中国的倒退。作者曾说写此书愈到后来愈感自由。可谓"感自己之所感，言自己之所言"了。第七册中更有许多新论,惜乎此卷迄今尚未在内地出版。

记得似乎是列宁说过,读书要有计划,不然不如不读。这和我们"开卷有益"的想法大不同。我想两者可以相互补充,也不必做太功利的打算,只要"书当快意"便是了。

## "字典"的困惑

梁启超的《少年中国》中有一句云："老年人如字典，少年人如戏文。"我早已告别了"戏文"，现在大概渐渐定型为"字典"了。辞典是古板的、教条的，恐怕我也是免不了有这些框架。《群言》要讨论文学创作的问题，要我也说几句话，只好从框架探出头来说几句。

我近年目力很差，读书不多，就接触到的作品而言，有的令人欣喜，有的发人深思，还有一些令人困惑。何者使我困惑——且不说人——那就是太多的、不必要的关于性的描写，有些颇有新意深意的作品也要写上几段，似乎少了这个便不成文。性是生物延续后代的本能，是生物所普遍共有的。我们看见植物亦分雄雌，各种果实的结成需要授粉，觉得自然界真是奇妙。但是生物是不自觉的，而人是有理性、有情感的，是自觉的。现在的许多描写把人的自觉的、感情的活动降低为生物的本能的活动，对此津津乐道，写个没完，这些描写的客观效果我想是和黄色电影、录像带等差不多的。那些炮制录像带的人只知唯利是图，不顾其他，而我们的作者，甚至是很有才能的作者也这样做，实在是令人不可解。据说其中还有深奥的意义，大概就更非"字典"所能够了解的了。

"字典"应该是理智的，已经成了格局的，无动于衷的。可能修炼还不到家，我有时还会感到气愤。有一些描写实际上是把妇女作为玩物，完全是不平等的，作者的立场比封建时期的文人并没有半点进步。在作者的笔下，那些妇女生活中最大的要求好像就是供人消遣。《金瓶梅》当中有一个仆妇宋惠莲，她为西门庆所霸占，在西门庆害死了她的丈夫以后，宋惠莲也投缳自尽。宋惠莲在一种混乱的生活中还有一股刚烈之气，而现在我们的有些小说中的女性人物连这一点人气都没有了，有的只是生物的活动。张潮的譬喻常对妇女取玩赏态度；张岱《西湖梦寻》中有文写一雏妓，实在缺乏同情心。我曾批评他们不把妇女放在平等地位，但我以为他们如果是现代人，必也不赞同把妇女当作猫狗一样的宠物。

现在看来,现代人的文明意识并不是生活在现代就能具有的,即使生活在现代,也不一定会有多么明白,还需要努力。

新春伊始,我只有一点小小的希望,希望我们的作品能干净些,正常些。那么,"字典"就该老实地待着,少些困惑。

## 告别阅读

二〇〇〇年,正逢阴历龙年。春节前,看到各种颜色鲜艳、印刷精美的贺卡,写着千禧龙年,街上挂着红灯,摆着花篮,真觉得辉煌无比。

龙年是我的本命年,还未进入龙年,便有人说,你要准备一条红腰带。我笑笑说,才不信那些呢。临近兔年除夕,我站在窗前,突然眼前一黑,左眼中仿佛遮上了一层黑纱帘,它是我依靠的那只眼睛,右眼早已不大能用。现在一切都变得朦胧,这是怎么了?我很奇怪。自从去年夏天,做过白内障手术后,我已经习惯了过明白日子,而且以为再不会糊涂,现在的情况显然是眼睛又出了问题。因为就要过节,只好等到春节后再去就医。

龙年的第一件大事便是去医院。诊断是我没有想到的:视网膜脱落。医言只要做一个小手术,打气泡到眼睛里，即可复位。我便听医生的话住院，做手术。手术后真有两周令人兴奋的时光，眼前的纱帘没有了，一切和以前差不多，头脑似乎还更清楚些。

不料十几天后，气泡消尽，再加上我患喘息性支气管炎，咳嗽得山摇地动。二月二十七日，视网膜再次脱落。

我只有再次求医，医生还是说要打气泡。我想这次脱落的范围大了，气泡是否顶得住。经过劝说，还是做了打气泡的决定。

当时我认为咳嗽是大敌，特住进医院求保护，果然咳嗽是躲过了，但仍然没有躲过网脱。

三月二十日，气泡快消尽时，视网膜第三次脱落。气泡果然不能完成任务。我清楚地看见，视网膜挂在眼前，不再是黑纱，而像是布片。夜晚，我久不能寐，依稀看见窗下的月光，月光淡淡的，我很想去抚摸它。我怕自己再也不能感受光亮。查夜的护士问，为什么不睡，有什么不舒服。我只能说，我很不幸。

第三次手术，是把硅油打在眼睛里，是眼科的大手术。手术确定了，可是没有床位。一天天过去了，可以清楚地感觉到网脱的范围越来越大，后来，无论怎样睁大眼睛，眼前还是一片黑暗，无边无涯，没有人帮助我解脱。忽然，我仿佛看见了我的父亲,他也在睁大了他那视而不见的眼睛,手拈银须,面带微笑,安详地口授巨著。晚年的父亲是准盲人,可是他从未停止工作,以后父亲多次出现在黑暗中,像是在指点我,应该怎样面对灾祸。

终于熬到住进了医院,到了做手术的这天,上手术台前的诊断是,视网膜全脱。

在手术室里还和麻醉师有一番争论。麻醉师很年轻,很认真负责。她见我头晕,十分艰难地躺上手术台,便不肯用原订的麻醉计划,说:"你这是要眼睛不要命。要我用麻醉最好再签一回字。"经主刀医生解释,已经过各科会诊,麻醉师最后同意用局麻进行手术。她怕我出问题,给麻药很吝啬。于是我向关云长学习,进行了一次刮骨疗毒。麻醉师也是有道理的,疼是小事,命是大事。就是手术安排的不恰当,时间的延误,我都没有什么好抱怨的,我只怪一个人,那就是上帝。他老人家造人造得太不完美了,好好的器官,怎么要擅离职守掉下来,而且还顽固地不肯复位。头在颈上,手在臂上,脚在腿上,谁曾见它们掉下来过,怎么视网膜这样特别。

其实,我自己也知道这不过是几句气话。网脱是一种病,高度近视是起因。我再一次被病魔擒获。

手术顺利，离战胜病魔还很远。接下来的是长期俯卧位——趴着。人是站立的动物，怎么能趴着呢？为了眼睛也渐习惯了。据说手术成功与否和是否认真趴着很有关系。硅油的作用是帮着视网膜重新长好。三个月到半年后，再做一次手术将油取出。油取出后常有网膜重落的病例。我真奇怪科学发达这样迅速，怎么对网脱的治疗没有完善的办法。用油或气顶住，气消失油取出后，重脱的可能性极大，也只能到时候再说了。希望我这是杞人忧天。

手术后，重又感觉到光亮。视力已经很可怜，但是能感觉光亮。光亮和黑暗是两个世界，就像阳间和阴间一样。我又回到了阳间，摆脱了黑暗，我很满足。回到家中，我在房间里走来走去，还可以指出窗帘该换，猫该洗了。丁香早已开过，草玉兰还剩几朵，我赶上了蔷薇花，有人家的蔷薇一直爬到楼上，几百朵同时开放，我看不清楚花朵，但能感受到那是一大幅鲜艳的画图。

但是我不再能阅读。

对于从小躲在被子里看小说的我来说，不能阅读真是残酷的事。文字给了我多么丰富，多么美妙的世界。小小的方块字，把社会和历史都摆在了面前。我曾长时期因患白内障不能阅读，但那时总怀有希望，总以为将来总是要看书的，午夜梦回，开出一长串书单，我要读丘吉尔的文章，感受他的文采，《维摩诘所说经》、苏曼殊文都想再读。白内障手术后，这些都未做到，但是希望并未灭绝。视网膜的叛变，扑灭了读书的希望，我不再能享受文字的世界，也不再能从随时随地磕头碰脑的书中汲取营养。我觉得自己好像孤零零地悬在空中，少了许多联系，变得迟钝了，干瘪了，奇怪的是我没有一点烦躁。既然我在健康上是这样贫穷，就只能安心地过一种清贫的生活。我的箪食瓢饮就是报刊上的大字标题，或书籍封面上的名字，我只有谨慎地保护维持目前的视力，不要变成盲人。

我的父亲晚年成为准盲人，但思想仍是那样丰富，因为他有储存，可以"反刍"。这一点我是做不到的。听人读书也是一乐，但和阅读毕竟是不一样的。幸好我还有一位真正可听的朋友，那就是音乐。

文学和音乐，伴随着我的一生。可以说，文学是已完嫁娶的终身伴侣，音乐是永不变心的情人（如果世界上有这种东西的话）。文学是土地，是粮食；音乐是泉水，是盐。文学的土地是我耕耘的，它是这样无比宽广，容纳万物。音乐的泉水流动着，洗涤着听者的灵魂，帮助我耕耘。

我又站在窗前，想起父亲在不能读写时，写出的那部大书，模糊中似乎看见老人坐在轮椅上，指一指院中的几朵蔷薇，粉红色的花瓣有些透亮。忽然间，"桃色的云"出现在花架边，他是盲诗人爱罗先珂笔下的精灵——春的侍者。我揉揉眼睛，"桃色的云"那翩翩美少年，手持蔷薇花，正含笑站在那里。

我不能读书，可是我可以写书。也许，我不读别人的书，更能写好自己的书。

我用大话安慰自己，平心静气地告别阅读。

## 耳读《苏东坡传》

平生最爱东坡文字。十来岁时,在昆明乡下,初读前后赤壁赋,那是父亲要求我们背的。文中情景"白露横江,水光接天。纵一苇之所如,凌万顷之茫然",使人如置身其中;议论虽不太懂,却也易读易背,好文章总是容易记得。后来又迷上了东坡诗词,也深慕东坡为人。一首《江城子》"十年生死两茫茫,不思量,自难忘"。我玩味了几十年,到现在才真的体会了那分量。苏东坡除留给我们宝贵的文学遗产外,还留下了造福百姓的各种工程,我觉得他真是了不起。其实我的了解很不全面,今年初始,读了林语堂著《苏东坡传》,才了解到他伟大人格的精髓。

写古人的传记,很难。我们没有见过传主,不认识他,只能凭借文字材料,这就要用得准确。最怕的是,望文生义，断章取义，连编带造，幻想丰富，写出来的是传记作者想象的人物，和传主相距何止十万八千里。这本《苏东坡传》也是凭材料写的，但它把握了材料的真意（好在那时还不需要现在这样深奥的"辨伪学"），一幅幅历史画面都是真实可信的。一部好的传记需要驾驭材料的本领，从中也可以看出作者的见识，甚至显示出他自己的人格。

林语堂的名字也是大家熟悉的。惭愧得很，我以前以为，他只是写点中国文化给西方人看，小说也不见得是上乘。可是这本《苏东坡传》，给了我们一个真实的苏东坡。不只是他坎坷的遭遇，也写出了他的精神，他的性格。没有对中国文化的深刻理解，是写不出的。读完这本书，我对书的作者深生敬意。

苏东坡关心人，关心民间疾苦，这是他一生的底色。书中举出他的三件事情，说它们是人道主义的表现。他被贬谪黄州时，对当地百姓因贫穷而杀死婴儿的情况深为惊骇，写信给太守，呼吁制止杀婴。他在信中叙述了杀婴的情况，并做出建议："公更使令佐各以至意，诱谕地主豪户。若实贫甚不能举子者，薄有以赒之。人非木石，亦必乐从。但得初生数日不杀，后虽劝之使杀，亦不肯矣。自今以往，缘公而得活者，岂可胜计哉！"

元祐七年，南方连日大雨，洪水成灾，百姓无衣食，在雨中奔走。而因为青苗法的关系，他们还背负了很重的债务，债主是朝廷。东坡亲眼看到这种情景，夜不能寐，接连七次上表太皇太后，请求宽免贫民的债务。这七次表章可以看作一个文件。

他被贬海南，遇赦回到北方时，知道章惇获罪流放，他给章惇之子的复信如下：

"某与丞相定交四十余年，虽中间出处稍异，交情固无所增损也。闻其高年寄迹海隅，此怀可知。但已往者更说何益？惟论其未然者而已。主上至仁至信，草木豚鱼所知也。建中靖国之意，可恃以安。……所云穆卜，反复究绎，必是误听。纷纷见及已多矣，得安此行为幸。……见今病状，死生未可必。自半月来，食米不半合，见食却饱。今且速归毗陵，聊自憩。此我里，庶几少休，不即死。书至此，困惫放笔，太息而已。（一一〇一年）六月十四日。"要知道章惇迫害元祐党人最厉害，把苏东坡一直放逐到海角天涯的儋州。旅途中，多次刁难，不准坐船，经过恳请才能坐一段，还要限定时间。到达目的地，又不准住官舍，东坡不得不结茅而居。连最初允许东坡暂住官舍的太守也被革职。现在，章惇获罪，也被放逐。东坡对他的态度是何等的宽容，充满了同情关心。"闻其高年寄迹海隅，此怀可知。——得安此行为幸"，关切之情，跃然纸上。

林公说这三个文件，是人道精神的三个文献。东坡的人道精神还有多方面表现。诸如修水利，建医院，舍药方，赈灾等。几乎贯穿了他为官和被贬的全部生活。

书中还着重指出了东坡的民主精神。在他给门人张耒的一封信里，他说："文字之衰，未有如今日者也，其源实出于王氏。王氏之文，未必不善也，而患在好使人同己。自孔子不能使人同，颜渊之仁，子路之勇，不能以相移。而王氏欲以其学同天下。地之美者，同于生物，不同于所生。惟荒瘠斥卤之地，弥望皆黄草白苇。此则王氏之同也。"又在给太皇太后的上书中说："人虽能言，上下隔绝，不能自诉，无异于马。"他主张每个人都应该能表达自己的意见，如果说出来，有关方面听不到，人不如马。如果根本没有说话的权利，岂非更不如马。他和司马光的意见不同，但都不要求别人"从己"。自由发表意见，不算民主，必须能自己自由发表意见，又能尊重别人发表意见的权利，才是民主。有一位年轻人问我:"西南联大的时期,三校合作无间。那些人都是学富五车、才高八斗的人物,怎么能彼此合作?"我高中毕业那年,正值复员,西南联大解散,我只是联大附中的学生。但因父兄辈在世者渐少,便也常被问及当时情况。我想,先生们大多对中西方文化都有了解,有很高的素养,知道民主的真谛在不只发展自己,也要尊重别人。也就是现在常说的不仅要做到少数服从多数,还要做到多数承认少数的存在。如果多数要消灭少数,就算不得民主。这种精神千年前的东坡已经具有,是何等的可钦敬。

东坡的乐观态度给后人精神的净化和鼓舞,在这本书中也得到很好的表现。无论是在黄州的穷乡僻壤或是在惠州瘴疠之地,甚至在大海的那一边的儋州,居无屋,食无米,却还兴致勃勃地和人谈神说鬼。在惠州,曾建议修建公共水利;在儋州,自己造墨,几乎把房子烧了。

东坡在黄州住了四年,又被调来调去,被任命为登州(今蓬莱)太守,只做了五天,就应召进京。这样短的时间里,他还向朝廷建议更改盐税。可惜出自何处,现在我记不得,也无力查,此传未提此事。这在东坡的诸多功绩中,也许不足道,但这也是一件为百姓造福的事，所以当地居民一直怀念他，编出了九朵莲花的传说。说是八仙过海的时候，来了九朵莲花，其中一朵是为东坡准备的，可是他没有去。看来，大家都觉得东坡是应该飘飘然坐在莲花上的。

从书中记述看到，东坡有多位女性知己。他得到几位皇后的关注，尤其是英宗的皇后，也是神宗的皇太后，又是哲宗的太皇太后高氏，极欣赏东坡的才华。东坡的政绩大多得到她的支持。东坡的原配和继配，两位王夫人都很贤德，侍妾朝云，虽然没有得到夫人的名分，在东坡生活中却有极重要的地位。以前以为她是杭州名妓。此传中说，她是苏夫人在杭州买的小丫鬟，进府时只有十二岁。曾见东坡一篇文字，说朝云入府时并不识字，大概是丫鬟较确切。不管她的出身如何，朝云极美且有慧根，是无疑的。秦观说朝云"美如春园，目似晨曦"。《红楼梦》第二回，贾雨村论到异气凝聚，从而产生一些不平凡的人物，也提到朝云，把她和薛涛、崔莺、卓文君并论。朝云随侍东坡，远涉蛮荒，身染疟疾而亡，惠州现有朝云墓，上有一亭，名为六如亭。我曾想为朝云写一小说，题目就叫作《六如亭》，也曾想写一篇《五日太守》，讲登州事。像我的许多胡思乱想一样，只在脑中驰骋，永远不得出世。

林公写到东坡停止呼吸，便停了笔，没有写他葬在何处。我偶然得知，东坡和子由葬在河南郏县，今属平顶山市。不知什么缘分，他们长眠在那里。我很想去瞻仰，不过看来是无望了。现在只能在室中行走，以几步路当作万里之行。

环顾陋室，斑驳如抽象画的北墙，悬有东坡手书（拓片）"海山葱昽气佳哉"那首诗，尚称平展的南墙挂着高尔泰兄书写的《卜算子》："缺月挂疏桐，漏断人初静"——词是我点的。案上摊着《黄州寒食帖》："自我来黄州，已过三寒食。——空庖煮寒菜，破灶烧湿苇。——君门深九重，坟墓在万里。也拟哭途穷，死灰吹不起。"手里再拿着这样好的《苏东坡传》，我还有什么不知足呢。

本书原著是英文，林公的英文当然是十分漂亮的，可惜我不能读了，这是永远的遗憾。

天地行吟——目尽山河，心纳寰宇

冬 辑

肆

## 西湖漫笔

平生最喜欢游山逛水。这几年来，很改了不少闲情逸致，只在这山水上头，却还依旧。那五百里滇池粼粼的水波，那兴安岭上起伏不断的绿沉沉的林海，那开满了各色无名的花儿的广阔的呼伦贝尔草原，以及那举手可以接天的险峻的华山……曾给人多少有趣的思想，曾激发起多少变幻的感情。一到这些名山大川异地胜景，总会有一种奇怪的力量震荡着我，几乎忍不住要呼喊起来："这是我的伟大的、亲爱的祖国——"

然而在足迹所到的地方，也有经过很长久的时间，我才能理解、欣赏的。正像看达·芬奇的名画《永远的微笑》，我曾看过多少遍，看不出她美在哪里；在看过多少遍之后，一次又拿来把玩，忽然发现那温柔的微笑，那嘴角的线条，那手的表情，是这样无以名状的美，只觉得眼泪直涌上来。山水,也是这样的,去上一次两次,可能不会了解它的性情,直到去过三次四次,才恍然有所悟。

我要说的地方,是多少人说过写过的杭州。六月间,我第四次去到西子湖畔,距第一次来,已经有九年了。这九年间,我竟没有说过西湖一句好话。发议论说,论秀媚,西湖比不上长湖天真自然,楚楚有致;论宏伟,比不上太湖,烟霞万顷,气象万千——好在到过的名湖不多,不然,不知还有多少谬论。

奇怪得很,这次却有着迥乎不同的印象。六月,并不是好时候,没有花,没有雪,没有春光,也没有秋意。那几天,有的是满湖烟雨,山光水色俱是一片迷蒙。西湖,仿佛在半醒半睡。空气中,弥漫着经了雨的栀子花的甜香。记起东坡诗句:"水光潋滟晴方好,山色空蒙雨亦奇。"便想,东坡自是最了解西湖的人,实在应该仔细观赏领略才是。

正像每次一样,匆匆地来,又匆匆地去。几天中我领略了两个字,一个是"绿",只凭这一点,已使我流连忘返。雨中去访灵隐,一下车,只觉得绿意扑眼而来。道旁古木参天,苍翠欲滴,似乎飘着的雨丝儿也都是绿的。飞来峰上层层叠叠的树木，有的绿得发黑，深极了，浓极了；有的绿得发蓝，浅极了，亮极了。峰下蜿蜒的小径，布满青苔，直绿到了石头缝里。在冷泉亭上小坐，直觉得遍体生凉，心旷神怡。亭旁溪水琤纵，说是溪水，其实表达不出那奔流的气势，平稳处也是碧澄澄的，流得急了，水花飞溅，如飞珠滚玉一般，在这一片绿色的影中显得分外好看。

西湖胜景很多，各处有不同的好处，即便一个绿色，也各有不同。黄龙洞绿得幽，屏风山绿得野，九溪十八涧绿得闲……不能一一去说。漫步苏堤，两边都是湖水，远水如烟，近水着了微雨，泛起一层银灰的颜色。走着走着，忽见路旁的树十分古怪，一棵棵树身虽然离得较远，却给人一种莽莽苍苍的感觉，似乎是从树梢一直绿到了地下。走近看时，原来是树身上布满了绿茸茸的青苔，那样鲜嫩，那样可爱，使得绿茵茵的苏堤，更加绿了几分。有的青苔，形状也很有趣，如耕牛，如牧人，如树木，如云霞，有的整片看来，布局宛若一幅青绿山水。这种绿苔，给我的印象是坚忍不拔，不知当初苏公对它们印象怎样。

在花港观鱼，看到了又一种绿，那是满地的新荷。

圆圆的绿叶，或亭亭立于水上，或婉转靠在水面，只觉得一种蓬勃的生机，跳跃满池。绿色，本来是生命的颜色。我最爱看初春的杨柳嫩枝，那样鲜，那样亮，柳枝儿一摆，似乎蹬着脚告诉你：春天来了。荷叶则要持重一些，到初夏则更显成熟，但那透过活泼的绿色表现出来的茁壮的生命力，是一样的。再加上叶面上的水珠儿滴溜溜滚着，简直好像满池荷叶都要裙袂飞扬，翩然起舞了。

从花港乘船而回，雨已停了。远山青中带紫，如同凝住了一段云霞。波平如镜，船儿在水面上滑行，只有桨声欸乃，愈增加了一湖幽静。一会儿，摇船的姑娘歇了桨，喝了杯茶，靠在船舷，只见她向水中一摸，顺手便带上一条欢蹦乱跳的大鲤鱼。她自己只微笑着一声不出，把鱼甩在船板上。同船的朋友看得入迷，连连说："这怎么可能！"上岸时，又回头看那在浓重暮色中变得无边无际的白茫茫的湖水，惊叹道：真是个神奇的湖！

我们整个的国家，不是也可以说是神奇的吗？我这次来领略到的另一个字，就是"变"。和全国任何地方一样，隔些时候去，总会看到变化，变得快，变得好，变得神奇。都锦生织锦厂在我印象中，是一个狭窄的旧式的厂子。这次去，走进一个花木葱茏的大院子，我还以为找错了地方。技术上、管理上的改进和发展就不用说了。我看到织就的西湖风景，当然羡慕其织工精细，但却想，怎么可能把祖国的锦绣河山织出来呢？不可能的。因为河山在变，在飞跃！最初到花港时，印象中只是个小巧曲折的园子，四周是一片荒芜。这次却见变得开展了，加上好几处绿草坪，种了许多叫不上名字来的花和树，顿觉天地广阔了许多，丰富了许多。那在新鲜的活水中游来游去的金鱼们，一定会知道得更清楚吧。据说，这一处观赏地带原来只有二亩，现在已有二百一十亩。我和数字是没有什么缘分的，可是这次我却深深记住了。这种修葺，是建设中极其次要的一部分，从它，可以看出更多的东西……

更何况西湖连性情也变得活泼热闹了，星期天，游人泛舟湖上，真是满湖的笑，满湖的歌！西湖的度量，原也是容得了活泼热闹的。两三人寻幽访韵固然好，许多人畅谈畅游也极佳。见公共汽车往来运载游人，忽又想起东坡在密州出猎时写的一首《江城子》："老夫聊发少年狂，左牵黄，右擎苍，锦帽貂裘，千骑卷平冈。"想来他在杭州，当有更盛的情景吧？那时是"倾城随太守"，这时是每个人在公余之暇，来休息身心，享山水之乐。这热闹，不更千百倍地有意思吗？

希腊画家亚伯尔曾把自己的画放在街上，自己躲在画后，听取意见。有一个鞋匠说人物的鞋子画得不对，他马上改了。这鞋匠又批评别的部分，他忍不住从画后跑出来说："你还是只谈鞋子好了。"因为对西湖的印象究竟只是浮光掠影，这篇小文，很可能是鞋匠的议论，然而心到神知，想西湖不会怪我唐突吧？

## 墨城红月

一过兴安岭,觉得天气猛然一凉。车窗外不再是无边的青纱帐,先是些高高低低的灌木丛,再过去,就是均匀的绿色。这就是呼伦贝尔草原吗?直到看见那黑色的、又有些透明的河水,才恍然,确实又来到草原上了。

不知为什么,这里的大大小小的河水都是那样一种黑色,它一点不浑浊,只显得有些冷,有些重。但它自己一点不觉得,只顾流着。草原上的中心城市海拉尔,意思是"墨城"。我第一次来时,觉得很奇怪,这个新兴的城和墨城哪里有什么关系。这一次,我从河水又认识了草原,便猜想,墨城的名字,可能是从河水而来吧。

墨城海拉尔便在这样一条河旁,河上有大桥把新旧市区连接起来。这次旅行,喜欢活动的我,为病所拘,不曾出去活动，只管坐着看天。有时在桥上闲步，水嘛，只是流，已经知道它的特点了，便也还是看天。不料从天上，竟也看出一些名目。

这天是草原上的天，草原毫无遮拦，这样开阔，这样坦率，只是一个劲儿地绿。天呢，却是变化多端。它常常显得离地很近，有时站在四不靠的草原上，总觉得天还是可以用手摸得到的，在大桥上看日落，真是"远在天边，近在眼前"了。太阳如同从炉中锻出的炽热的铁，红得发白。沉下去以后，天边还久久地染着余光。我便想，那一块天，一定很烫很烫。

那云也奇怪。它仿佛不在天上，而在地上，应该说，就是在那天和地的交界上。像要往上飘，又像要往下落，让人摸不着头脑。有时乌云密布，天阴沉沉的，滴得下水来。忽然间云在空中活动起来，大块大块地往天边滑去，太阳马上就光灿灿的，照得人睁不开眼。天也骤然升高了，就是飞，也难得上去了。那些云，都集中到一堆，落到天地的边缘上，好像是谁在那刷了一笔浓墨。想来那里一定会下大雨，让丰盛的草原畅饮一番。再等一会儿，这一"笔"勾销了，却又在天的另一边，添上了一笔。这看不见的笔挥来挥去，云层就汹涌而来，呼啸而去，忙个不停。那推云童子、布雾郎君，以及四海的龙王爷，在这一带的任务似乎特别繁忙，我真替他们累得慌呢。

一个傍晚，千变万化的落照已经过去了。只在天地间有一道明亮的红云，直从暮色中透过来。我站在桥上望着它，等它隐去，然而它竟不，只执拗地横在那里。等着等着，云层中忽然起了一团红光，像是个正燃烧的火球，滚了一阵，又倏地消失了。紧接着一个火球又是一个火球，都是那样闪着红光，滚滚而逝。正在看得有趣，听见有人说："打雷啦，闪电啦，可该回家啦。"回头一看，见是个年老的牧民，牵着一匹肥壮的马，准也是要回家，望着我亲切地笑着。我便也向他笑笑，往住处走去，一路还回头去看那云后的闪电。

过了几天，便是中元节。我的看天的兴趣也达到了顶峰，因为那月亮更是奇怪，它从草原的尽头升起时，简直大得吓人，足像个汽车轮子——当然比汽车轮子好看。它照着刚被黑夜笼罩的绿色草原，现出一种淡黄的颜色，周围有轻云缠绕，引人深思。行到中天，便全没了那种朦胧的气氛，十分明亮，十分光洁。照得上下左右，成了一片通明的世界，让人看了，胸中再存不住半点杂念。等到将落未落时，却又变成朱红的颜色，在碧沉沉的天空里，红色那样含蓄，那样润泽。记得听人唱过一个民歌，其中有"天上的红月亮"的句子，觉得奇怪，月亮哪有红的呢，最多是黄的。在这里，知道了月亮真有红的，而且是这样的红，那红色是活泼的，流动的，仿佛它正在红着……

曾和几位考古专家一同步月，他们用洞察过去的眼光看出这月光下的旷野应该是古战场。这一带民族复杂，地居险要，一向是争战的场所，然而那确都已成了过去。草原，在民族大家庭里劳动着，成长着。在桥头，又看见那老牧民，还是牵着那肥壮的马，大步走着。我们像老相识似的攀谈了很久。他小声告诉我："咱盟里今年的牲畜，比去年增加了几十万头。"我看着他，高兴而又惊异。他，这个满面风霜的老人，关心的是整个草原的兴旺。扭转乾坤的不就是他，许许多多的他吗？

月光照着他骑马向草原上驰去，我也没问他家住在哪儿。月亮会知道的吧？它默默地照了几千年几万年了。它知道今天的考古专家们将来也会被别人考古，而它也知道这个时代的人怎样在有限的生命里热情地、努力地创造着无限的历史。

  我久久不能入睡。推开窗户,等着看那碧天红月的奇景。草原是多么辽阔,天空是多么明净,我们的祖国是多么美,多么好,便连月亮,也是红的啊!

## 岭头山人家

长途汽车到站时，又在飘雨点儿了。这里老天面孔变得快，喜怒无常。我旋即发现我们站在一个山头上，来路是不陡的坡，满坡沉沉的绿树；对面是不深的谷，满谷层层茶丛。这边是汽车站小屋，另一边有面土墙，墙上有用长条石块搭就的简易石门，颇有古风。石头上布满青苔，所以眼前满是绿色。雨中的绿有些灰蒙蒙，向四面八方上上下下延伸着，一时真不知自己身在何处。

进得石门，打听要去的人家，很快有一位六十岁上下的妇人挺身而出，前头带路。路是石头铺的，凸出的部分已经磨得很圆，但路面仍高低不平。越来越大的雨点儿打下来，石头间全是泥水。路是弯曲的，上坡下坡，左转右转，经过分割成小块的田地，经过一条窄街，转到另一条更窄的街。走完这条街，我们来到大片跳动着绿色、没有一点空隙的水田前。对岸是一个高坡，坡下有尖顶大稻草垛。坡前有绿篱，篱后一排房子，那就是我们要去的人家。

好个清凉世界，我暗自思忖。黄昏风雨，送来不少凉意，到底远离尘嚣，气候也不同了。那绿篱后的房屋，纵不一定达到新农村的新水平，肯定也是舒服宜人，可以稍憩我们疲倦的双脚。

主人热情地迎出来。我已经歪歪倒倒，借大家拉扯，跨进大门。大门是破旧的，门洞里满是泥泞，显然比外面成分更多，那是猪的痕迹。大家寒暄着，坐定待茶。我不谙吴语，自有外子应对，喘过气儿，便打量所在的环境。

屋内很黑，只有门，没有窗。渐渐习惯了黑暗，可见室内很宽敞，除简单几件桌椅和靠墙倚着的农具外，没有什么东西。地面是泥土本色，夯过，还是坑坑洼洼。黄狗黑猫，还有几只小鸡，在地上踱来踱去，寻找食物。充塞于整个房屋的，是猪圈味儿。猪圈就在门外，和我们不过一墙之隔。这味儿我很熟悉，四十余年前，我家曾住昆明农村某猪圈楼上。不过那里房屋有窗，够亮，猪圈味儿在光亮中比在黑暗里似要淡些。

另一间是灶间，燃料中也有松针。他们也叫松毛，和几十年前昆明一样。住什么烧什么穿什么，不是几十年，而是几百年沿袭下来，这也是一种稳定。遗憾的是，他们怕失去这稳定。坐在灶门前烧火的姑娘，在岭头山小学成绩优秀，考进了几十里外镇上的中学，可是怕离开家，不肯去上。她坐在那儿烧火，很平静，很惬意，对落满灶台的苍蝇视而不见。她的大哥盖了新房，仍然照旧格式：只有门，没有窗，同样的灶间，同样的阁楼，从楼板间对楼下可以一览无遗。在铁路沿线增添江南风光的二层小白楼是高级房屋，大部分农家尚不能企望。

食物的变化很大。他们挨过饿，吃过草根树皮，现在专吃大米饭了。只是一年收入不够一家人填饱肚皮，每年夏天还需往杭州国营农场割稻，换得"钞票"买粮。不过他们觉得一切都够好了。主人很少问外面的生活，那与他们无关，他们没兴趣。

这时看到墙边凸出的泥台，问是何物，原来是炒茶叶的炉，现在不用了。茶叶全送到队上，有机械化装置来炒。记得几十年前曾听过曹禺同志一次江南行后的报告，他说到梅家坞，见茶农用手炒茶，用手直接感受火候，几乎不忍再喝茶。现在旧炉弃置，当然令人振奋。

但变化还是太慢了！不只在房屋的旧、脏、不合理；不只在这数百户大村没有一个万元户，连千元户也不用提；不只在我们的男主人穿着补丁衣服，更重要的在于几个年轻人对事物缺乏兴趣。尤其是两个姑娘，她们那红红白白的脸庞上茫然的眼光，叫人看了心发痛。

江南景色从来脍炙人口，此次来，可能因内、外各种条件，只觉拥挤。大城市固然人拥挤，田野间庄稼也拥挤。挤到田边地头，没有一小块土地空间。丝瓜在陆地勉强沾一点土，架子搭在水中，向水上伸展。地方可谓开发殆尽，而人的智慧，还远远没有开发。这若是开发起来，该是无穷无尽的。

次日清晨，我们又在雨中看到侍弄得无比精细整齐的稻田、茶树和玉蜀黍——他们称为六谷的，所有可用的地方都用上了，让人觉得不够舒展。这村子有一座大礼堂，以前供开大会用。现在会少了，电影也不多。礼堂边有一溜歪斜的平房，便是小学，有几间快要塌了，有几间乱放着破烂桌椅，不知孩子们怎样上课。据说不愿上学的很多，他们看不出上学有什么用，认识几个字便不错，对九年义务教育更是漠然。这些头脑，何时能像田地一样经过精耕细作而丰收呢。

我不愿见这东倒西歪的小学校，不愿见炉火映红的年轻的脸上茫然的眼光，也不愿见那拥挤的绿。我走了，回头望那被一片绿色烘托的石门，门下扶老携幼的主人全家，心里忽然有些歉然。

## 废墟的召唤

冬日的斜阳无力地照在这一片田野上，刚是下午，清华气象台上边的天空，已显出月牙儿的轮廓。顺着近年修的柏油路，左侧是干皱的田地，看上去十分坚硬，这里那里，点缀着断石残碑。右侧在夏天是一带荷塘，现在也只剩下冬日的凄冷。转过布满枯树的小山，那一大片废墟呈现在眼底时，我总有一种奇怪的感觉，好像历史忽然倒退到了古希腊罗马时代。而在乱石衰草中间，仿佛该有着妲己、褒姒的窈窕身影，若隐若现，迷离扑朔。因为中国社会出奇的"稳定性"，几千年来的传统一直到那拉氏，还不中止。

这一带废墟是圆明园中长春园的一部分，从东到西，有圆形的台，长方形的观，已看不出形状的堂和小巧的方形的亭基。原来都是西式建筑，故俗称西洋楼。在莽苍苍的原野上，这一组建筑遗迹宛如一列正在覆没的船只，而那丛生的荒草，便是海藻，杂陈的乱石，便是这荒野的海洋中的一簇簇泡沫了。三十多年前，初来这里，曾想，下次来时，它该下沉了吧？它该让出地方，好建设新的一切。但是每次再来，它还是停泊在原野上，远瀛观的断石柱，在灰蓝色的天空下，依然寂寞地站着，显得四周那样空荡荡，那样无依无靠。大水法的拱形石门，依然卷着波涛。观水法的石屏上依然陈列着兵器甲胄，那雕镂还是那样清晰，那样有力。但石波不兴，雕兵永驻，这蒙受了奇耻大辱的废墟，只管悠闲地、若无其事地停泊着。

时间在这里，如石刻一般，停滞了，凝固了。建筑家说，建筑是凝固的音乐。建筑的遗迹，又是什么呢？凝固了的历史吗？看那海晏堂前（也许是堂侧）的石饰，像一个近似半圆形的容器，年轻时，曾和几个朋友坐在里面照相。现在石"碗"依旧，我当然懒得爬上去了，但是我却欣然。因为我的变化，无非是自然规律之功罢了，我毕竟没有凝固。

对着这一段凝固的历史，我只有怅然凝望。大水法与观水法之间的大片空地，原来是两座大喷泉，想那水姿之美，已到了标准境界，所以以"法"为名。西行可见一座高大的废墟，上大下小，像是只剩了一截的、倒置的金字塔。悄立"塔"下，觉得人是这样渺小，天地是这样广阔，历史是这样悠久。

路旁的大石龟仍然无表情地蹲伏着，本该竖立在它背上的石碑躺倒在土坡旁。它也许很想驮着这碑，尽自己的责任吧？风在路另侧的小树林中呼啸，忽高忽低，如泣如诉，仿佛从废墟上飘来了"留——留——"的声音。

我诧异地回转身去看了。暮色四合，方外观的石块白得分明，几座大石叠在一起，露出一个空隙，像要对我开口讲话。告诉我这里经历的烛天的巨火吗？告诉我时间在这里该怎样衡量吗？还是告诉我你的向往，你的期待？

风又从废墟上吹过，依然发出"留——留——"的声音。我忽然醒悟了。它是在召唤！召唤人们留下来，改造这凝固的历史。废墟，不愿永久停泊。

然而我没有为这努力过吗？便在这大龟旁，我们几个人曾怎样热烈地争辩啊！那时的我们，是何等慷慨激昂，是何等满怀热忱！和人类比较起来，个人的一生是小得多的概念了，每个人自有理由做出不同的解释。我只想，楚国早已是湖北省，但楚辞的光辉，不是永远充塞于天地之间吗？

空中一阵鸦噪，抬头只见寒鸦万点，驮着夕阳，掠过枯树林，转眼便消失在已呈粉红色的西天。在它们的翅膀底下，晚霞已到最艳丽的时刻，西山在朦胧中涂抹了一层娇红，轮廓渐渐清楚起来。那娇红中又透出一点蓝，显得十分凝重，正配得上空气中摸得着的寒意。

这景象也是我熟悉的，我不由得闭上眼睛。

"断碣残碑，都付与苍烟落照。"身旁的年轻人在自言自语。事隔三十余年，我又在和年轻人辩论了。我不怪他们，怎能怪他们呢！我嗫嚅着，很不理直气壮。"留下来吧！就因为是废墟，需要每一个你啊。"

"匹夫有责。"年轻人是敏锐的，他清楚地说出我嗫嚅着的话。"但是怎样尽每一个我的责任？怎样使环境允许每一个我尽责任？"他微笑，笑容介于冷和苦之间。

我忽然理直气壮起来："那怎样，不就是内容吗？"

他不答，他也停了说话，且看那瞬息万变的落照。迤逦行来，已到水边。水已成冰，冰中透出枝枝荷梗，枯梗上漾着绮辉。远山凹处，红日正沉，只照得天边山顶一片通红。岸边几株枯树，恰为夕阳做了画框。框外娇红的西山，这时却全是黛青色，鲜嫩润泽，一派雨后初晴的模样,似与这黄昏全不相干。但也有浅淡的光,照在框外的冰上,使人想起月色的清冷。

树旁乱草中窸窣有声,原来有人作画。他正在画板上涂着颜色,涂了又擦,擦了又涂,好像不知怎样才能把那奇异的色彩捕捉在纸上。

"他不是画家。"年轻人评论道,"他只是爱这景色。"

前面高耸的断桥便是整个圆明园唯一的遗桥了。远望如一个乱石堆,近看则桥的格局宛在。桥背很高,桥面只剩了一小半,不过桥下水流如线,过水早不必登桥了。

"我也许可以想一想,想一想这废墟的召唤。"年轻人忽然微笑说,那笑容仍然介于冷和苦之间。

我们仍望着落照。通红的火球消失了,剩下的远山显出一层层深浅不同的紫色。浓处如酒,淡处如梦。那不浓不淡处使我想起春日的紫藤萝,这铺天的霞锦,需要多少个藤萝花瓣啊。

仿佛听说要修复圆明园了。我想,能不能留下一部分废墟呢?最好是远瀛观一带,或只是这座断桥,也可以的。

为了什么呢?为了凭吊这一段凝固的历史,为了记住废墟的召唤。

## 爬山

我喜欢爬山。

山，可不是容易亲近的，得有多少机缘凑合，才能来到山的脚下。谁也不能把山移到家门前。它不像书，无论内容多么丰富高深，都可以带来带去，枕边案上，随时可取。置身于山脚，才是看到书的封面，或瑰丽，或淡雅，或雄伟，或玲珑，在这后面蕴藏着不知；若要见到每一页的景象，唯一的办法，是一步步走。

山是老实的。山也喜欢老实的、一步一步走着的人。

我们开始爬山。路起始处有几户人家，几棵大树，一点花草，点缀着这座光秃秃的山。向上伸展着的路，黄土白石，很是分明。到了一定的高度，便成为连续不断的之字形，从这面山坡转过去，不知通向哪里。

"云水洞在哪儿？"侄辈问村舍边的老汉。

"在那后面。"老汉仰首指着邻近山峰上的三根电线杆,"还在那杆后面。"他看看我们,笑道:"上吧!"

山路不算险,但因没有修整,路面崎岖,很难行走。我爬到半山腰,已觉气喘吁吁。转身不需要仰首,便见对面山上云雾缭绕,山脚的几户人家,也消失在那一点绿荫中了。

"能上去吗?"家人问。

当然能的。我们略事休息,继续攀登。又走了一段,我心跳,头也发胀,连忙摸摸衣袋中的硝酸甘油,坐了下来。"不去了,好吗?"家人又问。

当然要去的!只要多休息,从容些就行。我们逐渐升高,山顶越来越近了。

已经有下山的人,他们是从另一侧上去的。"还有多远?"上山的人总爱问。"不远了,快一半了。""值得看,那洞像天文馆一样。"下山的人说。在同一条山路处,互不相识的人总是互相关心,互相鼓励的。虽然在人生的道路上,并不尽然。

转过了山头,便是下坡路了。可以看见对面山头上的三根电线杆,而无须仰首了。这山头后面的山腰中有两间小屋,一前一后。"那里就是了!"有人叫起来。

大家为之精神一振，人们加快了脚步。我还是一步步有节奏地走着。山坳里不再光秃秃，森然的树木送来清凉的空气。走着走着，深深的山谷中忽然出现一堵高大的断墙，巨石一块块摞着，好像随时会倒下来。不知经过了多少年月，多少水流风力和地壳变化，叠成了这堵墙，这倒有点像黄山的景色。我忽然想起，去年今日，我正在黄山的云海中行走。

对云水洞的向往阻止了关于黄山的回忆，我们终于到了。一路风景平淡，洞外更像个集市，乱哄哄都是人。洞里会怎样？因为谁也不曾到过这类的洞，大家都很兴奋。进洞了，甬道不宽，地上湿漉漉的，洞顶也在滴水。灯光很弱，显得有些神秘。

前面的人忽然发出一阵惊叹之声，我们进入了一个大厅堂。头上是一个大圆顶，这样的高大！似乎山也没有这样高。"那么山是空的了。"谁说了一句。我们还没有来得及惊叹，灯光灭了，眼前漆黑一片，惊叹声变作惋惜的叹声。如果罩住我们的穹隆能像天文馆的圆顶，发出光来就好了。没有光，什么也看不见。我觉得头上便是黑夜的天空本身，亿万年前便笼罩着大地的天空本身，而我们是在山的内部！人流向前进了，我们模糊地觉得有几块大石，矗立在路边。卧虎？翔龙？还是别的什么？只好想象。有的时候，身在现场也需要想象的。

我们看到石的帐幔，又是这样高大！像是它撑住了黑色的天空。看到洞顶垂下的石钟乳，如同小小的瀑布；听讲解员敲了几下石鼓、石钟，鼓声浑厚，钟声清亮，却不知它们的形状。看得最清楚的，是路边的一只骆驼。它站在那里，不知有几千万年了。第五厅较小，身旁石壁上缀满了闪亮的雪花，头顶垂着一穗穗玉米，不知出自哪一位能工巧匠之手。等我们赶到第六厅——最后一厅时，看到了一座座玲珑剔透的山峰，在明亮的灯光下，宛如仙境，据说这里有十八罗汉像。又是正要惊叹时，灯倏地灭了，只好慨叹缘悭，不得识罗汉面。但是得睹仙山，也算是到了西天吧。

限于时间，不能等下一次开灯。虽然只匆匆一瞥，那宏伟、那奇特、那黑暗都留在了我的眼前。回来的路上，大家仍兴奋地谈说，只因没有看全，稍有些遗憾。我却满意，因为这番见识，是靠一步步走，才得到的。

我们又一步步下了山。山脚的老汉在路边摆出许多块上水石。他问："上去了？"我对他笑。要知道，比这高得多的山我也上去了呢，无非一步步走而已。

车上的人都睡了。我不由得又想起黄山上的那几天。那一次医生原不批准我上山，见我心诚，才勉强同意。我也准备半途而废的。到慈光阁的路上，只是一般山景，已经累了。上了庙后的从容亭，忽觉豁然开朗，远处的大谷，露出宽阔的石壁，如同敞开胸怀，欢迎每一个来客。小路便沿着这雄伟的山谷，向上，向上，消失在云雾中。谁能在这里止步呢？而且那"从容"两字用得多好！我常觉黄山的文化修养较差，是件憾事。这两个字，却是我一直不忘的。

到半山寺，我已抬不起脚。猛抬头，看见天都峰顶的金鸡，是那样惟妙惟肖，顿时又有了力气。"上来吧！上来吧！"它在叫天门，也在召唤远方的陌生人。走吧，走吧，一步步从容地走，终究会到的。

上得蟠龙坡，才真算到了黄山。从这里开始，上下完全是两个世界。从坡顶远望，每一座山，都好像各自从地下拔起，不慌不忙地高耸入云。我恍然大悟，黄山，原是个大石林。站在没有遮拦的坡顶，罡风吹走了下界的一切烦恼，奇丽的景色涤荡着心胸，只觉得眼前这般开阔，心上了无牵挂，毫无纤尘，真如明镜台了。怪不得庙宇、庵、观都选在奇峰异壑，才能修身养性呢。

记得在玉屏楼那晚，本想出来看月的。前两天汤溪的夜，真是月明如洗。只是房中人太多，我在最里面，走不出来。只好从一个狭窄的窗中，对着黑黝黝的大石壁，想象着月下的群山怎样模糊了轮廓，而群山上的月，又是怎样格外明亮，格外皎洁。

半途而废的计划取消了。我继续一步一步向上爬。忽见远处一片明亮的水，中间隐现城池，我以为那是"人寰处"了。被问的人大笑，说那便是著名的云海，只可惜浅了些，所以露出些峰峦。我坐定了观赏，见它波涛起伏，真像大海一般，但它究竟是云，看上去虚无缥缈，飘飘荡荡，与大海的丰富沉着，是两般风味。黄山是山，山中划分区域，以海为名，最初想到这样命名的，也算是聪明人了。

我一步步走着。看那大鳌鱼，那样大，那样高，那样远。我终于钻进了它的腹中，又从嘴里出来了。我在平天矼上漫步，在东海门流连。我走的是现成的路，是别人一步步走出来的现成的路。徐霞客初到黄山时，是用锄凿冰，凿出一个坑，放上一只脚。如果在现成的路上还不能走，未免惭愧。当然，若是无心山水，当作别论。

我登上了始信峰，那是我登山的最终极处。这峰较小，却极秀丽，只容一人行走的窄石桥下，深渊无底。远看石笋矼，真如春笋出土，在悄悄地生长。峰顶是一块大石，石上又有石，我没有想到，上面又写着"从容"二字。

我从容地下了山。因为未上天都，有人为我遗憾。想来我虽不肯半途而废，却肯适可而止，才得以从容始，又以从容终。

后来一直想写一段关于黄山的文字，又怕过于肤浅，得罪山灵。不料从小小上方山的浮光掠影中联想到去年今日。无论怎样的高山，只要一步步走，终究可以达到山顶的。到达山顶的乐趣自不必说，那一步步走的乐趣，也不是乘坐直升飞机能够体会到的。

于是又想到把写文章比作爬格子的譬喻。林黛玉有话："还得一笔笔地画。"薛宝钗评论说："这话妙极了，不一笔一笔地画，可怎么画出来了呢。"文章也是一个字一个字写的，不在格子上爬，可怎么写出来了呢？

不一步步爬，可怎么上山呢？

我喜欢爬山。

## 鸣沙山记

西行归来很久了,有些印象已经淡漠;也有些印象经过时间的酿造,轮廓反更分明,意思也更浓郁。这从记忆里时常浮现的画面之一,是鸣沙山。

鸣沙山在敦煌市城南,我们下榻在城东。城东果木成荫,绿色满眼,和华北的夏日无异。可是驱车不到半小时,下得车来,我忽然发现自己落入了沙的世界。眼前是一座沙山,脚下是厚厚的积沙,沙粒很细,踩上去如同在海滩行走。也许亿万年前,这里曾是海底吧。

眼前的沙山就是鸣沙山了。当时是晚上八时许,正值黄昏,那天天色似不很晴朗,在灰暗的天空下,巨大的沙山默默地站着,显得孤寂而遥远。山光光的,除了数不尽的细沙,什么也没有。因为有山,甚至也没有沙漠的瀚海无垠的气魄。但是好像有一种什么力量,使我们都肃然。那感觉不是空间上的,而是时间上的。时间退回到遥远的过去,那时生命还没有发生。没有动物的踪迹,也没有植物的覆被,有的只是永恒的静谧,和对未来的期待。

我们在沙漠上走,把鞋子拿在手中。风从耳边吹过。我看见风也向沙山上吹着,在半山腰把沙粒向上扬起,似乎是帮助沙山长得更高。我恍然,风若总是从这个方向这样吹,自不会湮没山脚下的泉水。

鸣沙山脚下有一个月牙泉,是与山齐名的。我们走了一段路再向右转,便看见四面黄沙之中那一弯明亮的水。水面据说较前小多了,也浅多了,但还清澈。水边有几株芦苇,大有江南水乡的意味。对岸有几处断墙残壁,那是以前庙宇的遗迹;还有一株枯树,巍然处于瓦砾之中。这一切,很像一幅纸色已经发黄,笔墨也已模糊的古画。这时有一个并没有骑驴的壮年人,安详地走进这幅画面,一点不理会这边的笑嚷,只顾穿过废墟,一直向远处走去。

"他一个人,往哪儿去?"我不禁问,望着远处的山,山那边当然还有山。

没有人能回答,我也不能去问个究竟。于是这孤寂的投向洪荒的身影,便和碧水黄沙一起,在记忆中留了下来。这时天色更暗,鸣沙山显得更高了,仿佛离天空很近。风扬起细沙,在山腰形成一团团烟雾,又飘飘扬扬地散了。我转身向山脚走去,把伙伴们留在泉边。我真想爬上沙山,再从山上滑下来,据说就可以听到沙粒相撞的声音,但我还是适可而止了。我孤零零地站在山脚下,举目尽是灰色的沙,心中充满莫名其妙的喜悦。那感觉好像是在白茫茫的雪原上,正想扑进雪里抚摸雪的清凉;又如同在浩漫漫的大海边,正想站在起伏的海浪上随着波涛远去。我几乎跪下来拥抱大地!拥抱这孕育着生命,哺育着人类的整个的大地!大地的景色多么丰富,多么幻妙,多么奇,又多么美!这里有塞北的荒凉和江南的妩媚,有山的静止和水的流动,两种情调极不相同的美互相对照,相互辉映,互相联结,成为一体。我想长啸,听一听沙山和清泉的回响,我想大喊,呼叫那投向洪荒的寂寞的人。

"我们在这里!"我喊着。当然,连在月牙泉边的伙伴也听不见,更何况那远去的人。

我们确实在这里。我们在这里生活、战斗、成长。戈壁滩上有一座锁阳城遗址,据说现在夜晚仍有厮杀呐喊之声。记录着人类文明发展的敦煌文化，现在仍在呼吸，仍在散发着光辉。我看见那妙相庄严的菩萨，才忽然懂得"容光照人"这四个字。我看着著名的三兔藻井，真觉得画中的云在旋转、流动，就像眼前灰暗的天空上，大片的，缓缓流动着的，活着的云一样。

我们在这里，我们还要在这里长久地、更好地生活下去。

归途上大家踩着坎坷不平的阡陌，不觉议论道，千万不该在这样的山川中开这几亩不打粮食的田地，还抽用月牙泉水来浇田！做了多年的不肖子孙，现在总该明白一点了吧。

我不时回头，看那孤身远去的人是否赶了上来。沙山在渐浓的夜色中更显得巨大、沉重，沙粒仍然在山腰飘扬旋转，落到沙山上去。

"我们在这里。"我默默地说。

恐再无来鸣沙山的机缘了。我愿听到它的消息，使这一片景色在我的记忆中，苍茫的更苍茫，妩媚的更妩媚。

# 三峡散记

我所见的三峡,从中峡巫峡始。

船从汉口开。那一天天色灰蒙蒙的,水色也灰蒙蒙的。在一片灰蒙蒙之间,长江大桥平静稳重地跨在龟蛇二山上。古色古香的黄鹤楼和现代化的二十层的晴川饭店遥相对峙。水面上忽然闪出一道亮光,摇着、跳着,往船头方向漾开去,一直到大桥那一边。原来云层里透出小半个灰白的太阳来。

船开了,追着水面跳荡的远去的阳光开行了。

大桥看不见了。两岸房屋越来越少,江面越来越宽,有一道绿边围着,极目前方,出口很窄,水天相接,长江从窄窄的天上流过来。等船驶近,原来也是十分宽阔。窄窄的水天相接的出口又移到远处了。于是又向前去穿过那窄的出口。

船行的次日中午过沙市，停四五个小时又起锚。直到黄昏，原野还是平阔，江流浩荡。暮色中更显得浑重。我想不出三峡是怎样开始的，便去问过来人。据说山势逐渐高起，过了宜昌才见分晓。日程表上写明第三日七时左右到下峡西陵峡，尽可放心休息。

半夜两点多钟，一阵喧闹的人声、哨声和拖铁链的声音把我惊醒。从窗中看出去，只见一堵铁壁挡在眼前，几乎伸手便可摸到。"到葛洲坝了！"我猛醒，连忙起身出房。只见甲板上灯火辉煌，我们的船在船闸里。上下四层的船不及闸墙三分之一高，抬头觉得闸顶很远，那一块黑漆漆的天空更远。人们从船头走到船尾，又从船尾走到船头，互相招呼："要放水了！""要开闸了！"据说闸门每扇有两个篮球场大。等到船闸停满了船只，便开始放水。眼看着我们的船向上浮升，一会儿工夫，已不用仰望闸顶，只消平视了。紧接着闸门缓缓打开，"扬子江"号破浪前行，黑夜间，觉得风声水声灌满两耳。站在船尾看时，璀璨的葛洲坝灯火渐渐远去，终于消失在黑暗里。我心中充满了对人——我的同类的无限敬仰之情。只因有了人，万物之灵长的人，万物本身，包括这日夜奔腾不息的长江，才有各自的意义。

我自己却是愚蠢之物，过分相信日程表，以为离七点钟尚早，便又回房。等我再出来时，两岸有丘陵起伏，满心以为要到三峡了，不想伙伴们说："西陵峡已经过了！屈原和昭君故里都过了！"

我好懊恼。"百里西陵一梦中。"我说。

可是没有时间懊恼或推敲诗句。船左舷很快出现一座山城，古旧的房屋依山势而建，层层叠叠，背倚高山，下临江水，颇觉神秘。这是寇莱公初登仕途，做县令的地方。大江东流，沿岸哺育了多少俊杰人物，有名的和无名的，使人在山水草木城郭之间总有许多联想。不只是地理的，而且是历史的，这是中国风景的特色。

天还是灰蒙蒙的，雨点儿在空中乱飞。据说这是标准的巫峡天气。我们在云雾弥漫中向前行驶。忽然面前出现两座奇峰，布满树木，呈墨绿色。江水从两山间流来。两山后还有山，颜色淡得多，披云着雾。江水在这山前弯过去了，真不知里面有多深多远！这就是巫峡东口了，只觉得一派仙气笼罩着山和水。人们都很兴奋，山水却显得无比的沉静，像一幅无言的画，等待人走进去。

船进入巫峡，江流顿时窄了许多。两岸峭壁如同刀削，插在水里。浑浊泥黄的江水形成一个个小漩涡，从船两边退去，分不清水究竟向哪个方向流。面前秀丽的山峰截断了江流，到山前才知道可以绕过去。绕过去又是劈开的两座结构奇特的山峰，峰后云遮雾掩，一座座峰颜色越来越淡，像是墨在纸上洇了开来。大家惊异慨叹，不顾风雨，倚在栏边，眼睛都不敢眨一眨。我望着从船旁退去的葱葱郁郁的高山，真想伸手摸一摸。这山似乎并不比船闸远多少。

据说神女峰常为云雾遮蔽，轻易不肯露面。人们从上船起便关心是否有缘得见。抬头仰望，只觉得巉岩绝壁压顶而来，令人赞叹之间不免惶悚。一个个各种名目的峡过去了，奇极了，也美极了。冷风挟着雨滴和山水一起迎接我们的船。"快看，快看！"大家互相指着叫着，"看到了！看到了！"看到的舒一口气，没看到的懊丧地继续伸长脖子。

我看到了。我早就知道神女会见我的。那山峰本来就峻峭秀奇，在云雾中似乎有飞腾之势。就在峰顶侧，站着一个窈窕女子，衣袂飘飘，凝神远望。怎能信她是块石头！再一想，她本是块石头，多亏了人，才化为仙女，得万人瞻仰；她才有她的事迹，得千古流传。薄薄的淡灰色的云纱缠绕着仙女和峰顶，云和山一起移动，人们回头看，再回头看，看不见了。

快到巫山时，一只货船自上流急驶而下，船上人大声喊着，听起来像歌一样萦绕在峡谷中。临近时才听清他喊的是："道谢了！道谢了！"原来是大船为免小船颠簸，放慢了速度。

"道谢了！道谢了！"喊声随着船远去了。忽然想起《水经注》上对巫峡的总结："巴东三峡巫峡长，猿鸣三声泪沾裳。"现在没有猿啼了。却有人的喊声在峡谷中撞击，充满了和自然搏斗的欢乐。

过了巫山县，驶过黛溪宽谷，便是上峡瞿塘峡。上峡只有八公里，仍是高山重障断岸千尺，很是雄浑壮伟，只不如中峡灵秀。出夔门时，据说滟堆就在脚下，还有传说为八阵图的礁石也炸掉了。人，当然是要胜过石头的。

五月四日上午到重庆。距四六年过此地，已是三十九年了。当时全家六人，如今只余其半。得诗一首志此："四十年前忆旧游，曾怀凤约在渝州。雾浓山转疑无路，月冷波回知有秋。似纸人情薄不卷，如云往事散难收。恸哭几度服缟素，销尽心香看白头。"

这里不是物是人非，物也大大变迁了。夜晚在码头候船，江中也有万家灯火，大小船只密密麻麻，好一派热闹气象。这晚皓月当空，距上次见此山城月，已近五百回圆了。

五日从重庆返回，顺江而下。次日上午到奉节停泊，有一小汽船带一座船，载我们到上峡中风箱峡看纤道。小船行驶在长江里，两岸的山显得格外高，直插入云，水中漩涡急转，深不可测。船行近一座峭壁，只见山侧有一道凹进去的沟，那就是从前的纤道了。《水经注》载过三峡下水五日，上水百日，可见其难。五十年代初上水还需半个月，也是人力为主。登石阶数百，可以站在纤道上，头顶山崖几乎不可直立。想当初拉纤人便是这样弯着身子逆水拖船的。这时人没有船的支撑，山势更显雄伟，脚下急流滚滚，真觉得个人不过渺如沧海之一粟。从峡口望进去，可以看到六层山色，最近的是黄，然后是深绿、绿、蓝灰、灰和在江尽处天下边的灰白，灰白后似乎还有什么，每个人可以自己在想象里补充。

我忽然想跳进江去，当然没有实行。其实真有机会一亲长江流水时，是绝不肯的。

回去时，小船正驶在江心，上游飞快地下来了一只货船。船上人高声喊着，还是唱歌一样。忽然一声巨响，船猛地歪了一下，许多人跌倒了，有的人头上碰出血来。两边船上都惊呼，又有人喊话，寂静的江心一时好不热闹。原来那货船把小汽船和我们的座船之间的缆绳撞断了。那货船仍在喊话，顺着急流转眼就不见了，下水船是停不住的。我们的座船在江心滴溜溜乱转。我正奇怪它到底要往哪边行驶，忽然发现它不能开，只能随旋转的水而旋转，不免心向下一沉。幸亏小汽船及时抛过缆绳，很快调整好了，平安驶回"扬子江"号。回船后大家都有些后怕，座船上没有任何工具，若冲下去，只有撞在礁石上粉身碎骨了。想来江流吞没的英雄好汉，不在少数。

而吞没的尽管吞没了，几千万年如水流去。人渐渐了解江河了，然而究竟又了解多少呢？

船在奉节停泊一夜，七日晨又进入三峡。水急船速，中午时分已到下峡。我因上水时错过了，便一直守在船栏边。一般的说法是上峡雄，中峡秀，下峡险。近年来下峡的巨石险滩多已除去，并无特别险阻之处。眼前是叠峦秀峰，可以引出各种想象。不可仰视的断岸绝壁上有着斑斓的花纹，有的如波浪，有的如山峦，有的如大幅抽象派的画。繁复的线条和颜色，气势逼人，不可名状。这可以说是西陵峡的特色吧。但是我想不出一个准确的字来概括。大幅绝壁上面是葱葱郁郁的山巅。据说山巅上平野肥沃，别有天地。山水奇妙，真不可思议。

船过秭归、香溪，是屈原、昭君故里。滚滚长江，每一段都有中华民族可歌可泣的历史遗迹。以"扬子江"号的速度，怀古都来不及。而我们的绝才绝色都出于此，也是天地灵秀之所钟了。香溪水斜插入江，颜色与江水截然不同。一青一黄，分明得很。世事滔滔，总有人是在"独醒"的。其实，对于"世事洞明皆学问，人情练达即文章"这两句话，我倒是很佩服。

船驶出西陵峡口，顿觉天地一宽。见峡口两峰并不很高大，这是因葛洲坝使水位提高了。峡口山上有亭台，众人如蚁行其上，显然是一公园。远见大堤拦截，各种横杆竖线，我们又回到了红尘。

峡口两山老实地站在江中，船仍随水东流。我和我的记忆，也随船漂远了。

## 三访鳌滩

这一段上坡路，似乎是伸向天边。四周荒无人迹，低矮的野生植物覆盖着地面，绿色中点缀着简单的黄与红的花。一到坡顶，天蓦地升高了，推远了。眼前就是大海，灰蒙蒙一片，无际无涯。整个海，像是凝聚着昨天的雨和云，海连着天，天连着海，看不清海天界限。略带腥味的海风挟着涛声阵阵扑面而来，大家兴奋地加快了脚步。

我们站在伸入海中的石头上，左右看去，净是些巨大的礁石。海水漫漫，看不出石头形状。早听说金石滩的礁石不凡，可以想象为古堡龙宫，神怪猛兽——那弯进海中的大石形成一个穹门，被称为通往龙宫的路；又一块大石则是后羿的臂肘，羿射九日后力尽而死，那弯着的臂肘还做拉弓状。

像吗？互相问，又迟疑着，不愿回答。

再到这里时是黄昏。我们从两座石山间下到海滩。两座山般的大石，黄绿色的名黄帝石，红褐色的名炎帝石，我们走在中间，便是炎黄子孙了。夕阳从背面反照过来，海上云霭中透出层次不同的红。海滩上静极了，只有我们在走动。我们举目四望，忽然感觉这里似非人境！巨大的、颜色鲜艳的石山默默地压在头顶，面前是大海，左右是奇形怪状、令人生畏的礁石，脚下是晶莹如玉的石子，形成一个奇特的世界。我们在浩漫的大海与压顶的巨石之间，像是一幅雄伟画卷上的几个墨点儿。

"看那大龟！"有人叫。果见海滩另一端有一个硕大无朋的龟，与海中的一个小龟，头对着头，像在互相审视，互相辨认。是小龟在劝说母亲回到大海，还是大龟在召唤独生子上岸休息？鳌滩想因这一石塑而得名了。

海浪仍在一道道向岸边涌来。大海，是不休息的。

"涨潮了。"有人提醒。

海在汹涌，一浪接一浪。每一次海面都升高一些，那些小礁石都已消灭了。我们赶紧向上走，海水在身后赶来，那小龟向下沉了。走到坡顶，我才忽然想到，刚才是站在海里!

又一次去到鳌滩,天还不大亮。远远便见海滩上灯火明灭,是有人用手电筒,在觅取海的赐予。到滩上看时,赶海人深入海中,离岸相当远,灯光一闪一闪,像是大萤火虫。

他们当然都是精通水性的。我却担心:海水仍在声势浩大地向岸上涌来,他们来得及上岸吗?水边许多小礁石,如同黑色的小兽蹲伏着。渐渐地,它们的身体露出得越来越多,是向岸上爬过来了?我们惊异地看着。

远处一道白绿,在黑暗中很分明。它滚得很急,奔过来撞到岸上,便消失了。每奔来一次,水面便下落,落得真快!眼见那些小兽爬出水面,眼见那望着母亲的小龟的头离水面越来越高。我们简直可以追赶海水,和赶海人一起,追进海里去,看看浩瀚的海水落到了哪里,哪里又盛得下这无边的大海。

等潮落尽,又要涨了。涨满了,再落。

我还从未见过这样呼吸着的、活得如此健旺的大海。人说不只因正值望日,且因有礁石的标志,才能清楚地感觉潮的涨落、海的起伏。不管这些礁石是否激发起各种的想象,它已使我更认识了大海,使我在短暂的停留中，经历了沧海桑田的变迁。

　　大海都有升落，有变迁，人生又怎能常处于一个水平面上呢！

## 养马岛日出

到海边了，便总惦记着看日出。

最初几日阴雨，天空为云霾锁住，只见海天茫茫，是深深浅浅的灰色。不见太阳，也不辨东西南北。

一天清晨到得阳台上，忽见一侧天边和海面间闪着红光，空中云层后面，有个大红球，那是一轮红日，已经升得很高了。没有多久，便不能逼视。

阳台上看日出，毕竟局促。在告别养马岛的这天，特意到海边去等候。

微弱的晨曦中，树木似醒非醒，海是凝重的灰蓝。昨天还是海面的地方，现在露出高高低低的礁石，线条还不十分清晰。一个小小的人影正在那块伸入海中的大礁石上移动着，他是想上得高些，看得远些，那是我们力所不及的。我们只能循着岸边小路选择了一处开阔的地方，等候那伟大的时刻。

天边有云层围护着。渐渐地,东边天红了,由浅到深,红得很朴素,似乎云层后面正在燃烧,却看不出那中心在哪里。我们凝望天边,不敢眨一眨眼睛。忽然有一条鱼从水面上跳出,接着又是一条,似乎也在盼着太阳。

"快看!快看!"我们彼此叫着,只见云层后面陡然出现一个小红球。那是太阳!那是燃烧的中心。太阳在云霞围绕中跳出了海面!云霞红得耀眼,一条光闪闪的红柱从水面拖过来,每一道水波都发着红光。

这一带几个海岛上都有三官庙,渔民们奉祀天、地和水。我和他们一样,觉得一切是这样神圣。我心中充满感激,感激天有日月、地有泥土,感激太阳辛勤地出没、大海不息地涨落。希腊神话中的日神阿波罗每天驱赶着金色的马车向天上驶去时,是否想到地上水中的生灵在顶礼膜拜?

太阳不停地上升,愈来愈大,水面红柱愈来愈宽而长,终于成为一片落进海水的灿烂的彩色。太阳的红反而淡下来,变成白亮的强光,使我们转过头去。

太阳出来了,新的一天开始了。

太阳是我们的。

## "热海"游记

自腾冲西南行十余公里,山势渐险,巉岩峭壁,几接青天。盘行在山上的公路,呈接连不断的 S 形。眼看到了尽头,前面空荡荡的,只垂挂着大幅蓝得无比的天,蓝得无比深透,无比高远,这是无处去找的只有云南才有的蓝天。车子冲上去,似乎要奔那幅天幕去了,可是一回过头,又是坡路,又是一重天,蓝得无比的天。

我们是往那罕有的热泉地带去。热泉中最著名的一处名叫滚锅,可见有多热!越过山梁,车下行了。下行时的天也一样蓝,好像是一个蓝色的大湖,在远处等着我们掉进去。幸好我们没有坠入,总是有山托着,路引着,到了谷底,又往上行。如此下而上,上又下,忽然一股硫黄气味袭来。主人说,快到了。果然这座山谷与众不同,谷中云雾缭绕,烟气氤氲。车子转了几个弯,路旁立一界石,大书"硫黄塘"三字。

硫黄塘村,见《徐霞客游记》。霞客到这里时,适值狂风暴雨,于风雨泥泞中蹒跚于山间小路。其精神是我们今日的游兴无法比拟的。

在谷中下行颇深,以为到底了,转弯还是向下,直到一条河旁。河水很少,过桥上行,山坳间雾气弥漫,硫黄味愈重了。在一座据说是疗养院的房屋前,我们下车循石阶登山。走不多远,便觉得挟有硫黄味的热气,把我们重重包裹住了。

再往上走,赫然有一台在,台上有石栏遮护。"这就是大滚锅。"主人指点说。走上去,脚底都是热的。台上水汽蒸腾,迷茫间见一大池,池面有十余平方米,池水翻滚,真如坐在旺火上滚开的大锅。站定了细看,见水色清白,一股股水流从池底翻上来,涌起数尺高,发出噗噗的声音,热风扑面,令人悚然。自然神力,真不可测。

这样的水波翻滚不知几千万年了,这池用石砌成八角形则是近几年的事。水与石齐,霞客记载的大池"中洼如釜,水贮于中,止及其半",看来釜边已削去许多,涌起的水势可能也不如三百年前那样猛烈,然而足可称为壮观了。石沿上刻有八卦，不知为何。台上石缝中不断咕嘟嘟冒出水泡儿，又有小水道通往浴室。同伴把鸡蛋用手帕包住浸在水中，几分钟后便熟了，大家剥来吃。据说有牛掉入池中，很快化为一锅肉汤！只不知有人喝过没有。

台后有数碑，刻有徐霞客对大滚锅的描写。台一侧一碑，有滇人李根源书写的"一泓热海"四字。因为太热，且硫黄气味太浓，无法久立读碑，只好在来回走动间，看上几眼。

从大滚锅往下的山涧中，到处有热水渗出，有的冒泡儿，有的汪着一摊水，有的则成为泉眼模样。一处小泉，从石上流下，两旁岩石呈黄绿色，好像是不规则的琉璃瓦，那是硫黄侵蚀的结果。再往下走，到一河旁，河岸陡峭，幸有栏杆可扶行。沿河道转弯，先闻水声轰隆，忽见一瀑布泻入一池。瀑布不高，但水势很猛，在溅起的水花中，可见水潭一侧有大块颜色鲜明的岩石，好像一张古怪的脸谱，涂有黄、褐、黑、白、绿各种颜色，在这儿看着水的起伏、山的变迁。

"这是蛤蟆嘴。"主人介绍。细看时，巨石颜色果然像癞蛤蟆，尤其是那黄黑色的条纹，似乎涂抹着蛤蟆的黏液。大概曾有什么山精河怪在这里居住过,有一天,它忽然定住了,化作这大石。

可是它还在呼吸。

譬喻作巨大的癞蛤蟆罢了,何以称作蛤蟆嘴呢?便是因它在呼吸。大石下有洞,像是蛤蟆的阔嘴,隔几分钟,嘴中便喷出一股水花。吸——静止,呼——喷水;吸——静止,呼——喷水。这一个间歇泉,使得幽僻的、脚下热乎乎的山谷,更增加了神秘色彩。

这一带山,名为半个山,"皆迸削之余骨,崩坠之剥肤也"。不知地形怎么样变化,整个山落得了半个,热泉才能涌出。有人曾把照相机掉到池里又捞起来,可见池不很深,水也不过热,但那斑驳浓重的色彩,神秘奇特的气氛,使人疑惑山随时会活动变幻,而不敢久留。

还有十数处泉景,我不能一一走到。据霞客记载,除上述二泉最著名外,还有一处"平沙一围,中有孔数百,沸水丛跃,亦如数十人鼓煽于下者",值得一观。我没看到,但可借风雨作书中游,足以安慰。

# 孟庄小记

## 神在哪里？

一九九二年十月二十二日至十一月二日，在杭州北高峰下灵隐寺的孟庄小住。

孟庄在一片茶园之中。

每天清晨，一行行茶树吸了一夜的露水，微微发亮，格外精神，手一碰湿漉漉的。茶花有铜板大，颜色陈旧，貌不惊人。还有小小的茶果，据说毫无用处，只有割去。别的植物以花胜以果胜，唯独茶以叶胜。

大概力量都聚在叶里，别的便不顾及了。

随着清晨一起来的，是灵隐寺的喧嚣，很难想象沸腾人声来自清净佛地。及至身临其境，才知那"市场"与"市场"是符合的。刚到"咫尺西天"的大影壁前，便有十多个妇女围上来。

"买香？买香？"一面把香递到面前。

一路走过去，便是一场推销与抗购的斗争。除了香，还有小佛像、小玻璃坠等买来只有扔掉的东西。熙攘间已过了理公塔、冷泉亭。飞来峰还是那样，只在壁间小路和每一凹处都站满了人，也就无法玲珑剔透了。

以前几次来，大家都忙于阶级斗争，自然无心于山水。现在想上哪儿就上哪儿，至少国内没有限制，自然会热闹。这热闹使人感觉生活别有一重天地，到底是自由多了。

临近寺门，先见香烟缭绕。

曾听说现在寺庙香火很盛，亲眼见了，还是不免惊异。寺门前摆着长方形的烛台，约有两米长。数十枚红烛在燃烧。一人多高的大香炉，成把成把地烧着香。人们在香烛前跪拜，一行人跪下去，后面有人等着。

他们有老有少，有男有女，有智有愚，有丑有俊，必定或有排解不开的苦恼，或有各种需求，觉得人的力量不够，要求诸冥冥中的力量。求一求，拜一拜，精神的负担分出去一点，在想象中抓住点什么，也是好事。

到大雄宝殿，见众人都在殿外礼拜。

一青年女子交给僧人一纸伍拾圆，获准到佛前香案下跪求。她祈祷良久，转过身来，面带笑容，也许灾难还不退，至少她安心了。

前些年，一个朋友悄悄地告诉我，她不是任何教的信徒，可是她每晚必祷告。把一天的烦恼事理一理，一股脑儿交给上帝，然后安稳入睡。这话现在不用悄悄说了。

那袅袅香烟，在青天白日之下，凝聚着多少祈求和盼望。据说也有人是专门还愿来的。原来求的事已经满意如愿，特来感谢。说起来，我佛如来、观世音菩萨、耶稣基督、圣母玛利亚都是大大的好人，是芸芸众生的好朋友。

在罗汉堂边山石上坐着休息，仲忽然拉我起身，走开数步后才说，那石旁有一条蛇，正在游动。一面说一面拾起石子要打，我忙制止说，也许是白娘子来随喜呢，再不济也是佛寺里的生灵，不可冒犯。

忽然想起在澳大利亚访问时，一家公寓下的花丛中住着一条蛇，人们叫它乔治。蛇寿不知几年，这乔治想也不在了。乘缆车登上北高峰，远望尘雾茫茫，不见人寰。

一对青年夫妇带一小孩，对着一面墙跪拜。

不由得好奇，上前打听拜的什么，他们不情愿地回答，拜的财神菩萨。财神菩萨，当然也是人的好朋友。

下山都是石阶，我居然走下来了，满山青松翠竹，清气沁人。不多时到韬光庵。庵依山势而建，楼台错落有致，很不一般，院中有泉，水上有许多落叶，游人用长柄勺推开落叶，舀水来喝。

我们在泉侧亭里小坐。

见一妇人三步一躬走上来，舀水装入自备的瓶中，又三步一躬向上面的正殿走去。她一定是为亲人祈求平安的。这泉水是矿泉水，又有神灵保佑，传说能疗疾消灾。

我身上的病根少说也有好几种，我可不想试一试。听说正殿供奉的是何仙姑，倒想一睹风采。怎奈上去还有百余阶，只好知难而退。真是今非昔比了，若在从前，无论什么角落，总要走过去看一看的。

一阵风吹来，泉边树上的叶子纷纷飘离枝头，旋转着落向水面。是秋天了。我们继续下山，依山涧而行。

涧中过去大概是泉水淙淙，现在水很少，几近干涸。坡上植物很多，一片苍老的绿，往下伸延开去。涧边有大石，有些人坐着休息。一路走过去，好几个人问，"还有多远"。这是上山人常问的话。

快到灵隐寺了。涧边有用毛竹随意搭成的栏杆。毛竹茶杯口粗细,原以为引水用,走近看时,见竹上插了许多点燃的香,成为很长的竹香炉。香烟向四面飘散,渗入山林涧壑。

这不知供奉的什么神。

是山、树的精灵?还是水、石的魂魄?

我忽然大为实际起来,很怕香火烧着什么,又明知管不了许多,只好带着担心离开这一片清幽,走进了沸腾的佛地。

## 西湖别来无恙

西湖秀色,不只在一湖,还在周围的许多景致。我对满觉陇的桂花向往已久,这次秋天来南方,以为或可一见,哪知紧赶慢赶,还是没有赶上。然而没有花,满觉陇也是要去的。

满觉陇者,原来是一条路名。路两旁大片桂林,一眼望不到边。徘徊树下,似有余香,至于小花密缀枝头的景象,就要努力想象了。几乎每年秋天,我都计划到颐和园看那两行桶栽的桂树,计划十之有九落空,所以对桂花其实很不了解。印象最深的是它那浓郁而幽远的香气，所以一见桂林，先觉其味，似乎这芳香也浸透了一些咏桂的文字。

循路来到石屋洞。洞在山脚，奇径穿透，上下颇出意外。院中有小舍，售桂花栗子藕粉。于大桂树下食之，似有一种无香之香浸透全身，十分舒畅，藕粉滋味，倒不及细辨了。

去过了无桂花的满觉陇，又去无梅花的罗浮山。据说罗浮山所种乃夏梅，是一种珍奇植物。我于梅花见得更少，简直无从想象。然而百亩罗浮山风景清幽，楼台亭榭十分雅致，已令人不忍遽去。建筑名字都和月亮有关，如伴月楼、月亭等。想必这里是赏月的好所在。若是月下有梅，梅前有酒，更是何异神仙！一个小院落里有一石碑，大书"天缘"二字。两字发人深省，这能赏景物之极致的天缘，不知能有几人得到。我就既未见梅，也未见桂，春来九溪十八涧开得漫山遍谷的杜鹃花，也只能在《志摩日记》中观赏了。

然而西湖的正气和才情是四时不变的。这次见张苍水墓，那"友于师岳"的精神令人肃然起敬。苏堤尽头的苏东坡纪念馆，陈列物虽不多，却系住了游人的仰慕。

还有一个风情万种的西湖，阴晴雨雪都不会令人失望。几次来杭泛舟湖上，次次觉有新意。这次在三潭印月，见游人摩肩接踵，甚无意趣。匆匆走过，下得船来，脚下是碧沉沉的水，头上是蓝湛湛的天，微云一抹，远山如黛，天地忽然一宽。"西湖原来很大。"我说。

听着船边轻柔的水声，想西湖和昆明湖有许多相似之处。前者有孤山，后者有万寿山；孤山上有石亭，万寿山上有铜亭。本来修建颐和园便是以江南景色为样本的，十七孔桥大概也受到三潭印月孔中见月的启发吧。

秋日的阳光还有些灼人，照在水面上，只见一排排光波从桨的左右流过去，然后落进了湖底。到阮公墩转了一圈，那是经徐志摩品定为精品的，这次发现它扎彩楼、建戏台，传染上了许多景点的流行病，成了个扭扭捏捏的假古董，心里却也无甚感伤。

还是在碧波上滑行，逍遥了一阵子。天色渐晚，湖面起了风，船身有些摇摆。水波高高低低，一个接一个，似乎是从水底翻涌起来，不仅是水面的活动。"西湖原来很深。"我又说。

阳光渐渐集中到西边，成为绚丽的晚霞。晚霞映进水面，又透出水波，好像无数层锦缎在抖动。渐渐地，暮色从远处围拢来，推着我们到了岸边。

坐在岸边的石椅上，望着天，望着水，轻轻说了一声："西湖别来无恙！"

## 三生石在这里

因为很喜欢三生石这美丽的传说，曾把它写进一篇小说，并以之为篇名，却没有想到，世上真有这块大石头。

我们先是从导游书《灵隐轶话》中看到，便去寻找。问了好几个人，都说没听说过。后来问到一位老者，得他指点，才走上正确的寻石之路。

从下天竺进灵隐边门，就是飞来峰东侧。从山脚到山顶，树木森然，不见游人，只有守门人在大声说话，和西侧的喧嚣大是不同。我们循石阶上山，轻风拂过，树叶沙沙作响。转两个弯，见有人在地上捡毛栗子。问三生石在何处，答道茶地边上就是。

再往上走不远，果然见一片茶地。山坡上翠竹千竿，山坳尽处突出一块大石。我们快步走近，心上一分是惊，二分是喜，似是猛然间见到了故人。

这石约有三人高，横有七八尺，轮廓粗犷，显得端凝厚重，不是玲珑剔透一流。石色灰白与黝黑杂陈，孔隙里生有小植物，有的横生，有的下垂，成为大石的好装饰。向茶地的一面赫然写着一篇文字，题目是"唐圆泽和尚三生石迹"，记载了圆泽和士人李源转世不昧的友谊，是嘉兴金庭芬于一九一三年所刻。据说圆泽和尚圆寂前，和李源相约，十三年后在此石边相会。李源如约前来，见一牧童骑在牛背上，歌诗道："三生石上旧精魂，赏月吟风不须论。惭愧故人远相访，此身虽异性常存。"诗意颇悠远，不知何人所作。石上所刻以及《辞海》所载，与我所记有个别字不同。我们从边上转过去，才看清这大石其实是三块相连。当中一块背面写着"三生石"三个大字，笔锋纤细，和大石以及大石般的友谊殊不相称。然而总算有这石头附会这传说，让把假事当真的痴子们可以煞有介事地寻上一番，感慨一番。这石头又正好三块相连，以副三生之数，实在难得。

从古到今，生死和爱情是艺术的永恒主题，其实友谊也是歌咏不尽的。读《中国哲学史新编》第六册，得见谭嗣同对朋友的解释，他以为，五伦中"于人生最无弊而有益"的，就是朋友。他认为朋友的关系能"不失自主之权"，"一曰平等，二曰自由，三曰节宣惟意"。

我想，就广义的朋友而言确是如此，最深层的朋友关系则贵在知心，也就是精神上的理解。管仲说："生我者父母，知我者鲍叔。"世间得一知我者，也就不虚此一生了。伯牙碎子期妙解之琴，渐离继荆轲未竟之志，友情的深重高昂，又何逊于罗密欧与朱丽叶呢！

石侧有石阶上山。上山的路，还很长。我们走到三生石上，见三生石一块接着一块，如波浪前涌，到茶地边忽然止住。茶地下面远处有村舍，牧童大概就是从那里来的。坐在石边休息片刻，已经很满意，不想再高攀了。下山出边门时，守门人问："找到了？""找到了。"我们答。访得了三生石，实为这次到杭州的一大收获。

回京后便留心有关三生石的吟咏、故事。《太平广记》记载有李源和武十三郎转世相识之情，似乎是一种断袖之癖，未提到三生石。传说总是在传和说中不断完善的，人们添进自己的企求，剔除自己的厌恶。现在的三生石传说，就寄托着人们对坚贞友谊的向往吧。《全唐诗》载齐己和尚诗，有"自抛南岳三生石，长傍西山数片云"之句，看来那时已有三生石的故事，李源名字可能是后加的。齐己和尚是湖南人，他大概想把三生石安排在南岳。但自然还是在杭州现址好得多。袁宏道有一首三石诗，描写的似乎就是现在这一块："此石当襟尚可扪，石旁斜插竹千根。清风不改疑圆泽，素质难雕信李源。驱入烟中身是幻，歌从川上语无痕。两言入妙勤修道，竹院云深性自存。"

另一唐僧修睦，有诗咏三生石："圣迹谁会得？每到亦徘徊。一尚不可得，三从何处来！清宵寒露滴，白昼野云隈。应是表灵异，凡情安可猜。"

"一尚不可得，三从何处来！"直如当头棒喝！我连忙放下了一支秃笔，掩过了满纸胡言，只自凝望着天上白云，窗前枯树。

## 三千里地九霄云

我在记忆之井里挖掘着,想找出半个多世纪以前昆明的图像。在那里,我从小女孩长成大姑娘,经历了我们民族在二十世纪中的头一场灾难,在亡国的边缘上挣扎,奋起。原以为一切都不可磨灭,可是竟有些情景想不起来,提笔要写下昆明的重要景色——白云时,心中只有一个抽象的概念:昆明的云很美。

只有概念,没有形象,这让我觉得可怕,仿佛眼前是个无底的黑洞,把所有的图像都吸进去了。

我记得蓝天,蓝得透明,蓝得无比。我在《东藏记》开头写着:"昆明的天,非常非常的蓝。只要有一小块这样的颜色,就会令人惊叹不已了。而天空是无边际的,好像九天之外,也是这样的蓝着。蓝得丰富,蓝得慷慨,蓝得澄澈而光亮,蓝得让人每抬头看一眼,都要惊一下,

'哦!有这样蓝的天!'"

蓝天上有白云,我记得的。可是云在哪里?我必须回昆明去,去寻找那离奇变幻的白云,免得我心中的蓝天空着,免得我整个的记忆留下缺陷。

于是我去了,乘汽车,乘飞机,倒也简单。一路上想,古人为鲈鱼辞官不做,若是现在,可以回乡享受了鱼宴再出来宦游,岂不两全?然而也就没有那弃官爵如敝屣的佳话了。

飞机沿西线飞,经太原、西安、重庆,到昆明坝。它穿过云层,沿着山盘旋,停在四周青山之间。飞过了两千多里。若是走路,岂止三千里。

为了那虚幻的云。我站在昆明街角上了。头上蓝天似不如记忆中那样澄澈,似调了一点银灰和乳白,这是工业发展的效果。天公为迎接我,在这一片不算宽阔的蓝天上缀满了白云。

昆明的云,我久违的朋友!我毫不费力地发现我的朋友们的与众不同处,他们也发现了我,立刻邀我进入云的世界。这一朵如山峰,层峦叠嶂,厚薄相接处似有溪流落下。那一朵如树丛,老干傍着新枝。这一朵如花苞,花瓣似张未张。那一朵如小船,正待扬帆起航。只一会儿工夫，这些图景穿插变幻，汇成一片，近处如积雪，远处如轻纱，伸展着，为远天拦上一层围幔。

忽然落下雨点儿，紧接着就是一阵急雨。人们站在街旁店铺的廊檐下。一个水果担子在我身旁。

"你家可买梨？宝珠梨。尝尝看。"挑担人标准的昆明话使我有余音绕梁之感。那是乡音！宝珠梨在记忆中甜而多汁，是名产。据说现在已经退化了，人们在培养新品种。我摇摇手，用乡音对答："梨么不要。你家说的话好听呢好听。"挑担人不解地望着我。那是典型的云南人的脸，这张脸在我的记忆之井中激起了许多玲珑的水泡，闪着虹的光亮。

雨停了，挑担人拢好箩筐上的绳索，对我笑笑："要赶二十里路回家嘛。"他向街的一头，十字路口走去，那里从前是城门。

雨后的天空，又是云的世界。我走几步便抬头，不免东歪西倒，受到"不好好走路"的责备。于是便专心走路，回想着白云下的宝珠梨担子，那陌生又熟悉的脸庞和天上的白云。

几天后，朋友们安排我去石林附近的长湖。五十年前，我曾到过那里。当时的长湖藏匿在茂密树木中，踏过曲折的石径,站到湖边时,会觉得如同打了一针镇静剂,一切烦恼不安都骤然离去,只有眼前的绿和绿意中水波的明亮,把人浸透了。我曾把这小小的湖列于西湖、太湖之上,因为它不是一般的风景,而是一种心灵的映照。

不料这一次我们驱车往路南尾泽乡,所遇震撼全在长湖之外。再没有坎坷不平的泥路,再没有背上放着木架的小马,有的是上上下下都十分平坦的公路,车子驶过,没有一点颠簸。行到高处,忽见前面豁然开朗,大片蓝天之上,有白云的图案,如一幅抽象派的画,不写真,不状物,只是一团团,一块块,一层层,卷着滚着,又在邀人进入云的世界。"昆明的云!"我叫起来,真想跳离了车子,扑到天边去!车行急速,转眼掀过了这一幅图画,眼前是无比真实的土地,鲜红色的土地,红土地!

红土地连着绿林,红土地连着蓝天,红土地连着白云!我亲爱的云南的土地!多少年来,我怎么忽略了这神秘的鲜艳的红色呢!在这红土上生长着宝珠梨,滋养着本地和外来的人,回荡着好听的昆明话;在这红土上伸展着蓝天,变幻着白云。

我们走过一个小村庄。村中房舍想必是用红土烧坯建成，屋顶墙壁一派暗红。村前池水也是红的，两三个系蓝布围腰的妇女在池边洗衣服，洗出来的衣服想必也是红的了。

颜色很绚丽，心里却酸苦。红土是酸性土壤，它的孕育是艰难的。

可是我相信，人人都会有一池清水，这是迟早的事。

尾泽小学已是正式的楼房了。院中植着花木，我住过的土坯房不见了，只是那片操场还在。五十年，该有多少农家孩子从这里得到启蒙的知识，打开了灵魂的窗户。而在操场和我一起学过阿细跳月的人们，还有几个能再来？

车直开到长湖边上，我还一再地问："是这里吗？这是长湖吗？"可见长湖大变样了。似是从一个纯真少女变成了人情练达的成年人。湖水不再掩藏在树木间，而是坦然地抚摸着开朗的湖岸。岸上有草地，有野炊用的泥灶，俨然一个公园。

我们坐在一个小冈上，良久不语。作为公园，这里还是不同一般的。水面澄清，天空开阔，而且是这样的蓝！

记得《西游记》中有推云童子、布雾郎君这样的角色，常被孙大圣传唤。布雾郎君且不说，这推云童子无疑是个艺术家。蓝天上的云朵洒得疏密有致。渐渐地，小朵汇成大朵，如堆绵，如积雪。一会儿，绵和雪变化成一群白羊，一只大狗——狗是在牧羊吗？远山上出现了一个大玩偶，一只大袖子，有很长很弯的鼻子，似要到湖里吸水，那狗蹄子正踩在玩偶头上。玩偶不必发愁，狗蹄子很快移开了，愈来愈淡，狗消失了，只剩下群羊。想不到在无意间，得观白衣苍狗，更领悟子美"天上浮云如白衣，斯须改变如苍狗"之叹。

云还在变幻。一座七宝楼台搭起来了，又坍塌了。围湖的山和天相接处，一朵朵云如同很大的氢气球，正在欲升未升。不久化作大片纱幔，似是从山顶生出来的，把天和地连接在一起。而天是蓝的，地是红的，白云前还点缀着绿树。

归途中，一轮丽日当空。快到昆明了，忽然，年轻的朋友叫道："快看！彩云！"

哦！彩云！就在太阳的右下方，一朵椭圆形的彩云！刚看见时是玫瑰红，一会儿变作金色，一会儿又变作很浅的藕荷色。太亮了，我们不得不闭上眼睛。再看时，可能我的不正常的视力做了加工，只见彩云后面透出彩色的光，许多亮点儿成串地从云朵上流下，更让人不能逼视。

"不能看得太久，"我们说，"会折损了福气。"

太阳随着车子向前而后退，那彩云却面对面地向我们头顶飘来，随即消失。

云南这个名称，据说始于汉代，因彩云出现而得此名。有谁真正看到过彩云？如今有我。

昆明的云！美丽的云！在我的记忆之井中注满了活水。

"三千里地九霄云"。我拟下了一个作文题目。

## 澳大利亚的红心

瑙玛有个小小的习惯，怕下楼，因此当然也不能上楼。我们在阿丽思泉古斯艺术馆的圆厅里走着，见厅中心有一个螺旋形的小楼梯，梯侧有小喷泉，暗红色的灯光照着喷洒的水珠。我请她到厅边小坐，不要陪我上去。她说到上面就可以看见这个艺术馆的主要内容，她用了一个字，我一时想不起那英文的意思。"上去便知。"我想。

跨过暗红的喷泉，缓缓上到梯顶，我不觉吃了一惊。我怎么忽然来到了澳大利亚中部的荒原上、旷野间？苍凉而豪迈的中澳大利亚景色，扑向我眼前，这样辽阔，这样一望无际；又这样寂静，这样无动于衷，只有远处小小风车给人一点动的感觉。似乎时间也被这豪迈苍凉羁留住了。那一直伸展开去的原野，直到天边，看不见了，却又明知它还在继续伸延，简直使人想赶过去看个究竟。在棕褐色、有的地方是暗红色的原野上，铺缀着一丛丛灰白的草，一丛丛暗绿的榛莽。再高一些是那一对称为孪生兄弟的橡树，它们真像彼此的影子。最高的植物是一株尤加利树，它那灰白的树皮下，显示着充满了生命力的筋骨。天地交界处有一段远山，又有一座淡蓝色的平顶山，像一个倒扣的长盒，后来知道它的名字是考诺山。又有一座稍长的，一端扁平的浅棕色的山，后来我知道那便是世界最大的独石，艾耳石。

我循着楼栏走了一圈，才悟出那英文词义是全景画。这画面形成一个圆圈，观画人站在中央。近处二十英尺的泥土植物全是实物，连接着二十英尺高的画面。画面不但集中了澳大利亚的有特点的景物，还画出了那原野的苍郁混沌的神情，使人不觉大有"天地悠悠"之感。

次日我们乘车行驶在真正的澳大利亚内陆原野上，离艾耳石越来越近，这种"天地悠悠"之感也越来越强烈。车行几个小时，眼前总是莽苍苍一片。忽然远处出现了那淡蓝色的考诺山。以后我发现无论从哪个方向看，它总是保持着那淡淡的蓝，虽然远，却很分明。走着走着，考诺山不见了。太阳没遮拦地照着，蓝天亮得耀眼。

地下的草格外灰白，榛莽的绿显得格外干涩。而路呢，不知何时起，变成了鲜艳的红色。如果不是亲眼得见，实在难以想象土地能红到那样地步。这红色在那全景画中并不突出，大概是要留给人自己琢磨吧。于是天是蓝的，树是绿的，草是白的，路是一味的红。风吹草低，便是原野的活动，便是原野的声音。

我拿出"罗吉的地图"，想看看行程远近。罗吉是气象学家，是璐玛的儿子。在悉尼那几天，都是他开车。离开悉尼时，他送了我这份地图，还有一个复活节巧克力兔。他对璐玛极为体贴关心，总是在她需要时及时出现。"这样孝顺的儿子不多了。"璐玛常说。我也为她高兴。

罗吉的地图告诉我们，艾耳石有三点二公里长，二点四公里宽，三百三十五米高。艾耳是一个人的名字。一八七二年最初来到这石山的欧洲人取此名，艾耳本人与这石山并无关系。这里原有土著，现在都迁往别处了。他们有蛇人的传说，山的阴阳两面有两种蛇，后来成为两个部落。我不禁联想到我们中华民族的龙，其实也是由蛇图腾演变来的。看来在远古时代，蛇的势力不小。

我们到了。艾耳石从近处看如同一匹趴卧的大兽，棕色的纹理好像大象粗糙的皮肤。石山上有好几处洞穴，有的洞中有简单的原始的画，都保存得很好。头一天在阿丽思泉，瑙玛曾请一位研究土著生活的英国朋友来见，他对他们的画很了解，圈圈点点，曲线直线，都有意义，都在诉说一个故事或一种感情。只是有些内容他们不愿人知，他也就闭口不言。在他那里见到一些画，圈、点和线的形状、颜色都很和谐，倒有点像当前抽象派的画。

节目中有一项是欣赏艾耳石变换颜色。我们清早出发，登上一个沙丘，东张西望。向东看日出，向西看石山的颜色。石山在黑暗里黑黢黢的，黑夜渐渐淡去，石山逐渐显出棕色的皮肤；朝阳在天边涂抹着彩霞，石山在不知不觉间也涂了一层橘红色。在太阳跃出地平线的一刹那，据说石山会像着火一样通红，但那天不知为什么，没有见到这奇观。又因为东张西望不能兼顾，对两边似乎都无多少心得。从沙丘上下来，瑙玛笑道："走了几万里路，临了石山不变颜色。""总得把最奇特的留给想象。"我笑答。其实眼前的景色已经够奇了。在灰白和暗绿相间的原野上，破开一条鲜红的大路，向石山缠绕过去。远处虽有总是那样蓝的考诺山和另一座奥尔加山，近处的艾耳石却显得这样大、这样孤单，不知从什么时候被抛掷在这里,遗忘在这里。它像澳大利亚一样,终于被发现了,而且成为胜景。我记起 T. 哈代所著《还乡》的第一章,"一片苍茫,万古如斯",那描写伊登荒原的文字是多么美;还有那红土贩子——现在科学发达,当然不用红土染色了。

"这路,这土,多么红……"我喃喃道。

"这是澳大利亚的红心,"璐玛说,"澳大利亚的红心欢迎你。"

"红心"两字并非璐玛发明,在导游画册里便是这样说的。在辽阔无垠的原野上袒露的红路,真像敞开了赤诚的胸怀,那是人民友好的心愿。我向她感谢地微笑,默默地俯身抓起一把红土。原来在土著的许多美好的传说中,确有红土染身的故事。说是在世界尽头住着一个女人,她的职责是早晨点火照亮世界,晚上熄火让万物安息。在点火与熄火时,她都要用红土装饰自己,红色反照在天上,便成了朝霞和落日的绮晖。

我们沿着红色的路,下午便返回阿丽思泉。在渐渐合拢来的暮色中,西天却逐渐明亮,越来越红,很快就成了一片通红。红云上压着一层层灰黑的云。这里没有别处落照的千百种颜色的变换,整个天空,只有红与黑两种颜色。红云真像在天上烧着大火，因为天地是这样无边无际，火也烧得透旺，烧得恣意，从天的一端直烧到另一端。偏又有层层黑云，有时在红云上压着，有时在红云下托着，更显出那壮丽的通红来。通红的天连着通红的地面，仿佛从地面上也在升起红云，真使人感到一种浩大、神秘的力量。这大概是那世界尽头的女子在撒扬红土所致吧。

车上几个小孩在说儿歌："彼吉博吉胖墩墩，拉着女孩们不住地亲；一伙男孩来游戏，彼吉博吉跑开去。"在清脆的童音中忽然发出一声赞叹，瑙玛说："看那边！"和通红的西天遥遥相对，在草莽中升起一轮明月，月轮很大，染着淡淡的金黄，默然俯视着这原野。我忽然想起，内蒙古草原上大而圆的月亮，不也就是这一个吗？它冷眼观看了亿万年来地球各处人类的发展，不知地球上何人初见月，也不知月亮何时初照人。人的智慧发展到今天，月亮本身的奥秘也已让人探得去了。

日落的壮观持续约一小时，夜幕终于遮盖了一切。路边的地灯告诉我们已走上柏油路，红土的原野越来越远……

"告别了，澳大利亚的红心。"我在心中说。我已从自然景色中苏醒过来,和车上的旅客攀谈着。旅客来自澳大利亚各阶层,也来自世界各地。谈笑间,我也学会了瑙玛小时候就在说着的儿歌:"彼吉博吉胖墩墩……"

其实,我虽然离开了那红色的原野,却并未离开澳大利亚的红心。牧场上,大学里,繁华的大城和清幽的小镇中,到处都遇到热心朋友。南澳大利亚的库诺本小学特地赠我一把银色的小勺,柄上有校徽,盒底写着:"请冯女士用它的时候记住我们,并请转达对中国小朋友的友谊。"

访问小学校时,我被安置在大沙发上,孩子们围坐在地,瞪大了眼睛瞧着我。校长科博狄克先生多才多艺,他手弹吉他,领着孩子们唱欢迎歌。我讲我自己的古老伟大正在建设的国家,讲了我们小学生的一天的生活。应校长之请,我也讲了《露珠儿和蔷薇花》这篇童话。我很怀疑我的自译能否达意,孩子们却专心地听。讲完了,一个孩子举手问:"那朵蔷薇死了?""骄傲的蔷薇死了。"我不无伤心地答。

校长让孩子们自由发问,空气很是活泼。问题一个接一个:"中国最高的山?""中国最长的河?""中国的牙膏是什么颜色？""你有多少岁？"我也问他们，问他们的志愿。几乎人人都举起小手。有的要做农民，有的要做理发师；有的女孩愿意做护士，愿做家庭妇女；有的男孩要做警察，要开飞机。只有一个孩子要做科学家，没有人愿当教师。

"如果你几年前来，会有许多孩子要做教师。"校长说，"近来教师失业的很多。"原来澳大利亚人口增长率趋于零，孩子少，需要的教师也少了。

"不管做什么，"校长又说，"我们要培养的是有用的、快活的人。"

临别时，校长从墙上取下两张图画送我。一张是个黄色的小人，那是海盗；一张是用拇指按出来一个个指印，组成一棵树。我想起澳大利亚著名作家帕特里克·怀特的一本书《人类之树》。在人类之树上，每个民族、每个国家尽管有种种不同，都该在自己可爱美丽的国土上辛勤劳作，发展兴旺，并且互相友好往来，使这棵大树根深叶茂，绵延久远。

面对着这张天真的画，不禁又想起罗吉的地图，想起养猪人餐桌上丰盛的糕点，想起明史教授雨中送别，想起每天看着表为我煮鸡蛋的退休老船长……当然，还有代表澳中理事会接待我的瑙玛那充满了关怀、做出细致安排的亲切的声音。虽然我免不了常请她重复一次,奇怪的是,我总不觉得她说的是外国话。还有那奇特的剖露着红土的原野——澳大利亚的红心。

## 羊齿洞记

记得二十二年前写《西湖漫笔》时,第一句便是"平生最喜游山玩水"。岁月流逝,直到现在,还是改不了山水旧癖、烟霞痼疾。

一九八二年美国的三个月之行,原拟偷暇去寻访几处自然景色;行到第一站檀香山,便知很难做到了——八十七岁的老父兴致虽好,究竟行动不便。七月十二日,国际朱熹会议组织花园岛之游,本应陪侍老父,不能前往。幸有历史研究所的冒怀辛先生,情愿代我一日之劳,我才得以一览幽胜。

到花园岛之前,并不知岛上有个羊齿洞,只听说在夏威夷群岛中,花园岛是最美的一个。从檀香山乘飞机,掠过大海,二十分钟即可到达。岛上满眼绿色。车行在蜿蜒的公路上,随时可以看见大海:有时灰,有时蓝,有时茫茫一片，有时闪亮得刺眼。路旁除树木外，最多的是甘蔗田，随着山势起伏，偶有较平坦处。颇有些"青纱帐"的意思。

到了外米亚山谷，红黄色的泥土和岩石裸露在外，没有绿色覆盖，给人一种原始的赤膊的感觉。因为峡谷太深、太宽而不陡，初看时不知其深到何等地步；仔细看谷底，却又看不见。不一会儿，一架直升机从谷中飞过，飞机在我们下面，也不显得很大，才知道这峡谷之大了。然而这只是一个准大峡谷，比起美国大陆著名的大峡谷，还差得远呢！望台上风很大，吹得人几乎站不住。那赤裸的原始的峡谷，却似乎什么也不觉得，只是默默地任风吹，凭雨淋，没有遮拦，没有雕饰，把人吸引了来，又把人的想象牵引到不知何处。

中午在椰林饭店午餐。饭后与澳大利亚学者柳存仁先生和任继愈兄、邱汉生先生、李泽厚学长一起在椰林中散步。椰林一端望不到边，林中遍生青草，隔不远便有一个小炉子，当为晚会时烤肉用。椰林的另一端与餐室之间，有一条莹洁的小河，水上有独木舟，岸上有奇花异树，无人叫得出名字。又有几位日本学者和我们一起谈笑，在树下水旁，兴致勃勃，都早把朱熹老人抛在了脑后。

然后乘船。船很大,游人凭栏而坐,中间有夏威夷姑娘跳舞。前几天,在夏威夷商店里看见过草裙,裙已非草制,但式样还是仿草裙的。船上的舞者穿长裙,跳的当然仍是民间舞。舞者身材、面目都很秀美,肤色很黑,睫毛很长,舞姿曼妙,她们自己似乎也很快活。但是想想她们靠这个吃饭,背后的辛酸,还不知有多少呢!

水平如镜,两岸树木郁郁葱葱,绿得很浓,映在水中,连水也是浓绿色。夏日的阳光也很浓,一切都是浓酽的,浓酽得有些慵懒。据美国朋友说,这是夏威夷的一个特点。

船到转弯处停泊了,大家弃舟登岸。一上岸不觉诧异,原来已置身热带树林中。树身高大茁壮,藤蔓纠结,把骄阳隔在远处。循小路上行,两边全是植物的世界,很少空隙,走着走着,忽然豁然开朗!我真不知世间还有这样奇异的景色。

这是一个很大的洞,大到不觉得它是洞。大束大束的羊齿植物从洞顶悬挂下来,一片叶子连着一片叶子,突出到洞顶外。仿佛这洞翻了个个儿,这些植物本该朝上长的,却朝下长了。大滴的水珠,不断从洞顶落下来,滴到羊齿草上。每片叶子都那么绿，那么亮，绿得透明，绿得鲜嫩。不是盆景中的绿，也不是"绿满阶前"的绿，而是悬在头顶上，很大很大的任意生长的一片绿。它像瀑布一样垂下来，好像就要流到我们身上，浸湿衣服，浸湿每一个人……

我一直抬头望着，望得脖子发酸，才想起来问："这是什么地方？"奇怪的是，无论北京来的，台湾来的，还是美国大陆来的各方学者，都不知道。

大家一面赞叹，一面循着靠侧面洞壁的窄坡向上，走到一个平台。平台边，洞壁有一处凹进去的地方，就像一个供奉佛像的坛座。我忽然想，应该有一个精灵住在这儿，绿色的、头上长着角一样的两棵羊齿草的小精灵。若是他问我有什么愿望，我会告诉他：我愿用一切代价换得弟弟的健康！我那身染沉疴的弟弟啊，你现在感觉怎样？我真想把这洞天一下子移到你的前面……

从高坡下望，地上全覆盖着矮矮的植物，也是千姿百态。绿丛中有一泓水，浅浅的，很清澈。这是洞顶的水，流过羊齿草滴下来积成的，也不知有多少年了。

归途中，我满眼仍是洞中景色。车又停过几次，可我都没有注意观赏。一处似睡巨人山（不是"睡美人"，而是"睡巨人");一处据说是看瀑布,可谁也没有看见瀑布在哪里。几位英、美女学者和我,在路边攀谈、照相,哈佛杜维明教授走过来,对我说:"我打听到那洞的名字了。"他随即说了那英文名字,意思是"羊齿植物洞"。哦,羊齿洞!

会议结束后,我们在檀香山又逗留了几天,才有暇找地图、导游书等来看看。这才发现,羊齿洞不仅风景特殊,还有一个大用场——结婚圣地。

花园岛的结婚办法很富有浪漫色彩,结婚证是到游船部、照相馆领的,手续简便。然后到椰林中的教堂或羊齿洞举行仪式即可。原来那小小的"坛座",还真有"圣坛"的作用呢!

那"坛座"上的绿色精灵,是不是该改为手持红线的月下老人呢?我不知道。不过我知道,那绿色的小仙早飞进许多各种肤色的人的心中,并永远留驻在那里了。

## 奔落的雪原
## ——北美观瀑记


对北美洲五大湖区的尼亚加拉大瀑布真是向往已久了。听说有人前往观赏，看着看着，忍不住跳了进去，大概以为那咆哮的急流能洗净世间的污秽吧。便想我若结识了大瀑布，当写一篇小说，写本是前往结束自己生命的人终于获得了生的力量，懂得了怎样赞美人生、谱写人生。那是一切名山大川应该给予人的，我相信尼亚加拉也是如此。

一路上我总想不通，这样大的瀑布怎能不在崇山峻岭之中，而是在平原上。经过五大湖之一的伊利湖时，只见水天一色，无边无际。公路上有不少疾驶的车，顶上倒扣一条船，便是去湖里游荡的。据说这湖连同另外三湖的水都是经大瀑布落到尼亚加拉河中，再经安大略湖、圣劳伦斯河流入大西洋的。这么多的水，想来那瀑布一定够壮观了。

车过靠近加拿大的巴法罗城时，已是下午。"不远了。"来过的人说。"怎么没有声音呢？"我想，因为目的地近了，大家都有些兴奋。我却忽然害怕起来，这平淡的湖水，连同周围平淡的景色，能汇集出怎样的雄伟呢？

下车后，我以为还要走一段路，却忽然发现已经到瀑布旁了。最先看到的是美国瀑布，立足处比河流的水面高两三层楼。河水平静地、放心地流过来，似乎万万没有料到会猛然跌落。水色碧绿，到悬崖边时，忽然变作了大块的雪，轰然落下，溅起无数水花，使得瀑布下部宛如在云雾中。大雪块不断崩落下来，云雾不断升起。它这样宽，悬崖岸长一千一百英尺，又这样高，落差一百八十英尺。奔腾咆哮，好像要在顷刻间使出全身解数，而这顷刻一直延长了不知多少万年，永没有疲惫的时刻。

瀑布下是深谷，若凭走路，恐怕要走好一阵。我们乘电梯下到谷底去乘船，一会儿便到。电梯中可见美国瀑布旁边的小瀑布，名唤新娘的面纱。小瀑布再往北是三个瀑布中最大的、属于加拿大的马掌瀑布，悬崖岸边呈巨大的马蹄形，宽两千五百英尺，落差一百七十英尺。上船时发雨衣，船走时轰鸣的水声越来越大，船也越来越颠簸。真高啊，那急遽奔流的水壁！好像是天门大开，尽情地把水倾泻下来。到马掌瀑布下面了，浪花飞腾着，人们如立雨中。船还向前行，眼前什么也看不见，只是迷雾一片，不少人叫着笑着，连船下的水也在跳动，翻起无数水花。我望着四周迷蒙的水汽，就像在黄山上想跳入云海，在太平洋岸边想踏上海波一样，我真想跳下去！

当然只是想想而已。船慢慢地转身，回头看那宛如在天际的翻腾跃落如雪块般的水，因为太宽太高太大，一眼难以尽收。一条巨大的彩虹出现在迷茫的水汽中，弯弯的弧只划过瀑布的一角。在这里，瀑布一词似乎已不适用。瀑布是窄条，而这里是这样雄伟，这样宽阔，这样急速地流动着，简直叫人喘不过气来。整个的雪原从天上崩落了！

啊，奔跑而崩落了，崩落了还继续奔跑着的雪原！

据说曾有不少人把自己装在桶里，随着瀑布落入深渊。不少人中只有一个少年生还，人们惊喜之余，给他将息调养，然后罚款。我在瀑布下走一遭，对这些冒险家增加了几分理解。可能谁都想随着瀑布跃下悬崖，尝一尝那飞在半空中、震撼灵魂的喜悦。不过真的伸出双手去拥抱能毁灭自己的巨大的力量，固然需要勇气，也未免任性。

这里人们的勇气和智慧是用在正当途径上的。原来流量每秒二十万零两千立方英尺的水，一半用来发电了。它给了人们多少光明，多少力量！到晚上，瀑布也不寂寞，强烈的灯光照着它，反正它不在乎，也不能抗议。古人叹昼短夜长，有人秉烛夜游，有人"只恐夜深花睡去，故烧高烛照红妆"。现代人的气魄大多了，夜游改用探照灯，白色灯光可以帮助人在黑夜中看到瀑布汹涌崩落的气势。凭栏倚望，有灯光处的水是一片闪烁的白，不像白天，在雪般的水花下泛出碧绿来。只是瀑布太宽，峡谷太深，无论多么强的光，落到那崩落的雪原般的千万年不曾停息的层层水花上，那巨大的无底深谷中，全显得黯淡微弱，使得整个峡谷更添了些神秘莫测、捉摸不定的色彩，一切都显得更遥远了。忽然间灯光颜色变了，暗红的颜色罩住了深谷。一会儿又变作绿的、蓝的、紫的，据说这是尼亚加拉大瀑布重要的一景。我却宁愿只要素朴的白，能帮助人们夜游便足够了。绮丽的颜色和伟大磅礴不大相称，何况还使人想起霓虹灯来。莫非这气势庄严的大瀑布也在做着一场繁华梦吗？

夜深了。我们要睡了。大瀑布不管灯光怎样变换，只顾奔跑着，跌落着，跳跃着，夜以继日地给人忘却一切的喜悦。它是勤劳的，清醒的。

次日清晨，我们又跨过美国瀑布上游，从山羊岛上步行向下，来到瀑布半中腰流连。这里上看飞流，下临云雾。瀑布似乎是悬空的，不知来龙去脉，只是向平面延伸，一直转了半圈，成为马蹄形。有这么大的马吗？是霍桑在《奇异的书》里描写的，载了英雄人物去砍下妖魔的三个头的那匹飞马吗？可惜我没有听到这里的传说，不过我自己可以编出一个来。

这时，在美国瀑布下面和对岸加拿大一侧的山谷中，都有三三两两的黄衣人在行走。什么虾兵蟹将？我们问。原来可以通过隧道下去，到瀑布近身处观看。在美国这一边的叫"风洞"，我们兴致勃勃地去了。穿上雨衣雨靴，也都成了虾兵蟹将。乘电梯从岩石中下去，走过隧道，到得洞口，洞外有栈桥，位置在美国瀑布和"新娘面纱"之间。水声轰鸣，比在船上时更强十倍！我们不管浪花飞舞，循栈桥向大瀑布走去，真走到它身旁了！离水流只有二十五英尺！这时仰面上看，急流自天而降，仿佛就浇在自己头上！厚重的水在脸面前奔腾着，厚重得像浮雕，却是奔跑着的活的浮雕。风挟着水蒙头盖脸而来，风和水都是硬的。这里不是水花水汽，简直是置身波涛中了。这奇异的站立着的波涛啊！"我们算是到过瀑布里面了。"一个西班牙人说。

啊！崩落了还在奔跑的雪原！要把我们带到哪里去呢？我伸出手，想和瀑布巨人握一握，他却置之不理。又是一阵水浪浇来。"快走，请快走。"管理栈桥的人说，他的声音在雷鸣般的轰响中消失了。

我又伸出手来，抓住一捧水。水从指缝间漏出了，尼亚加拉大瀑布的雄姿却永不会从我的记忆里筛去。我会永远记住你的伟大精神，你的磅礴气势，你的力量，你的速度！我会永远记住你那如同崩落的雪原般的流水。

下午到山羊岛和附近的三姐妹小岛。在山羊岛北端，可见烟波浩渺的湖面，水鸥点点。岸边树木还绿着，已带些初秋的萧瑟了。它们静静地站着观看水波流去。辉煌的激昂慷慨的乐章结束了，这里是一段慢板，徐缓悠扬。湖水从山羊岛分开，流过各种形状的石头，水清见底，从容不迫。到三姐妹岛时水面很宽，却越流越急。下面便是马掌瀑布了。绿浪时起，汹涌的水波似乎比我们站的地方还高，它们准备着，准备加入奔落的雪原中去。

据说从加拿大一侧看尼亚加拉大瀑布更为壮观，我想不去也好。生活中美好的事物是没有穷尽的，叹为观止的景色还没有止。留着，让人向往，让人期待，让人悬念。

## 彩虹曲社

破不剌马嵬驿舍,

冷清清佛堂倒斜,

一代红颜为君绝,

千秋遗恨滴罗巾血。

半棵树是薄命碑碣,

一抔土是断肠墓穴。

再无人过荒凉野,

莽天涯谁吊梨花谢!

可怜那抱幽怨的孤魂,

只伴着呜咽咽的望帝悲声啼夜月。

这是《长生殿·弹词》一节中的"七转"。我们在夏威夷一所小学校教室里,听几位朋友唱,唱声清越,忽而高遏行云，忽而沉入地下；直起直落，如同铁画银钩，不要圆滑，不要坡度，勾勒得极峭极美。连那心窍不通处，都由这陡笔打通了。

"我只为家亡国破兵戈沸，因此上孤身流落在江南地。"声音悲凉凄楚，从极高处陡然跌落下来，像是负荷不了那悲痛。一时间空荡荡的教室里充满了凄冷。

窗外有四时不谢的奇花异草，远山笼罩在烟霭中，山坡上散落着各种样式的房舍。眼前的景色是美的，我却不觉为这些身处异国的朋友感到浓重的乡愁，我的眼泪涌上来了。可是唱的人并不哽咽，伴着悠扬的笛声唱完了煞尾："今日个知音喜遇知音在……这一曲霓裳播千载。"

我对昆曲是外行，根本没有听过几次，但是十分喜欢。尤其这一次唱，给我印象极深。

一九八二年夏的一个星期六下午，居住在夏威夷的语言学家李方桂和夫人徐樱，中国戏曲专家罗锦堂夫妇，还有两位女士和一位癌症研究中心的青年医生，在一起唱曲自娱，父亲和我得往聆听。据罗先生说，他们原轮流在各家唱，邻居听得这般怪声，以为出了什么事，找了警察来。后来便选定这小学校，星期六下午学校无课，没人听见。他们自带点心，唱一阵休息一下再唱。有时兴起，连晚饭也免去，直到尽兴方休。

"你道翠生生出落的裙衫儿茜，艳晶晶花簪八宝钿，可知我一生儿爱好是天然？"

《弹词》唱过是《惊梦》，词句随着音乐送入心中，真觉得芳香直浸骨髓。我一面听一面诧异，他们怎么唱得这样好！五十年代曾在北京看过一次著名票友周、袁两女士的《游园惊梦》，载歌载舞，美妙极了。似乎票友总胜过专业演员，因为前者只凭着迷，"一生爱好是天然"，没有任何功利打算；后者则要受到种种客观制约。能"着迷"的人是可爱的，对任何事都不着迷的人，不只乏味，还有些可怕。

这几位朋友都迷着昆曲，迷得很天真。李夫人徐樱女士是家传，唱得好，还管吹笛子。这一场除她自唱的几段外，都是她吹笛子。后来自己笑说："都出汗了。"出了汗，还吹，还唱。罗锦堂夫人身体不好，声音却高而且亮，充满了感情。那位青年医生也唱得抑扬顿挫，字正腔圆，若是他唱一段曲子作辅助治疗，一定有好效果。

回国后听过几次昆曲，总觉得不像。各种艺术还是突出自己的特色为好,若互相靠拢,让人总觉差点什么。昆曲若无那点陡峭味儿,便无意趣。几乎以为,要听真正的昆曲,必须前往夏威夷了。当然,其实这方面的艺术家颇不乏人,且有极出色者,只是我无缘得见罢了。

前几天,偶然在电视里看到昆剧演员汪世瑜表演《拾画》,十分倾倒。一举手一投足,是那样潇洒,一发声一吐字,是那样润畅,歌和舞浑成一体,把人带到"寒花绕砌,荒草成窠"的废园中。

看来只要艺术精湛,业余和专业并不是界限。但是夏威夷那次听曲,余音绕梁,三年不去。可能因为他们的唱只是抒发胸臆,得不到掌声与喝彩,他们是唱给空荡荡的教室听的。

他们住处都离夏威夷大学不远。这一带因常有微雨,常有霁色,也常有彩虹,所以有彩虹谷之美名。那天我们出来时,便见半段彩虹,横在远山和云雾之间。他们的曲社,便名为"彩虹曲社"。

即以此文寄意所有的久居异乡的朋友,愿彩虹常现,人常健,曲常新。

## 不要忘记

火车在细雨迷蒙中到达墨尔本。邻座的建筑师帮我拿下箱子，找来手车，然后郑重告别。不一会儿，来接的伊丽斯女士找到了我，驱车直到沃蒙学院，我在那里下榻。沿路树木红黄相间，不知是否枫栌之属，只觉满眼秋色。不禁念及燕南园中，此时应是春光明媚、丁香如雪了吧？沃蒙学院的主楼建筑是维多利亚时代的哥特式，尖塔高耸，厚重的方形石柱上，缠绕着大概是爬墙虎一类的植物，叶子也已鲜红了。主楼四周是松墙、草坪，各种树木，还有些别的较古雅的楼舍。校园里的气氛从容而宁静。

按照计划，这个上午我该休息。因为空中小姐罢工，我原定从阿多雷德飞墨尔本，临时改乘了火车，似乎是有些累。不知是谁提起，这一天是"澳大利亚和新西兰日"。在这一天，参加过第一次、第二次世界大战的老军人全都上街游行，以纪念为国牺牲的战友，纪念太平日子的得来不易。我们便赶快乘电车前往。电车有轨道，给墨尔本城增添了几分古色古香。

很快便看见了游行队伍。一队队海、陆、空三军军人，各着军服，精神抖擞，战旗飘扬，鼓乐前导。有人虽已过了花甲、古稀之年，但步伐整齐有力，一点儿不显龙钟。伊丽斯说，参加过第一次世界大战的不知还有没有；参加过第二次世界大战的，也一年比一年少了。这时，走过来穿着苏格兰裙的队伍，前面有三匹高头大马，马上是三位英俊少年，也许是哪家老军人的子弟。他们似乎在说："年光流逝，老人总要离去。"而这"澳大利亚和新西兰日"的游行，却是会继续下去的。

细雨仍在轻轻飘洒，但谁也不介意。我们跟着游行队伍，走走停停，来到一处高大的圆顶建筑物前，原来那是战争纪念馆。队伍在这里转过去，解散了，后面还不断地走来。因为游行，纪念馆闭馆。我不知道还有没有机会再来，有些怅然。

离开墨尔本的前一天，一位澳大利亚中国明史专家费克光先生陪我到植物园参观。这植物园真美！我们在黛色参天的各种树木间穿来穿去。忽见一泓澄净的湖水。湖畔绿草如茵，黑天鹅浮在水面，不时把红喙伸入水中。岸边宽阔的石阶上，有一群群白色的海鸥，有的飞起，有的向我们蹒跚走来。我觉得，澳大利亚中部艾耳石一带的原野如同"茅台"，色彩强烈浓重，使人酩酊；而这里，这植物园的景色，如同"竹叶青"，明丽而又有韵味，使人微醺。当然，对澳大利亚景物，对中国的酒，我都是外行；外行人的外行话，也许倒有真意。

但当我们来到战争纪念馆，站在那高大的圆顶下时，我觉得自己一点也不外行，我感到了应该纪念的一切。厅中有澳大利亚国旗和军旗，有澳大利亚男女军人的塑像，还有牺牲的人名单，很长很长的名单。当我们慢慢在馆中走动时，一队队中小学生进来瞻仰，从他们鲜嫩的脸蛋旁望过去，我看见在墙壁上，不止一处镌刻着这样的话："不要忘记他们失去了青春的生命，以使我们生活得更好。"

"不要忘记"——我想起前几天的游行队伍，不也是"不要忘记"吗？在阿多雷德的战争纪念碑下，常有人放置新鲜的花圈，不也是"不要忘记"吗？在阿丽思泉，我们最先去瞻仰的，也是纪念碑。它在一座小山顶上，那里可以俯瞰全城。纪念碑本身简单朴素，上面没有名字，没有复杂的话语，只有这样几个字——"不要忘记。"

就是在眺望世界最大独石——艾耳石的沙丘上，也矗立着一块约有一人高的长石，上面也刻着"不要忘记"。

"不要忘记。"又怎能忘记呢？如果没有人向恶势力斗争，怎得创造、保存美好的一切？据说二次大战中，澳大利亚青年在东南亚一带牺牲了四分之三。在我们的十四年抗日战争、三年解放战争中，中华优秀儿女的骨殖为大地增添的分量，又是多少呢？

很快辞别了墨尔本，到达堪培拉。堪培拉的秋色也极浓，照计划栽培的树木一层黄，一层红，一层棕，一层绿，极为绚丽。城中有湖，湖上有桥。夜晚，桥上灯火通明，为夜色做了恰当的点缀。湖上有喷泉，白天定时喷水，水喷得高高的，在明亮的阳光下，闪耀着各种颜色。离湖边不远，有澳大利亚国立图书馆，有议会大厦，有新建的高级法院，还有正在建造的艺术馆。再过去，就是战争纪念馆了。那是我一定要去的。

论建筑，并不新奇。进门处有一个长形的水池，池水清可见底，池底疏朗地散落着银币，是表示纪念与尊敬的。内部有好几个厅、室，也有很长很长的牺牲军人的名单，哪一团哪一连都写得很清楚。也有三军战士和妇女后勤人员的塑像，都有真人大小，他们都是那样俊秀、年轻！地上摆着几门大炮，都是战争中的实物。因为时间仓促，我匆匆走了一遍。和我同去的几位澳大利亚国立大学的教师、同学，没有来得及讲解什么，我也没有看见哪儿写着铭文或别的话。当我走出大门，站在高高的石阶上时，我忽然感到一种强烈的感情的撞击，我几乎大声叫出来："不要忘记！"

难道谁能忘记吗？我仿佛回到了自己的祖国，站在人民英雄纪念碑前，仰头看那湛蓝的天，一幕幕图景闪了过去——十四年抗战时，那边远的山村，夜晚一灯如豆，窗纸上染着油烟的印迹；在飘扬的大雪中赶去看解放军的兴奋心情，那毛茸茸的帽子下年轻的红红的脸，显得那样天真；那老同志描述的战争的情景："人的身体把战壕都垫平了，还是得在上面走"；还有那十年的巨大灾难，那使人不成为人的巨大灾难……哪一点应该从心上消失，能够从心上消失呢？痛苦的记忆会使人逃脱浅薄，会使人理解社会、人生，会使人奋力消除今天的痛苦。千万不要忘记死去的人啊！正是因为他们死去，我们才能活着……

在堪培拉战争纪念馆石阶上的片刻,我经历了人类向恶势力斗争的许多年。我知道,这历程远未结束。联邦政府的身着制服的司机朋友走来了,他是个胖胖的快活的中年人,有三个得意女儿。这时,已是夕阳西下,远山的轮廓在落照中勾勒得格外分明。在那云霞辉映的天空上,似乎也写着几个大字:

"Lest We Forget"(不要忘记)。

## 紫藤萝瀑布

我不由得停住了脚步。

从未见过开得这样盛的藤萝,只见一片辉煌的淡紫色,像一条瀑布,从空中垂下,不见其发端,也不见其终极,只是深深浅浅的紫,仿佛在流动,在欢笑,在不停地生长。紫色的大条幅上,泛着点点银光,就像迸溅的水花。仔细看时,才知那是每一朵紫花中的最浅淡的部分,在和阳光互相挑逗。

这里春红已谢,没有赏花的人群,也没有蜂围蝶阵。有的就是这一树闪光的、盛开的藤萝。花朵儿一串挨着一串,一朵接着一朵,彼此推着挤着,好不活泼热闹!

"我在开花!"它们在笑。

"我在开花!"它们嚷嚷。

每一穗花都是上面的盛开、下面的待放。颜色便上浅下深，好像那紫色沉淀下来了，沉淀在最嫩最小的花苞里。每一朵盛开的花像是一个张满了的小小的帆，帆下带着尖底的船，船舱鼓鼓的；又像一个忍俊不禁的笑容，就要绽开似的。那里装的是什么仙露琼浆？我凑上去，想摘一朵。

但是我没有摘。我没有摘花的习惯。我只是伫立凝望，觉得这一条紫藤萝瀑布不只在我眼前，也在我心上缓缓流过。流着流着，它带走了这些时日一直压在我心上的关于生死的疑惑，关于疾病的痛楚。我浸在这繁密的花朵的光辉中，别的一切暂时都不存在，有的只是精神的宁静和生的喜悦。

这里除了光彩，还有淡淡的芳香，香气似乎也是浅紫色的，梦幻一般轻轻地笼罩着我。忽然记起十多年前家门外也曾有过一大株紫藤萝，它依傍着一株枯槐，爬得很高，但花朵从来都稀落，东一穗西一串伶仃地挂在树梢，好像在察言观色，试探什么，后来索性连那稀零的花串也没有了。园中别的紫藤花架也都拆掉，改种了果树。那时的说法是，花和生活腐化有什么必然关系。我曾遗憾地想：这里再看不见藤萝花了。

过了这么多年，藤萝又开花了，而且开得这样盛，这样密，紫色的瀑布遮住了粗壮的、盘虬卧龙般的枝干，不断地流着，流着，流向人的心底。

花和人都会遇到各种各样的不幸，但是生命的长河是无止境的。我抚摸了一下那小小的紫色的花舱，那里满装生命的酒酿，它张满了帆，在这闪光的花的河流上航行。它是万花中的一朵，也正是由每一个一朵，组成了万花灿烂的流动的瀑布。

在这浅紫色的光辉和浅紫色的芳香中，我不觉加快了脚步。

## 丁香结

今年的丁香花似乎开得格外茂盛，城里城外，都是一样。城里街旁，尘土纷嚣之间，忽然呈出两片雪白，顿使人眼前一亮，再仔细看，才知是两行丁香花。有的宅院里探出半树银装，星星般的小花缀满枝头，从墙上窥着行人，惹得人走过了，还要回头望。

城外校园里丁香更多。最好的是图书馆北面的丁香三角地，种有十数棵白丁香和紫丁香。月光下，白的潇洒，紫的朦胧，还有淡淡的幽雅的甜香，非桂非兰，在夜色中也能让人分辨出，这是丁香。

在我断续住了近三十年的斗室外，有三棵白丁香。每到春来，伏案时抬头便看见檐前积雪。雪色映进窗来，香气直透毫端。人也似乎轻灵得多，不那么混浊笨拙了。从外面回来时，最先映入眼帘的，也是那一片莹白，白下面透出参差的绿，然后才见那两扇红窗。我经历过的春光，几乎都是和这几树丁香联系在一起的。那十字小白花，那样小，却不显得单薄。许多小花形成一簇，许多簇花开满一树，遮掩着我的窗，照耀着我的文思和梦想。

古人诗云："芭蕉不展丁香结"，"丁香空结雨中愁"。在细雨迷蒙中，着了水滴的丁香格外妩媚。花墙边两株紫色的，如同印象派的画，线条模糊了，直向窗前的莹白渗过来。让人觉得，丁香确实该和微雨连在一起。

只是赏过这么多年的丁香，却一直不解，何以古人发明了丁香结的说法。今年一次春雨，久立窗前，望着斜伸过来的丁香枝条上一柄花蕾。小小的花苞圆圆的，鼓鼓的，恰如衣襟上的盘花扣。我才恍然，果然是丁香结！

丁香结，这三个字给人许多想象。再联想到那些诗句，真觉得它们负担着解不开的愁怨了。每个人一辈子都有许多不顺心的事，一件完了一件又来。所以丁香结年年都有。结，是解不完的，人生中的问题也是解不完的，不然，岂不是太平淡无味了吗？

小文成后一直搁置，转眼春光已逝。要看满城丁香，须待来年了。来年又有新的结待人去解——谁知道是否解得开呢？

# 秋韵

京华秋色，最先想到的总是香山红叶。曾记得满山如火如荼的壮观，在太阳下，那红色似乎在跳动，像火焰一样。二三友人，骑着小驴，笑语与嘚嘚蹄声相和，循着弯曲小道，在山里穿行。秋的丰富和幽静调和得匀匀的，向每个毛孔渗进来。后来驴没有了，路平坦得多了，可以痛快地一直走到半山。如果走的是双清这一边，一段山路后，上几个陡台阶，眼前会出现大片金黄，那是几棵大树，现在想来，也许是银杏吧。满树茂密的叶子都黄透了，从树梢披散到地，黄得那样滋润，好像把秋天的丰收集聚在那里了，让人觉得，这才是秋天的基调。

今年秋到香山，人也到香山。满路车辆与行人，如同电影散场，或要举行大规模代表会。只好改道万安山，去寻秋意。山麓有一片黄栌，不甚茂密。法海寺废墟前石阶两旁，有两片暗红，也很寥落。废墟上有顺治年间的残碑，镌有"不得砍伐，不得放牧"的字样。乱草丛中，断石横卧，枯树枝头，露出灰蓝的天和不甚明亮的太阳。这似乎很有秋天的萧索气象了，然而，这不是我要寻找的秋的韵致。

有人说，该到圆明园去，西洋楼西北的一片树林，这时大概正染着红黄两种富丽的颜色。可对我来说，不断地寻秋是太奢侈了，不能支出这时间，且待来年罢。家人说："来年人更多，你骑车的本领更差，也还是无由寻到的。""那就待来生吧。"我说。大家一笑。

其实，我是注意今世的。清晨照例的散步，便是为了寻健康，没有什么浪漫色彩。这一天，秋已深了，披着斜风细雨，照例走到临湖轩下小湖旁，忽然觉得景色这般奇妙，似乎我从未来到过这里。

小湖南面有一座小山，山与湖之间是一排高大的银杏树。几天不见，竟变成一座金黄屏障，遮住了山，映进了水。扇形叶子落了一地，铺满了绕湖的小径，似乎这金黄屏障向四周渗透，无限地扩大了。循路走去，湖东侧一片鲜红跳进眼帘：这样耀眼的红叶！不是黄栌，黄栌的红较暗；不是枫叶，枫叶的红较深。这红叶着了雨，远看鲜亮极了，近看时，是对称的长形叶子，地下也有不少，成了薄薄一层红毡。在小片鲜红和高大的金屏障之间，还有深浅不同的绿，深浅不同的褐、棕等丰富的颜色，环抱着澄明的秋水。冷冷的几滴秋雨，更给整个景色添了几分朦胧，似乎除了眼前的一切，还有别的蕴藏。

这是我要寻的秋的韵致了吗？秋天是有成绩的人生，绚烂多彩而肃穆庄严，似朦胧而实清明，充满了大彻大悟的味道。

秋去冬来之时，意外地收到一份讣告，是父亲的一位哲学友人故去了。讣告上除生卒年月外，只有一首遗诗。译出来是这等模样：

*不要推却友爱*

*不要延迟欢乐*

*现在不悟*

*便永迷惑*

*在这里*

*一切都有了着落*

我要寻找的秋韵，原来便在现在，在这里，在心头。

## 送春

　　说起燕园的野花，声势最为浩大的，要数二月兰了。它们本是很单薄的，脆弱的茎，几片叶子，顶上开着小朵小朵简单的花。可是开成一大片，就形成春光中重要的色调。阴历二月，它们已探头探脑地出现在地上，然后忽然一下子就成了一大片。一大片深紫浅紫的颜色，不知为什么总有点朦胧。房前屋后，路边沟沿，都让它们占据了，熏染了。看起来，好像比它们实际占的地盘还要大。微风过处，花面起伏，丰富的各种层次的紫色一闪一闪地滚动着，仿佛还要到别处去涂抹。

　　没有人种过这花，但它每年都大开而特开。童年在清华，屋旁小溪边，便是它们的世界。人们不在意有这些花，它们也不在意人们是否在意，只管尽情地开放。那多变化的紫色，贯穿了我所经历的几十个春天。只在昆明那几年让白色的木香花代替了。木香花以后的岁月，便定格在燕园，而燕园的明媚春光，是少不了二月兰的。

斯诺墓所在的小山后面，人迹罕到，便成了二月兰的天下。从路边到山坡，在树与树之间，挤满花朵。有一小块颜色很深，像需要些水化一化；有一块颜色很浅，近乎白色。在深色中有浅色的花朵，形成一些小亮点儿；在浅色中又有深色的笔触，免得它太轻灵。深深浅浅连成一片。这条路我也是不常走的，但每到春天，总要多来几回，看看这些小友。

其实我家近处，便有大片二月兰。各芳邻门前都有特色，有人从荷兰带回郁金香，有人从近处花圃移来各色花草。这家因主人年老，儿孙远居海外，没有人侍弄园子，倒给了二月兰充分发展的机会。春来开得满园，像一块花毡，衬着边上的绿松墙。花朵们往松墙的缝隙间直挤过去，稳重的松树也似在含笑望着它们。

这花开得好放肆！我心里说。我家屋后，一条弯弯的石径两侧直到后窗下，每到春来，都是二月兰的领地。面积虽小，也在尽情抛洒春光。不想一次有人来收拾院子，给枯草烧了一把火，说也要给野花立规矩。次年春天便不见了二月兰，它受不了规矩。野草却依旧猛长。

我简直想给二月兰写信，邀请它们重返家园。信是无处投递，乃特地从附近移了几棵，也尚未见功效。

许多人不知道二月兰为何许花，甚至语文教科书的插图也把它画成兰花的模样。兰花素有花中君子之称，品高香幽。二月兰虽也有个"兰"字，可完全与兰花没有关系，也不想攀高枝，只悄悄从泥土中钻出来，如火如荼点缀了春光，又悄悄落尽。我曾建议一位年轻画徒，画一画这野花，最好用水彩，用印象派手法。年轻人交来一幅画稿，在灰暗的背景中只有一枝伶仃的花，又依照"现代"眼光，在花旁画了一个破竹篮。

"这不是二月兰的典型姿态。"我心里评判着。二月兰是一大片一大片的，千军万马。身躯瘦弱，地位卑下，却高扬着活力，看了让人透不过气来。而且它们不只开得隆重茂盛，尽情尽性，还有持久的精神。这是今春才悟到的。

因为病，因为懒，常几日不出房门。整个春天各种花开花谢，来去匆匆，有的便不得见。却总见二月兰不动声色地开在那里，似乎随时在等候，问一句："你好些吗？"

又是一次小病后，在园中行走。忽觉绿色满眼，已为遮蔽炎热做准备。走到二月兰的领地时，不见花朵，只剩下绿色直连到松墙。好像原有一大张绚烂的彩画，现在掀过去了，卷起来了，放在什么地方，以待来年。

我知道，春归去了。在领地边徘徊了一会儿，忽然意识到二月兰的忠心和执着。从春如十三女儿学绣时，它便开花，直到雨潺风愁，春深春老。它迎春来，伴春在，送春去。古诗云"开到荼蘼花事了"，我始终不知荼蘼是个什么样儿，却亲见二月兰蓦然消失，是春归的一个指征。

迎春人人欢喜，有谁喜欢送春？忠心的、执着的二月兰没有推托这个任务。

## 促织，促织！

秋来了。

不知不觉间，秋天全面地到来了。

最初的信息还在玉簪花。那一点洁白的颜色仿佛把厚重的暑热戳了一个洞，凉意透了过来。渐渐地，鼓鼓的小棒槌花苞绽开了，愈开愈多，满院中弥漫着淡淡的香气。人走进屋内有时会问一句，怎么会这样香，是熏香还是什么？我们也答说，熏香哪有这样气味，只是花香侵了进来罢了。花香晚间更觉分明，带着凉意。

一个夏天由着知了聒噪，吵得人恨不得大喝一声"别吵了！"也只能想想而已，谁和知了一般见识？随着玉簪的色与香，夜间忽然有了清亮无比的鸣声，那是蟋蟀。叫叫停停，显得夜越发的静，又是一年一度虫鸣音乐换演员的时候了。知了的呐喊渐渐衰微，终于沉默。蟋蟀叫声愈来愈多，愈来愈亮。清晨在松下小立，竹丛里，地锦间，都有不止一支小乐队，后来中午也能听到了。最传神，最有秋之意韵的鸣声是在晚间，似比白天的鸣声高了八度，很是饱满。狄更斯在《炉边蟋蟀》这篇小说里形容蟋蟀的叫声"像一颗星星在屋外的黑暗中闪烁，歌声到最高昂时，音调里便会出现微弱的，难以描述的震颤"。小说中的男女主人公都喜欢这小东西，说炉边能有一只蟋蟀，是世界上最幸运的事。

我们的小歌者中最优秀的一位也是在厨房里。它在门边，炉边，碗柜边，水池边转着圈鸣叫，像要叫醒黑沉沉的夜，叫得真欢。叫到最高昂处似乎星光也要颤一颤。我们怕它饿了，撕几片白菜叶子扔在当地，它总是不屑一顾。

养蟋蟀有许多讲究，可以写几本书。我可无意此道，几十年前亲戚送的古雅的蛐蛐罐，早不知到哪里去了。我喜欢自然环境中蟋蟀的歌声，那是一种天籁，是秋的号角，充满了秋天收获的喜悦。

家人闲话时，常常说到家中的两个淘气包——两只猫；说到一只小壁虎，它每天黄昏爬上纱窗捉蚊子，恪尽职守；说到在杂物棚里呼呼大睡的小刺猬，肚皮有节奏地一凸一凹，煞是好看。也说到蟋蟀，这小家伙，为整个秋天振翅长鸣，不惜用尽丹田之气。它的歌声使人燥热的梦凉爽了，使人凄清的梦温暖了。我们还讨论了它的各种名字：蟋蟀，俗名蛐蛐，一名蛩，一名促织。

促织这两个字很美，据说是模仿虫鸣声，声音似并不大像，却给人许多联想。促织，可以想到催促纺织，催促劳动，提醒人一年过去了大半，劳动成果已在手边，还得再接再厉。

《聊斋志异》中有《促织》一篇，写官府逼人上交蟋蟀，九岁孩童为了父母身家性命，魂投蟋蟀之身。以人的智慧对付虫，当然所向披靡。这篇故事不只写出以皇帝为首的统治者的暴虐荒唐，更写出了人的精神力量。生不可为之事，死以魂魄为之！这是一种执着、奋斗、无畏无惧、山河为动、金石为开的力量。

近来，我非常不合潮流地厌恶"潇洒"这两个字。这两个字已被用得极不潇洒了，几乎成了不负责任的代名词。潇洒，得有坚实的根底，是有源有本，是自然而然的一种人格体现，不是凭空追求能得到的。晋人风流的底是真情，晚明小品空灵闲适的底是妙赏。没有底，只是哼哼唧唧自哀自怜，或刻意作潇洒状，徒然令人生厌。

听得一位教师说,她班上有一个学生既聪明,又勤奋,决不浪费时间。她向别的同学推广,有些人竟嗤之以鼻,说:"太牲了!"经过解释,才知道"牲者,畜牲也",意思是太不像人了。

究竟怎样才像人?才是人?才能做与"天地参"的人?只是潇洒吗?只是好玩吗?

听听那小蟋蟀!它还在奋力认真地唱出自己的歌!

促织,促——织——

## 二十四番花信

今年春来早,繁忙的花事也提早开始,较常年约早一个节气。没有乍暖还寒,没有春寒料峭。一天,在钟亭小山下散步,忽见,乾隆御碑旁边那树桃花已经盛开。我常说桃花冒着春寒开放很是勇敢,今年开得轻易不需要很大勇气,只是衬着背后光秃的土山,还可以显出它是报春的先行者。

迎春、连翘争相开花,黄灿灿的一片。我很长时期弄不清这两种植物的区别,常常张冠李戴,未免有些烦恼,也曾在别的文章里写过。最近终于弄清,迎春的枝条呈拱形,有角棱,连翘的枝条中空。原以为我家月洞门的黄花是迎春,其实是连翘,有仲折来的中空的枝条为证。

报春少不了二月兰。今年二月兰又逢大年,各家园子里都是一大片紫色的地毯。它们有一种淡淡的香气，显然是野花的香气。去冬，往病房送过一株风信子，也是这样的气味。

榆叶梅跟着开了，附近的几株都是我们的朋友，哪一株大，哪一株小，哪一株颜色深，哪一株颜色浅，我们都再熟悉不过。园边一排树中，有一株很高大，花的颜色也深，原来不求甚解地以为它是榆叶梅中的一种。今年才知道，这是一棵朱砂碧桃。"天上碧桃和露种"，当然是名贵的，它若知我一直把它看作榆叶梅，可能会大大的不高兴。

紧接着便是那若有若无的幽香提醒着丁香上场了。窗前的一株已伴我四十余年。以前伏案写作时，只觉香气直透毫端，花墙边的一株是我手植，现在已高过花墙许多。几树丁香都不是往年那种微雨中淡淡的情调，而是尽情地开放，满树雪白的花，简直是光华夺目。我已不再持毫，缠绕我的是病痛和焦虑，幸有这光亮和香气，透过黑夜，沁进窗来，稍稍抚慰着我不安的梦。

我为病所拘，只能就近寻春，以为看不到玉兰和海棠了。不想，旧地质楼前忽见一株海棠正在怒放，迎着我们的漫步。燕园本来有好几株大海棠，不知它们犯了何罪，动乱中统统被砍去，现在这一株大概是后来补种的。海棠的花最当得起"花团锦簇"这几个字。东坡诗句"只恐夜深花睡去，故烧高烛照红妆"，照的就是海棠。海棠虽美，只是无香，古人认为这是一大憾事。若是无香要扣分，花的美貌也可以平均过来了。再想想，世事怎能都那么圆满。

又一天，走到临湖轩，见那高松墙变成了短绿篱，门开着，便走进去，晴空中见一根光亮的蛛丝在袅动，忽然想起《牡丹亭》中那句"袅晴丝，吹来闲庭院，摇漾春如线"。这句子可怎么翻译，我多管闲事地发愁。上了台阶，本来是空空的庭院，现在觉得眼睛里很满，原来是两株高大的玉兰，不知何时种的。玉兰正在开花，虽已过了最盛期，仍是满树雪白。那白花和丁香不同，显得凝重得多。地下片片落花也各有姿态，我们看了树上的花，又把脚下的花看了片刻。

蔡元培像旁有一株树，叶子是红的，我们叫它红叶李。从临湖轩出来走到这里，忽见它也是满树的花。又过了两天，再去寻时，已经一朵花也看不见了。真令人诧异不止。

"我一生儿，爱好是天然。"花朵怎能老在枝头呢，万物消长是大自然的规律。

　　柳絮开始乱扑人面。我和仲走在小路上，踏着春光，小心翼翼地，珍惜地。不知何时，那棵朱砂碧桃的满树繁花也已谢尽，枝条空空的，连地上也不见花瓣。别的花也会跟着退场的。有上场，有退场，人，也是一样。

## 秋色赋

尝见人形容春天,惯用十分春色几个字,果然呈现出一片花团锦簇的景象。便想,秋色比春色其实更要浓艳几分,若用十分秋色来形容秋天,原也是当得起的。

小时候在北方,家住在一片枫树林子里,林中掺杂着松柏和槐树。每到秋来,绿枝红叶,交相照映,真是艳丽极了。有时靠在窗前,总奇怪晚霞怎么会离得这样近,想伸手拉它过来。后来到了云南,家住在一座小山上,和云南一般的山野村庄一样,那里林木葱茏,石径委曲,清溪淙淙,绕村而过。秋来时,一层深,一层浅,一层淡,一层浓的各种颜色,如同层云出岫,变幻无穷。往往是从远处望见树尖上一点黄意,便知道了秋的消息。

今年正当重阳,去官厅湖畔收秋,又得便领略了一番秋色,只是那丰富又有所不同。火车穿过重峦叠岭,停在了一湖澄碧旁边。下得车来,依着塞上的秋风走去,只见蓝天像冰似的略略透明,坦荡荡的大路,不知通向哪里。蓝天下,大路旁,有一片火红的树林,红得那样深厚,那样凝重,从未见哪一树春花有这等颜色。红树林背后,是向日葵田,风过处,摇曳起一片金黄,衬托得红的特别红,蓝的分外蓝。那近山远山,更如牙雕石琢一般,显得说不出的英挺劲拔。因为好奇,径自奔了红林而去,要看看它怎么能这样红,为什么这样红。到了跟前,见是一片杏树。一群白羊在树下嚼着落叶,因人来了,便踩着满地娇红往小土坡上跑去。同来的伙伴不觉赞叹道:"满园秋色关不住,这也算是塞上一景吧。"

然而秋色也还在别的地方。我们在花生地里劳动了几天以后,就开始了"溜地",就是在收过的地里,捡那些遗漏的财宝。村子里的一位老白大叔赶着三头牛在前面翻地,我在后面跟着。发现一个小白点儿,就高兴得不得了。有时眼看一颗花生落进泥土的波浪里,便连忙把它刨出来。捡着、刨着,清晨的寒意早不知哪里去了,只觉得在这没遮拦的田野上,老白大叔、牛和我成为一个和谐的整体。阳光十分明亮,鞭梢儿和牛角尖上都似乎涂抹着喜洋洋的色彩。于是忽然得了两句诗:"扫却晓寒轻，拾得秋色重。"不是吗？每一颗，每一粒都是辛勤劳动的果实。拾满了的筐子虽然未必有多少沉重，收获的欢欣却是有分量的。红的甘薯、黄的土豆、白的花生……每年这绚烂的秋色，来得何尝容易啊。

然而秋色又还在别的地方。夕阳西下，变幻的晚霞照得银灰色的旱芦苇闪闪发光，成为一片通红的光亮的海。这中间，有一点最红的颜色，那是我们的油漆得十分鲜艳的拖拉机。它在工作。马达轰隆轰隆地响着，赶走了田园的幽静。在它身后，掀起的泥土仿佛在奔腾着，喧嚣着，散发着生命的气息。我几乎忍不住想要去搂抱这亲爱的土地，它属于我的祖国，要在它上面建设社会主义。

忽然又飞过来一点红色，停在夕阳的霞光和银色的旱芦苇之间。这是个农村小伙子，穿了件大红卫生衣，靠在自行车上，怔怔地望着拖拉机。老白大叔嫌牛走得慢，又舍不得动鞭子，正抱怨地不好："瞧这地，净是石头，种了饱的，闹了瘪的。"小伙子听见了，转过头来一笑，说："再过几年，不管啥地，都能种了瘪的，闹了饱的。"说完了话，骑上自行车，箭也似的向西射去，霎时间就融在那红光中了。我不觉也怔怔地望着他那着红衣的背影，我仿佛看见了表现着丰富收获的多彩的秋色，而且看见了明年、后年，以及多少年以后的更丰富更多彩的秋色。

若说，明年后年的收获，不只是仿佛看见，而是已在计划着、安排着。那是月夜，我在打谷场上守着，见一片寒光，十分清冷，田野村庄，都似乎浸在水里。因为月色无边无际，便生了无边无际的奇想，譬如骑了扫帚飞去之类。然而给我印象特别深的，并不是那天生就的粉红色的扫帚，而是堆积在场上的显得如此温柔的金色的谷子，还有那在月光下如此洁白润泽的花生，已是分出一部分来，留作籽种了。

香山红叶，契园白菊，秋色本来俯仰皆是，我却要谆谆叮嘱自己，若得十分秋色，还需辛苦耕耘。

## 水仙辞

仲上课回来，带回两头水仙。可不是，在不知不觉间，一年只剩下一个多月了，已到了养水仙的时候。

许多年来，每年冬天都要在案头供一盆水仙。近十年，却疏远了这点情趣。现在猛一见胖胖的茎块中顶出的嫩芽，往事也从密封着的心底涌了出来。水仙可以回来，希望可以回来，往事也可以再现，但死去的人，是不会活转来了。

记得城居那十多年，澂莱与我们为伴。案头水仙，很得她关注，换水、洗石子都是她照管。绿色的芽，渐渐长成笔挺的绿叶，好像向上直指的剑。然后绿色似乎溢出了剑锋，染在屋子里，在北风呼啸中，总感到生命的气息。差不多常在最冷的时候，悄然飘来了淡淡的清冷的香气，那是水仙开了。小小的花朵或仰头或颔首，在绿叶中显得那样超脱，那样悠闲。淡黄的花心，素白的花瓣，若是单瓣，则格外神清气朗，在线条简单的花面上洋溢着一派天真。

等到花叶多了，总要用一根红绸带或红绉纸，也许是一根红线，把它轻轻拢住。那也是澂莱的事，我只管赞叹："哦，真好看。"现在案头的水仙也会长大，待到花开时，谁来操心用红带拢住它呢。

管花人离开这世界快十一个年头了。没有骨灰，没有放在盒里的一点遗物，也没有一点言语。她似乎是飘然干净地去了，在北方的冬日原野上，一轮冷月照着其寒彻骨的井水，井水浸透她的身心。谁能知道，她在那生死大限上，想喊出怎样痛彻肺腑的冤情，谁又能估量她的满腔愤懑有多么沉重！她的悲痛、愤懑以及她自己，都化作灰烟，和在祖国的天空与泥土里了。

人们常赞梅的先出，菊的晚发。我自然也敬重它们的品格气质。但在菊展上见到各种人工培养的菊花，总觉得那曲折舒卷虽然增加了许多姿态，却减少了些纯朴自然。梅之成为病梅，早有定庵居士为之鸣不平了。近闻水仙也有种种雕琢，我不愿见。我喜欢它那点自然的挺拔，只凭了叶子竖立着。它竖得直，其实很脆弱，摆布便要断的。

她也是太脆弱。只是心底的那一点固执，是无与伦比了。因为固执到不能扭曲，便只有折断。

她没有惹眼的才华，只是认真，认真到固执的地步。五十年代中，我们在文艺机关工作。有一次，组织文艺界学习中国近代史，请了专家讲演。待到一切就绪，她说："这个月的报还没有剪完呢，回去剪报吧。"虽然她对近代史并非没有兴趣。当时确有剪报的任务，不过从未见有人使用这资料。听着嚓嚓的剪刀声，我觉得她认真得好笑。

"我答应过了。"她说。是的，她答应过了。她答应过的事，小至剪报，大至关系到身家性命，她是要做到的。哪怕那允诺在冥暗之中，从来无人知晓。

我们曾一起翻译《缪塞诗选》，其实是她翻译，我只润饰文字而已。白天工作忙，晚上常译到很晚。我嫌她太拘泥，她嫌我太自由，有时为了一个字，要争论很久。我说译诗不能太认真，因为诗本不能译。她说诗人就是认真，译诗的人更要认真。那本小书印得不多，经过那动荡的年月，我连一本也没能留得下。绝版的书不可再得了。眼看新书一天天多起来，我指望着更好的译本。她还在业余翻译了法国长篇小说《保尔和维绮妮》，未得出版。近见报上有这部小说翻译出版的消息，想来她也会觉得安慰的。

她没有做出什么惊人的事业，那点译文也和她一样不复存在了。她从不曾想要有出类拔萃的成就，只是认真地、清白地过完了她的一生。她在人生的职责里，是个尽职的教师、科员、妻子、母亲和朋友。在到处是暗礁险滩的生活的路上，要做到尽职谈何容易！我想她是做到了。她做到了她尽力所能做到的一切，但是很少要求回报。她是这样淡泊。人们都赞水仙的淡泊，它的生命所需不过一盆清水。其实在那块茎里，已经积蓄足够的养料了。人的灵魂所能积蓄的养料，其丰富有时是更难想象的吧。

现在又有水仙在案头，我不免回想与她分手的时候。记得是澂莱到干校那年，有人从外地辗转带来两头水仙，养在"破四旧"时漏网的白瓷盆里。她走的那天，已经透出嫩芽了。当时两边屋里都凌乱不堪，只有绿芽白盆、清水和红石子，似乎还在正常秩序之中。

我们都不说话，心知她这一去归期难卜。当时每个人都不知自己明天会变成什么，去干校后命运更不可测。但也没有想到眼前就是永诀。让她回来收拾东西的时间很短，她还想为在重病中的我做一碗汤，仅只是一碗汤而已，但是来不及了。她的东西还没有收拾好，用两块布兜着，便去上车。仲草草替她扎紧，提了送她。我知道她那时担心的是我的病体，怕难见面。我倚在枕上想，我只要活着，总会有见面的一天。她临走时进房来看水仙，说了一句"别忘了换水"，便转身出去。从窗中见她笑着摆摆手。然后大门"呀"的一声，她走了。

那竟是最后一面！那永诀的笑容留下了，留在我心底。是她，她先走了。这些年我不常想到她。最初是不愿意想，后来就自然地把往事封埋。世事变迁，旧交散尽，也很少人谈起她这样平常的人。她自己，从来是不愿占什么位置的，哪怕在别人心中。若知道我写这篇文字，一定认为很不必，还要拉扯水仙，甚至会觉得滑稽吧。但我隔了这许多年，又在自己案头看见了水仙，是不能不写下几行的。

尽管她希望住在遗忘之乡，我知道记住她的不止我一人。我不只记住她那永诀的笑容，也记住要管好眼前的水仙花。换水、洗石子，用红带拢住那从清水中长起来的叶茎。

澂莱姓陈，原籍福建，正是盛产水仙花的地方。

## 变迁

二十世纪七十年代末,中关村出现了一家农贸市场,那是新事物。去看过吗?人们互相问。

我也去了。哎呀!只觉五光十色。各种各样的农产品,大葱雪白,青菜碧绿,黄瓜土豆西红柿,真是十分可爱。当时的欢喜,简直可以说是心花怒放!

不久,路边有了摊贩,又有了一些小杂货铺、小饭馆。人们从长久的束缚中解脱了,一点一点尝试着吸进新鲜空气。

转眼已是八十年代中叶。一个细雨蒙蒙的秋天下午,我和外子仲从颐和园出来,走过牌坊去乘公共汽车。"那里有一家西餐馆。"仲指着斜对面不远处。"我们去看看。"我说。那时的我,什么都要看看。

门口挂一个小牌——维兰西餐馆。院子很小,屋子也不大，只有三四张桌子。因时间还早，并没有客人。一位中年人迎出来，大概是店主了。"吃西餐吗？"他问。我们坐下来，那中年人自去厨房。

店内陈设简单，桌上倒是铺了台布。我的座位可以看见厨房，那中年人正带着一个助手在操作。菜做好了，中年人走出来，和我们攀谈。他姓郑，原在"法国府"任厨师，允许个体户开业后，出来开这家餐馆，已经两三年了。

"尼克松来参观过。"郑经理指指墙上的照片，那是尼克松第二次来华时的留影。

他的手艺很好。我和仲常记得那蒙蒙秋雨，那家小店和美味的汤。

当时，父亲已不大能出门，我托人到维兰买他喜欢的炸虾，告诉他今天有这个菜，他总是很高兴。他往往是知道要吃什么，比真的吃到还高兴。

九十年代初，又一次从颐和园出来，看见东宫门南边有一个大门，挂了很大的牌子，写着维兰西餐馆几个字。原来它迁到这里了，里面是两层楼，扩大多了。

一次，和王蒙贤伉俪游香山后，在此处同进午餐。那天，谈得较多的是义山诗，王蒙对义山诗的见解，多出于平常心。我以为只有这样才能理解感悟。若一矫情，就拐了弯，不对路了。

又过了些时，维兰又不见了。一个住在附近的亲戚告诉我们，它迁回原址了。它确实迁回原址，不过气派已经大不一样。它和整个社会同步前进，已经不再是"乡镇企业"。从门脸到店内陈设，都有些洋了。唐稚松学长特邀我们一聚，选在维兰。饭间，稚松学长念了一首小令，我不大懂他的湖南口音，要他写在餐纸上，现在只记得结尾几句："无人赏，自家拍掌，唱得千山响。"我们都喜欢这首小令。

以后，没有人提起那西餐馆。一天，在报纸中夹了一份广告，通知维兰又搬迁了，迁到中关村一座楼内。这时的陈设已颇优雅，每张桌上有一个小花瓶，插了一朵康乃馨。郑经理坐在店角的一张椅上，已是老人了。

杨振宁先生的二弟振平，偕眷来京，来看望我。他是我的弟弟钟越中学时的挚友。他们常在昆明文林街上一起走。钟越瘦长，振平较矮。我还记得那景象。我们到维兰进餐，说起许多往事。他说一次在我家，他和钟越一起看一本笑话书，笑个不停。我问他们为什么笑，他们不肯说。自复原以后，他们从未见过面。

母亲没有看见中关村的农贸市场。后来农贸市场以早市的方式出现。畅春园附近有早市，后又迁到圆明园西侧。前几年偶尔去过，看着各种东西都很平常。想想七十年代末的感觉，那时真是可怜。

早市之外有超市，超市里面的东西极多，又很方便。这应该都是母亲关心的喜欢的。母亲于一九七七年十月三日离开了我们。她完全没有赶上变迁。

以后，又一个亲戚说，她曾请人到维兰进餐，到了那座大楼却找不到。说是又搬迁了。

没有广告出现，我们几乎忘记了这家餐馆。一天，乘车经过万泉河路，同伴忽然说："维兰搬到这里了。"果然路边有一家店，几个顶端弧形的大窗连着。现在的门脸，不仅很大，而且极洋。

我又去了这家餐馆，桌椅陈设又升了一级。尼克松留影仍在壁上。墙上挂了大幅横标，他们正在举行二十六周年店庆，而且一定还会有所发展。遗憾的是，菠菜泥子汤已不如在那俭朴的小院，和着蒙蒙秋雨所尝了。

也许，这些年尝过的东西太多了。也许，一起品尝滋味的人没有了。也许，胃里虽然丰富了，头脑却还没有足够的自由驰骋的空间。我望着汤盘发愣。我不挑剔。

我有一张五人照片，上有父母小弟，还有仲和我。时光流逝，把他们都带走了。

只有我踽踽独行，在不断变迁的路上，向着生满野百合花的尽头。

## 云在青天

二〇一二年九月九日，我离开了北京大学燕南园，迁往北京郊区。我在燕南园居住了六十年。六十年真的很长，我从满头黑发的青年人变成发苍苍而视茫茫的老妪。可是回想起来也只是一转眼的工夫。六十年中的三十八年，我有父母可依。还有二十二年，是我自己的日子。在这里，在燕南园，我送走了母亲（一九七七年）和父亲（一九九〇年），也送走了夫君蔡仲德（二〇〇四年）。最后八年，陪伴着我的是花草树木。

九月间玉簪花正在怒放，小院里两行晶莹的白。满院里都飘浮着香气。我们把玉簪花称为五十七号的院花，花开时我总要摘几朵养在瓶里，便是满屋的香气。我还想挖几棵带到新居，但又想，今年天气已渐冷，不是移植的时候了。它们在甬路边静静地看着我离开，那香气随着我走了很远。

院里的三棵松树现在只剩两棵,其中一棵还是后来补种的。原有的一棵总是那么的枝繁叶茂,一层层枝干遮住屋檐的一角,我常觉得它保护着我们。这几年,只要我能走动,便在它周围走几步,抱一抱它。现在,我在它身边的时间越来越短,因为已不能久站。我离开的时候,特意走到它身旁拥抱它,向它告别。如果它开口讲话,我也不会奇怪。

北京大学哲学系主任王博和几位朋友来送我,我把房屋的钥匙交给王博。是他最早提出建立故居的想法。我再来时将是一个参观者。我看了一眼门前的竹子,摸了一下院门两旁小石狮子的头,上了车,向车窗外无目标地招手。

车开了,我没有回头。

决定搬家以后,我尽量找机会去再亲近一下燕园,最主要的当然是未名湖。湖北端的那条石鱼还在,在它的鳍背上缠绕着我儿时的梦。九岁那年,抗日战争爆发,我曾在燕园暂住,常来湖边玩耍,看望这条石鱼。七十多年过去了,我长大了,它还依旧。

现在湖北侧的四扇屏一带有几株蜡梅,不过我很少看见它的花，以后也不会看见了。从这里向湖上望去，湖光塔影尽收眼底，对岸的花神庙和石桥也是绝妙的点缀。从几座红楼前向湖边走去时，先看见的是湖边低垂的杨柳和它后面明亮的水光。不由得想到"杨柳依依"这四个字。它柔软的枝条是这样婉转妩媚，真好像缠绕着无限的惜别之情。那"依依"两个字，真亏古人怎么想得出来！每次到这里，我总要让车子停住，看一会儿。

在燕园流连的时候，我总在想一件事，在我离开家的时候，正确地说是离开那座庭院的时候，我会不会哭。

车子驶出了燕南园，我没有回头，也没有哭。

有人奇怪，我怎么还会有搬家的兴致。也有朋友关心地一再劝说老年人不适合搬家。但这不是我能够考虑的问题。因为"三松堂"有它自己的道路。一九五二年院系调整，冯友兰先生从清华园乙所迁到北大燕南园五十四号。一九五七年开始住在五十七号。他在这里写出了他最后一部巨著《中国哲学史新编》。他在《自传》的《序言》中有几句话："三松堂者，北京大学燕南园之一眷属宿舍也，余家寓此凡三十年矣。'十年动乱'殆将逐出，幸而得免。庭中有三松，抚而盘桓，较渊明犹多其二焉。"这是"三松堂"的得名由来。北京大学已经决定将三松堂建成冯友兰故居，以纪念这一段历史，并留下一个完整的古迹。这是十分恰当的，也是我求之不得的。我必须搬家，离开我住了六十年的地方。

搬家就需要整理东西，我眼看着凌乱的弃物，忽然觉得我很幸运，我在生前看到了死后的情景。三松堂内的书籍我已先后做了多次捐赠。父亲在世时，便将一套《百衲本二十四史》赠给家乡唐河县图书馆。父亲去世后，两三年间，我将藏书的大部分，包括《丛书集成》和《四部丛刊》等分批赠给清华大学思想文化研究所，他们设立了冯友兰文库，后转归历史系，两个大房间装满了一排排的书，能在里面徜徉必是一件乐事。现在做最后的清理，将父亲著作的各种版本和其他的书一千余册赠清华大学图书馆。我曾勉力翻检这批书，有些是我从未见过的，书名也没听说过。如有一本《佛国碧缘击节》，很大的一本书，装帧极好。我很想看一看内容，可是只能用手摸摸。清华大学图书馆很快建立了一间冯友兰纪念室，陈设这些书籍。河南南阳卧龙区档案馆行动较早，几年前便要去了书房、卧室的主要家具。唐河县冯友兰纪念馆建成后，我也赠予了少量家具和衣物等。还有父亲在世时为唐河县美学学会写的一幅字，可能这个组织后来没有成立，这幅字就留在家里。现在正好作为唐河县纪念馆的镇馆之宝。韩国檀国大学有教师在北大学习，知道要建冯友兰故居，便来联系，便也赠给他们几件什物和书籍。他们要在学校中辟出房间，专门摆放，以纪念冯友兰先生。

最主要的东西仍留在三松堂，包括照片、各种文稿（含少量手稿）、信件、字画、生活用品、摆件及书籍和家具，还有父亲写的几帧条幅。这里的东西有的并不止限于六十年，几个书柜是从二十世纪三十年代便在清华园乙所摆放过的。多年不曾开过的抽屉里，有一叠信封，上印"昆明国立西南联合大学冯笺"，是父亲没有用完的信封。一个旧式的极朴素的座钟，每半小时敲打一次，夜里也负责任地报时。父亲不以为扰，如果哪天不响，反而会觉得少了什么。院中的石磨是母亲用来磨豆浆的，三年困难时期母亲想改善我们的生活，不知从哪里得来这个石磨，但实际没有磨出多少豆浆。这些东西，般般件件都有一个小故事。将来建成后的冯友兰故居，有他的内容在，有他的灵魂在。

我们还发现了一份完整的手稿《新理学答问》。纸已经变黄变脆，字迹却还可以看清。我决定将它送给国家图书馆。在那里已经有了《新世训》《新原人》的手稿，让它们一起迎接未来。

东西是一件一件陆续积累的，散去也不容易，我一批一批安排它们的去处。到现在已近一年，可以说才进尾声。在这段时间里，一切都进行得很自然，我没有一点感伤。一切事物聚到头，终究要散去的，散往各方，犹如天上的白云。

最有影响的是冯友兰的著作。近来，许多报刊都刊载了韩国总统朴槿惠的话，她说，在她处于生命的最低谷时，是中国哲学家冯友兰的《中国哲学史》像灯塔一样照亮了她的生活。西南联大校友吴大昌写信来，说他看到了二〇一二年出版的一本书《冯友兰论人生》，其中一篇文章《论悲观》是为他写的。一九三九年在昆明，他向冯先生请教人生问题，冯先生为回答他的问题写了这篇文章，他得到了帮助。他说："我是一个受益的学生。我钦佩他的博学深思，也感谢他热心助人。"这都是中国哲学的力量。学中国哲学是一种受用。近年来，有一百多家出版社出版了冯友兰的著作。海外关于冯著的出版也从未断绝。《中国哲学简史》一九四八年问世以来，一直行销不衰。"贞元六书"中的《新原道》于一九四六年经英国人 Hughs 译成英文，名为《中国哲学之精神》在伦敦出版。我一直以为这本书没有能够再版。最近得到消息，这本书在这几十年间，一直有英、美数家出版社出版，隔几年便出一次，最近的一次在二〇〇五年。我非常惊异这本书的生命力，和冯著其他书一样，"文章自有命，不仗史笔垂"。它们勇敢地活着，把力量传播到四方，如同云在青天。

在这个世界上有很多不公道，但还是善良的人居多。对那些关心我、帮助我的人，我永远怀着感激之情。有些帮助是需要勇气的。从这里我看到人的高贵，一些小事也是历历在目。就燕园而言，北大校方对我时有照顾。还有那些不知名的人。地震期间，来帮助搭地震棚的学生和教师，他们走过这里便来帮忙。一次修房，需要把东西搬开，有一个班的学生来义务劳动，很是辛苦。就在我离开燕园的前几天，有人在信箱里放了一张复印件，那是一篇关于父亲的文章（《1948—1949 冯友兰再掌清华》）。放的人大概怕我没有看到。一切的好意我都知晓、领受，不能忘记。

一次从外面回来，下车时，一位中年人过来搀扶，原来是一位参观者。还有一位参观者从四川来，很想向冯先生的照片礼拜一番。当时我的原则是，室内不开放，只能在园内参观。不料，这位先生在甬路上下跪，恭敬地三叩首，然后离去。一位北大校友来信说，他在学校五年，没有到过燕南园。现在要回学校来，目的之一是看看"三松堂"。隔些时就有人来看望"三松堂"，多年来一直是这样。这里仿佛有一个气场，在屋内的房间里，也在屋外的松竹间，充满着"蜡炬成灰泪始干"的执着和对文化的敬重，还有对生活的宽容和谅解。现在，这里将建为冯友兰故居，可以得到大家的亲近。希望这里能继续为来者提供少许的明白和润泽。

我离开了。我没有回头，也没有哭。